决算

刘 驰 著

布老虎工业文学

本书入选辽宁省作家协会火车头创作计划扶持项目

春风文艺出版社

·沈阳·

图书在版编目（CIP）数据

决算 / 刘驰著. — 沈阳：春风文艺出版社，
2025.1
（布老虎工业文学）
ISBN 978 - 7 - 5313 - 6730 - 7

Ⅰ. ①决… Ⅱ. ①刘… Ⅲ. ①中篇小说 — 中国 — 当代
Ⅳ. ①I247.5

中国国家版本馆CIP数据核字（2024）第110803号

春风文艺出版社出版发行
沈阳市和平区十一纬路25号　邮编：110003
辽宁新华印务有限公司印刷

责任编辑：姚宏越　周珊伊　　　责任校对：张雨菲
封面设计：黄　宇　　　　　　　幅面尺寸：155mm × 230mm
字　　数：174千字　　　　　　印　　张：14.75
版　　次：2025年1月第1版　　印　　次：2025年1月第1次
书　　号：ISBN 978-7-5313-6730-7
定　　价：48.00元

1

周六的早晨，商南艰难地睁开眼睛，看到了妻子小爽睡眼惺忪的脸。"做梦了？""嗯。"小爽扇呼一下睡裙，里面空空如也。商南的下面也是空空如也。

其实他不习惯裸睡，只是昨晚觉得好几个月没表示表示了，想找找感觉，结果还是按兵未动。小爽说："今天周六，还早着呢，接着睡吧。"

想起刚才梦中那张熟悉的脸，商南睡不着了。这张脸是单位的一把手——吴总。据说吴总小小年纪就在老家的生产队当了队长，这在农村很不容易。恢复高考，吴总毅然放下队长不做，考上了中专。这在20世纪70年代末，已经是高学历了。开学前的那个夏天，吴总利用生产队队长即将过期的权力，带领队员上山采山蘑卖给供销社，据说攒足了三年的学费。商南不了解农村，但是看过《创业史》，看过《艳阳天》和《青松岭》，尽管懵懵懂懂，但有了深刻的印象：在农村，基层工作不容易。再加上吴总能够认清形势顺势而为，还有灵活的商业头脑，因此他对吴总深为钦佩。商南大学毕业刚进入这家国企时，吴总已是主管总经理办公室、人事部和财务部的副总了，他对商南颇为赏识，常常交办一些工作，以作为考察。后来吴总一路升迁直到一把手，商南随着也被提拔为一个业务部门的经理，直至总经理助理、副总经理。

吴总对自己的知遇之恩，商南一直埋在心里。商南想，只有干好工作，才是最好的报答，也才对得起自己来到这个单位的初心。

当初，商南是怀着兴奋和憧憬，甚至还有一些庄严被分配到这里的。希望单位好，这可能就是商南幼稚的初心吧。这是一家有着悠久历史和重要行业地位的公司，几乎与共和国同龄，计划经济时代代表国家对重点企业行使计划内物资的进口、组织、调拨、发运、仓储等职能，以保证重点企业所需的生产资料得以供应，因此，被称为物资供应"主渠道"。企业销售发生梗阻，公司还会收购它们的产品，以保证企业的再生产，所以，它又是"蓄水池"。等到商南来的时候，这些职能已经大幅度削弱，市场的成分成了主流。

商南所在的明山市公司是总部在北京的集团公司的二级公司，那时候还被称为中直企业。"央企"的叫法，是1998年成立中央大型企业工委后出现的。集团公司原来叫总公司，公司法出台后为符合规范要求，与国际接轨，改成了集团公司。但很多老同志还是习惯说总公司，就好像仍然习惯把部门经理叫成科长一样。

提拔商南为副总经理后，吴总对班子成员进行了重新分工。吴总安排最年轻的班子成员商南分管清欠和一个分公司，显然，这是最不受人待见的活儿。但商南没有选择，排名末位，理应如此。他甚至心怀一份庄重，有种被磨炼的受重视感，就像当初吴总安排他去效益最差的部门任职一样。

清欠不好干。人说欠钱的是大爷，这不是问题的关键，最关键的是，在很多企业，大部分外欠款的形成都是有内部原因的，单纯的失信或者被骗是少数，这一点谁都清楚，只是没人捅破罢了，尤其是国有企业，犯不上跟人过不去。令商南头疼的是，这些外欠款的形成他摸不着原委，客户他也掌握不了，也就无从下手。商南还知道，这些在报表上已经体现为应收账款的外欠款，其实只是浮出水面的一部分，还有很多隐形的外欠款，隐蔽在各种会计科目之下，那些才是最可怕的。如果说造成显性外欠款的经办人是灰手，那么，造成隐性外欠款的就是黑手。就任伊始，开会、动员、下指标、谁经办谁负责、考核、奖惩，常规动作都做了，却丝毫不见起色。

经过观察，商南找到了症结。他发挥制度设计这块比较擅长的优势，拿出来一个新的清欠工作方案，并征得了吴总的同意：一是暂停外欠严重的业务经办人的正常工作，组成清欠部；二是这些人只发放基本工资，但可视基数大小以清欠额度的10%~18%计提费用并实行包干；三是打破经办界限，可以挑选其他经办人的案子清收。这几招儿，尤其是最后一招儿很管用，欠款金额大的，就是肥肉，别人为了计提费用就会争办。谁都不想让外人借此机会介入自己的业务领地，只好自己赶紧清回了事：解铃还须系铃人。如此这般，一下子带动了大宗欠款的清收。原来的谁经办谁负责，看起来顺理成章，充满正义，实际上只对有廉耻感的人有用，是很天真幼稚的做法。人性之灰暗，不可说破，但可使之成为杠杆。

不是所有欠款都能收回，关键在于能收回的一定要收回；也不是没有收回欠款就没完成任务，关键在于走死逃亡还是关停破产得取得经得起历史考验的依据。清欠进行得差不多了，也就是该收回的基本收回、收不回来的也确实回天无力的时候，商南做了一个全面的总结，从外欠款的状况到采取的措施，从清收的效果到坏账的说明和依据，比如破产通知、吊销营业执照证明、法院判决书等，一一进行了汇总，上报给了吴总。吴总很是满意，随即简单修改后，以公司的名义给集团公司打了个《关于清欠工作的报告》。

商南在集团公司有个哥们儿，是在北京物资学院进修时的同学，叫肖然。两个人没事儿就通通话聊聊天，当然少不了涉及工作。肖然对商南主持的清欠工作很关注，一方面是出于对朋友的关心，另一方面是因为清欠已经成了全集团的共性问题，作为总办主任的肖然也希望了解一些情况、得到一些经验。商南看肖然对清欠感兴趣，便将自己写的总结传真过去，希望对哥们儿有所帮助。

资金回笼加速了，业务开展逐渐恢复正常，员工的奖金有了增加，他们看商南的眼神也有了一丝信服，年轻的商南居然有了一些威望。同时，集团公司向全系统下发了《关于转发明山市公司〈关于清欠工作的报告〉的通知》，在正文指名道姓对商南的清欠工作予以充分肯定，强调措施是开创性的、得力的，效果是优异的。对于坏账的处理，证据翔实，有说服力，是对历史负责的。通知最后强调，商南的做法有在全系统推广的意义。集团公司非常看重账面上遗留的坏账问题，清回真金白银固然重要，同时消灭遗留问题，不留历史尾巴，便于轻装前进也很必要，这是集团公司不惜笔墨宣传商南做法的原因。这个通知可能标志着商南从此进入了集团公司层面的视野。总之，一时间，商南内外开花，颇有春风得意之态。

看到集团公司的转发通知，吴总很反感：自己的报告并未提到具体人，上边是怎么知道的呢？越级沟通，是大忌啊。

商南也很尴尬，他知道一定是肖然把他的总结报给了领导，而且肖然作为主管行文的总办主任，自然也有抬举商南的意思。由于他的总结比公司的报告更为具体翔实，所以对于领导来说，参考的价值更大，印象也就更深。

少年得志、春风得意，是需要代价的。

正好赶上集团公司评职称。商南早就具备了评高级经济师的条件，要学历有学历，要业绩有业绩，要论文有论文，而且，有好几位老同志的职称论文都是商南修改润色的。正当商南信心满满的时候，吴总却力主上报另外两个条件不如他的人，商南被排除在了名额之外。

商南倒是没太当回事儿，早晚能评上，甚至不评也无所谓，只是不太理解，一向提携自己的吴总态度怎么突然发生了这么大变化。他想：是不是清欠部成立大会上的讲话刺激了吴总？那天，为壮声威，商南特意邀请吴总参会。吴总爽快地说："没问题，我给你站脚助威。"会上，商南准备充分，慷慨陈词，从外欠款乃至坏死账带来的危害，讲到如何杜绝外欠和加大清收力度。他特别强调，各级领导要切实负起责任，再发生坏死账或者清收不力的状况，要实施问责机制。商南没注意，他讲得越带劲，吴总的脸色越难看。讲完后，商南提议，请大家以热烈的掌声欢迎吴总做指示。结果吴总只说了几句，不咸不淡。当时商南还怪参加会议的人掌声不热烈，现在想，自己好像讲过头了。发生外欠款，当然是责任，而任何责任，一家之长岂能脱得了干系？而且问责这样的话，哪是一个刚上任的副总该说的？商南回过头想，一个少壮得志、意气风发的人当着大领导的面给一群老业务训话，确实不太和谐。

当然，更对自己不利的，是集团公司的转发通知。症结应该是在这里，喧宾夺主不是好事儿啊。

事后，商南想跟吴总解释一下，自己无意自我宣扬，搞个人主义。有几次下班，他几乎都要敲吴总的门了，想请他喝几杯，给自己的解释营造点儿氛围，可最后都作罢了，生怕自己是小人之心，反倒让领导笑话。再说以后有的是机会可以证明自己是顾大局、懂进退的。

2

商南和吴总以前没少喝酒，无论是公务，还是私下。两个人都堪称海量，这也是吴总愿意带着商南出席应酬的原因——关键时刻可以冲锋陷阵嘛。但吴总的酒量更胜一筹。以前当办公室主任和副总的时候，只要集团公司来人，就是吴总大显身手的时候，二两的口杯连干五个不在话下，直喝得集团领导眉目含笑，连声说"小吴，好样的"。反观排位在吴总前面的两位主管业务的副总，一个滴酒不沾，正襟危坐，一个小有酒量，却笨嘴拙腮，领导的眼睛基本上瞟不到他们身上，最后只记住了个小吴。只是当了一把手后，吴总酒风变了，一口闷的场面再也没有出现，而像老大哥那样，带着商南小酌几杯，唠唠心事的情景也越来越少，直至没有了。

在举国上下喜迎澳门回归的扬眉吐气的氛围里，商南不合时宜地垂头丧气着。

异地的那个分公司更棘手。这个分公司的业务结构比较特殊，一块是贸易，一块是以两座仓库为依托的仓储业务。看似贸易和仓储的结合不错，但由于仓库建设较早，还没有现代物流的意识，因此建在了市区，汽车运输极不方便，而且当年设计标准较低，加上时日已久，负荷不够，很多物资不能存放。这就造成了自己家的经营物资大部分不能放在自己的仓库，仓储业务只能对外招揽零担业务的尴尬局面。

商南早就知道，分公司业务不死不活，管理一团乱麻，人不多，却分成三四派。作为新的分管领导，第一天到任，商南开了个全体会议。会上，有迟到的，有睡觉的，有斜着坐的，一望可知，这支队伍不仅涣散，而且抵触情绪很浓。

分公司经理姓秦，鹰钩鼻子公鸭嗓，不吐脏字不说话。商南结合史书上的记载想，秦始皇大概长的就是这个样子，只是不知道操着秦腔的秦始皇是不是也喜欢骂人。商南想象力颇为丰富，此刻却笑不起来。

商南向"秦始皇"强调了请示汇报制度，强调了合同、资金和费用审批一支笔，"秦始皇"都哼哈作答，一副配合的样子，然而，还是会有未经审批的业务和费用冒出来。当商南质问"秦始皇"的时候，对方却不以为意，甚至以爱咋咋的的语气，不耐烦地说，吴总知道。商南不相信，因为吴总历来强调制度化和程序化管理，怎么会越过自己直接指挥到他？可是，没有吴总的同意，又是如何一步步完善各项手续的呢？要知道，财务那块，对于报销和资金审批，是必须有一把手签字的啊。这种事儿，不能向吴总求证，也不能跟吴总说不应该越过自己，只能装作糊涂，一点儿一点儿地往回扳。于是，商南决定按照自己的路子一步一步走下去。

商南的理念是，企业管理必须以财务管理为核心，而财务管理必须集中统一：公司规章制度的执行和会计准则的运用是需要统一的，何况，两级财务对外是合并报表。为此，他征得财务部王伟经理的默许后，提出分公司的财务人员除一名出纳外，都到总部上班，实行业务和人员整合。

虽然两地距离十余公里，但在交通这么发达的年代算不了什么。然而，在"秦始皇"的鼓动下，这个决策遭到了集体抵制。对于财务人员，是不愿意折腾；对于分公司财务部经理，是不想失去权力；对于"秦始皇"，是不愿意被大公司监管。王伟不便表态，也许他知道，他越积极越会事与愿违。

局面一时陷入对峙，商南非常尴尬。而此时，吴总也适时地出面了，他温和中带着不容置疑、关切却又含着责备地说："小商啊，这么大的决定怎么不和我商量呢？现在的局面多被动？公司的权威往哪里放？"

商南没有放弃，他以退为进，提出了另一个方案：分公司仍保留财务部，但他们只做分类账，总账由总部的财务部派人来做。理由是便于和总部的财务衔接，也有利于最终合并报表。而对于自己，主要是借此获得了介入分公司财务系统的入口。这样做保留了分公司财务部经理的位子，她的抵触情绪小了许多，而分公司的财务人员因为事不关己都不闹了，甚至有人乐于看到财务经理的失落。商南又一次验证了孔子的智慧：小人同而不和。几经周折，"秦始皇"尽管还是反对，但已然没有了声势，而吴总觉得牵制一下越来越胆大妄为的"秦始皇"也好，于是，这个办法终于得以实施。

财务管理方式的转变很快就发挥了作用。来公司时间不长的佳桐被委以重任，担负起了管理分公司总账的职责。一开始商南让财务部王伟经理指派个人，结果没人愿意接这个乱账，更不想看分公司财务经理的脸色，都不想来。时间不等人，商南说："要是再派不出来耽误了报表可别怪我。"王伟只好挑了个软柿子——资历最浅的人，佳桐。商南心想："正合我意，我就喜欢新人，接受新事物快，没有那么多程式化的东西。"但人就是这样，明明是他们不想接手，一旦找了个年轻人，他们又不平衡了，佳桐为此遭了一周的集体白眼。

佳桐不管那些，只当没有看到，本来也只是停留在表面上的融洽，其实她根本没有融入那个氛围。这可能是因为还不习惯国企文化，也可能是因为存在年龄差。总之，佳桐很高兴换个新环境，接受新任务。还有，她很愿意在商南手下工作。也是，谁不愿意和年轻领导工作呢？

佳桐很快进入角色，未几便细心地发现，有一笔金额为40余万元的往来，长时间显示在途。商南让佳桐向对方发询证函，对方回复说早已结清，并提供了汇票存根复印件。佳桐汇报给商南，商南觉得事态严重，便让佳桐想办法调查一下这笔资金的去向。佳桐找到在汇票存入银行工作的朋友调查了一下，结果发现，汇票一年前就被背书转让了，被转让单位是一家名叫坤宇的公司。商南又找到工商局的朋友，查到了坤宇公司的注册信息，发现注册地址以及电话，登记的都是分公司的，而法定代表人的名字也不陌生，是"秦始皇"的老婆。谁指使的，以及会计和出纳怎么配合的，一目了然。这么明目张胆、胆大妄为，商南感到不寒而栗。如果放任下去，不及时对"秦始皇"做出警示和调整，这个人早晚出事儿，公司也早晚陷入危局。到那个时候，商南这个分管领导可就不好交代了。他觉得这个问题不能自己承担，于是向吴总做了汇报。吴总沉吟许久，说没想到，但还是告诫商南，这个问题要慎重，毕竟关系一个人的政治前途。商南说："事实已经很清楚，剩下的就是公司的态度问题了。只要他配合公司追回这笔以及其他款项，我个人倒是觉得可以不追究他的刑事责任，但是免职是最起码的。"吴总沉思不语，良久，说道："你找他谈谈话，还是看他表现再说吧。"说完就拧开了茶杯盖。商南知道，这是吴总送客的肢体语言。

　　商南没有找"秦始皇"谈话。直觉告诉他，这样的问题肯定不止这一笔，如果仅就这一笔谈，说服力并不强。他让佳桐加紧查账，看看还有什么可疑账目，坐实后一并托出。说实话，和"秦始皇"谈话，商南感到很别扭，不管对方表现得多么谦恭，他都有如鲠在喉之感。"秦始皇"比商南年长九岁，要是论工龄，还要多出更多，而且阅历丰富，见多识广，把人性拿捏得很透。商南刚参加工作时，他们还没有更多的交集，在"秦始皇"眼里，商南不过个个小孩子。一个偶然的机会，两个人和一帮人一起喝酒。"秦始皇"喝得得意忘形，说出了他的真经。他说，对领导就要舍得脸面，领导也是人，也有感情，你就怎么肉麻怎么来……听得商南一身鸡皮疙瘩。后来商南又听说，"秦始皇"原来是单位司机，给老一把手开车，后来升为行政处副主任。在他升任分公司经理前，有一段"佳话"流传甚广，说某次集团公司来了一位领导，"秦始皇"晚上安顿好领导后，在大堂的沙发上睡了一宿。领导有早起散步的好习惯，第二天一早走到大堂，看见"秦始皇"和衣而卧，便关切地问怎么了，"秦始皇"揉了揉眼睛，面带羞涩地说："我怕领导晚上有事儿，我在这儿给您执勤。"领导是军人出身，转业后好久没有享受到有人站岗执勤的待遇了，于是非常感动，从此牢牢记住了明山市公司有个"秦始皇"。这个故事还有一个版本，说那天"秦始皇"没走，是因为看上了宾馆的大堂副理。他从领导房间出来，见副理还没下班，于是装作醉酒，横卧沙发。"秦始皇"一边哼哼，一边眯缝着眼睛偷瞄副理。副理无奈，又是倒水又是递毛巾，手还被摸了好几下。当然，这个版本是"秦始皇"那些同龄人编派出来的，估计只是调侃他好色。不管怎么样，以后领导再来明山市，一定叫上"秦始皇"。"秦始皇"也乐得以忠勇憨直甚至装疯卖傻的面目出现，领导很是受用。商南总结了书上看过的类似人物，比如安禄山，得出一个结论：所谓憨直甚至装疯卖傻，不过是为狡诈开路的破冰船。

查账是很艰苦的工作。为了配合商南，佳桐常常加班到很晚。查账以及查原始凭证需要去财务档案室调取，所以查了什么账很快就会传到"秦始皇"耳朵里。佳桐一般会借出好几本账簿和原始凭证，把真正想查的混在其中，然后在下班后认真查看。好在佳桐单身，没有家室之累。商南有些过意不去，有时会晚走一会儿，权当陪陪佳桐，偶尔还会买点儿女孩子爱吃的零食，犒劳一下佳桐。每当这个时候，佳桐都会像个孩子似的，兴奋地拍手，说："商总怎么知道我爱吃这个？"佳桐是有理由在商南面前撒娇的，谁让他们之间相差十岁呢。

很快，佳桐又查出两笔问题账目：一笔手法相同，支票被背书转让到坤宇公司，账上显示在途；一笔货款已开具发票，但在账上体现部分货款为应收款，经询证，款已付清，只不过是对方按"秦始皇"要求，为搞福利直接将款打给了坤宇。两笔加在一起也是40来万元。"够了。"商南对佳桐说。

商南将这些情况汇报给吴总，并提出免去"秦始皇"的职务，责成他专职清理体外循环的资金。其实说挪用公款更贴切，但商南不想刺激吴总。商南说："再不处理当事人，我们将来就不好交代了。"可吴总还是不同意，说可以边清理边戴罪立功嘛。商南不想让吴总被动，因此一直坚持私下建议。直到这年入秋的一次班子会议，商南一看再不抓紧机会，全年的局面就很难扭转了，于是忍无可忍，公开提出了撤换"秦始皇"的建议。此言一出，整个会议室顿时安静下来。许久，有位新来公司的李总，是部队转业干部，不明就里，加上心直口快，说了句："这样的干部要他干啥？"于是另外几位班子成员也都随声附和，说太过分了。最终，支持商南的意见逐渐占了上风。吴总很为商南的突然袭击恼火，但见众意难违，也就不好再坚持，而是提出一个难题：谁来接手这个位置。商南早有准备，他已经暗中考察了一个人选，但吴总毫不犹豫地否定了，于是会议陷入了沉默。吴总有些缓过神儿来了，挑衅地说："谁去我也不放心啊，除了商南。"吴总想，商南在优越环境下生活惯了，让他放弃坐在办公室优哉游哉的生活，以副总的身份屈尊到基层干具体业务，他应该不会接受这个挑战。没想到，看来随和的商南突然来了犟劲儿，他毫不犹豫地说："可以。"

关于免职，商南先找"秦始皇"谈了话。原以为这是一次艰难的过程，没想到对方却很平静。其实，"秦始皇"早就预感会有这么一天，何况，他也不傻，如果激怒了商南，说不定自己会有牢狱之灾，毕竟挪用公款不是小事。倒是"秦始皇"转身推开吴总的门后，商南听到了"秦始皇"凶巴巴的声音——故作压抑却又乐意让人听到。

回到家里，商南把工作变动的情况告诉了妻子小爽。小爽在区妇联工作，日常杂事很多，听说商南要去分公司兼任经理，就不太高兴，埋怨他那么认真干吗，费力不讨好，净得罪人。更主要的是，两口子都忙，刚上学的孩子怎么办。

商南极力辩解，说："你以为我愿意？那也不能眼看着这种行为发生啊。"小爽说："看不下去的事儿多了，你都去堵枪眼儿啊？家里的枪眼儿你堵不堵？"

商南觉得小爽变了，以前那么清纯浪漫，一尘不染，疾恶如仇，现在怎么这么世俗、实际了呢？

小爽觉得商南也变了，以前那么洒脱随和，睿智灵活，现在怎么这么钻牛角尖呢？

于是，两人背靠背，一夜无语。

经此回合，商南知道，吴总不会再把自己当成自己人了。每每开车去分公司，商南都会苦笑一下，原来让分公司的财务人员到总部上班的设想没有实现，现在自己却被发配到分公司了，何苦来哉。

更失望的是吴总。小商在他眼里是个听话聪明的小老弟，以前交给他的事情办得都挺明白，现在怎么这么一根筋呢？让他分管这两个摊子，不是因为别人不适合，也不是为了锻炼他，而是因为小商看来随和，而且是自己相信的人。清收账款固然重要，但不能搞得天翻地覆、人人自危。弄出一大堆问题，破坏多年形成的利益均衡和一团和气不说，公司的形象往哪里放？而且出点儿成绩就向上宣扬，政治野心露出了尾巴。分公司更复杂，如果说商南可气，那么"秦始皇"就是可恶。让他办5块钱的事儿，他能自己划拉10块钱，然后还用这5块钱说事儿，吴总为此很是烦恼。让商南去，就是要设个桥梁、门户和挡火墙，顺便稍微钳制一下"秦始皇"。可是商南太投入了，居然把"秦始皇"连根拔了。原想以评职称来敲打一下小商，谁知没有效果。现在可好，5块钱的事儿没了，安抚"秦始皇"也是个问题。

与分管不同，这次是商南兼任分公司经理实职，按照惯例，应该由分管人事的副总经理，或者最起码由人力资源部部长出面宣布组织决定。但当商南向吴总请示的时候，吴总竟然冷冷地说，现在大家都很忙，就不要讲究形式了。商南只好像没娘的孩子，可怜巴巴地自己宣布自己上任了。

3

佳桐当年来公司，还是商南面试的。吴总在会上说："招聘是很严肃的事情，为了避嫌，我们几个领导就不参与了，让商南负责吧，最后汇报给班子，我们通过一下就可以了。"那时候商南还是总经理助理，基本角色就是吴总的跟班。一共招聘三个人，私底下，吴总交代了两个名字，说"你关注一下"。商南不傻，知道招聘无非就是走个过场，何况那两个孩子学历和形象都说得过去，剩下的无非像文学评论一样，能把优势自圆其说就可以了。招聘临近尾声，进来个女生，就是佳桐。几个常规问答后，佳桐问："听说国企人际关系复杂，是这样吗？我不太善于处理人际关系，对此有些担心。"说话的时候，佳桐的眼睛直视着商南，毫不躲闪，甚至有些挑衅。商南本来面试一下午近乎麻木了，突然被这个问题和眼神刺激清醒了。别人来应聘，都是阐述国企的伟大作用和光荣历史，表达为国企做贡献的决心，唯独这个孩子，对国企大有不敬。他抬头打量了一下佳桐，漂亮谈不上，却是一个干净精致的女孩，关键是眼里有光。商南一时有些语塞，不知道该如何回答这个又傻又可爱的问题。说实话吧，缺乏正能量；说假话吧，自觉虚伪。商南避重就轻地说："工作最大的乐趣就是挑战，包括人。"这分明是句老生常谈的应付话，没想到佳桐却深深地点了下头。这是个单纯的孩子，有点儿像曾经的自己。在招聘工作的班子会上，商南推荐了一个六人的初选名单，但重点介绍了吴总钦定的两个人和佳桐。吴总带商南多年，对他的小心思看得一清二楚，想到商南这次任务完成得不错，于是不露痕迹地做个顺水人情，将佳桐招了进来。

虽然在同一个公司，但商南和佳桐共事和交往的机会并不多。有一次商南接待了一个日本客户，七十多岁的老人，家族公司的董事长。老人笑容可掬，彬彬有礼，但骨子里透露着傲慢。商南先跟老人聊了一会儿闲话，听说老人是岐阜人，正好刚看完一本关于德川家康的书，就顺嘴说："您跟织田信长是老乡啊。"老人略吃一惊，腰杆立刻挺直了一些，双手扶在膝上，点头说："是的。"这种恭敬的样子不知道是因为敬佩商南的多闻，还是向古代英雄致敬，总之，后面谈判时老人的锋芒收敛了一些。

当时负责翻译的是佳桐。佳桐来公司好久才展示了自己的日语特长，这让对佳桐学历、履历比较熟悉的商南颇为诧异。商南问佳桐怎么学的日语，佳桐轻松地说追日剧唱日文歌曲就会了，简单。商南才不信呢，但也不便深究。再看佳桐的衣着和妆容，包括蹲下来倒茶的样子，商南隐约感到佳桐应该受到过一定的日式熏陶，只是不明缘由。

　　谈到付款方式时，双方产生了分歧。国有企业饱受外欠款之苦，无论什么招数，包括考察对方资质、严格合同条文、强化全程跟踪，都挡不住外欠款的发生。后来高层直接采取了一个简单粗暴的做法：原则上禁止赊销，必须先货后款的，要严格控制定金或者预付款比例，不能低于50%。但是这样做势必影响市场竞争力，毕竟卖的不是金枝玉叶。一般来讲，为了说服对方全额付款，商南也会适当灵活变通，比如价格稍微让一点儿或者提供个其他方面的免费服务，在双方的利益之间找一个平衡点。当然，这样做是有些风险的，极有可能被别有用心的人指责为出卖公司利益。商南明白这一点，但公司的经营更重要啊，总不能眼瞅着生意卡在那儿吧。

　　今天这个日本老头生硬而古板，坚持只打30%的定金，余款待货到后付讫。最关键的是，他认为必须打全款或者提高定金比例是对日本企业诚信精神的侮辱。对此，商南心里是理解的，但公司规定又不能违背，于是双方各执一词，往来不断。商南很想做成这单生意，因此提出如果打全款或者将定金提高，可以在价格和其他杂费上享受一定优惠，并仔细给老头算账，以说明在效益上不吃亏。但老头一意孤行，在他看来，做生意就是该怎样就怎样，各自挣自己该挣的那份钱。商南有些急了，语速不禁越来越快。佳桐也受到了感染，竟然忘记了翻译的职责和礼仪，直接和老人家对起话来。商南觉得不妥，这毕竟不太礼貌。商南刚要打断，老头已经一拍沙发扶手站了起来，气哼哼地转身就走。其实老头一直憋着火，只是不好对商南发作，佳桐一说话，正好点燃了导火索。商南看到老头这么粗暴地对待自己的下属，也很生气，他第一次没有起身送客户。

老头一走，佳桐哇的一声哭了出来。商南知道，她是真的站在公司和商南的立场，只是没把握好自己的位置，心里委屈和懊恼得很。商南站起来，走到佳桐身边，拍了拍她的肩膀，算是理解和安慰吧。商南只想拍一下，哪想到佳桐竟然顺势把头歪在了他的胳膊上。商南没忍心马上抽走胳膊，任凭鼻涕眼泪蹭在了西服袖子上。可就在此时，门被推开了，进来的是文书张姐。张姐愣了片刻，赶紧说："我是来送文件的。"商南冲着写字台扬扬下巴，示意放那儿好了。商南知道，张姐的嘴，是不会让刚才的镜头搁在自己脑袋里超过一分钟的。

商南任用佳桐为分公司主管会计，风言风语随之而来。商南对此一笑了之，该干吗干吗。商南经常开车带佳桐出去办事，比如去物流公司的仓库核对库存。路远，货多，查账难，一去就得将近一天。物流公司为了揽活儿，往往唯甲方业务人员之命是从，甚至不惜违规。本来仓库必须依据盖有公司提货专用章的提货单方能发货，但为了讨好业务人员，往往一个电话就发货了，以致经常出现账上体现库存，实际上东西早已发走，最后形成外欠款的事故。抛去分公司仓库的客观条件，这也是自家的业务人员不愿意将物资存放在自己仓库的一个原因，在外边更方便，还会有些小恩小惠。商南是做业务出身，深谙此道，曾设想由公司层面直接与物流公司签订战略合作协议，使仓库只认公司不认人。只是这个想法刚在班子会议上讨论，没过两小时，就有三个部门经理提出，他们的货物为方便老用户，准备发往对方指定的仓库存放，如果公司不同意，就有可能失去这个客户。这就是叫板，可你却说不出什么。货物放到人家指定的仓库更有失控危险，权衡下来，只能暂时维持原状，只不过公司管理部门辛苦一些，采用笨办法，定期到仓库核对账实是否相符。为了理顺分公司的业务，在无人可用的情况下，商南和佳桐常常亲自前往。每当他们走出公司大楼，就会有人从楼上撇下别有意味的目光，说："又得一天。"

国有企业有个不成文的惯例，有女员工进到办公室的时候都不关门。但商南和佳桐不行啊，他们谈论的都是账目以及从账目发现的问题。分析账目，然后调阅原始凭证，是清理分公司业务的重要手段，甚至是唯一手段。没有人会跟他说实话，也不会由公司层面成立个小组来专门清理问题，只能像鸡刨食那样，自己一点点地梳理。一段时间查下来，真实情况触目惊心。有的货物已经没了，账面上还体现库存；有的货物"趴"在在途上，一"趴"就是两三年；有的合同与发票或者提货单对不上……第一次如此深入账目之下，商南不禁有些不寒而栗。

这天快下班时，吴总打电话让商南过去一趟，说："明天你不要安排别的事情，就在公司待命，集团公司的纪委书记和组织部部长要来。"商南说："哦，好啊。"见商南没有领悟，吴总有些失望，没有看到预料中的惊慌失措，也就没有引起自己的快感，于是忍不住进一步以关切的语气说："你要有个思想准备，他们来就是调查给你的举报信的。"“举报信？我的？我有什么好举报的？”
"唉，到时候你就知道了，我不能透露太多，相信你一定会正确对
待。你呢，也要对组织忠诚。"

转身的时候，商南分明看到了吴总的嘴角飞快地得意一撇。

不用问，商南也知道是谁在捣鬼。

上级来的人，并非纪委书记和组织部部长，都是普通的科员。
昨天听吴总这么说，商南还觉得奇怪呢，自己有什么大问题值得
上级如此重视？现在看来，吴总可能只是要看到自己为之惊悚的
样子。商南最反感这种小伎俩，有点儿像小儿把戏，不禁在心里
微笑一下。

虽然不是领导，但集团下来的两个人都很老练成熟。商南想
让谈话轻松些，就说了句"二位舟车劳顿，辛苦了"。没想到，纪
委的人没等商南把"苦"字说出来，就打断了问候，板着脸说：
"我们收到举报，举报你有三方面问题。一是收受客户贿赂，导致
国有资产流失；二是以公务名义大吃大喝；三是生活作风不严肃，
在单位内部乱搞男女关系。"组织部的人说："希望你对组织忠诚，
向党说实话，对这些问题你有什么交代？"听到"交代"二字，商
南心里非常反感，他以为对方会用"解释"这个词。商南忍不住
苦笑了一下，强压着激愤的心情说："我以党员的身份向组织保
证，这些问题我都没有，纯属污蔑！"组织部的人说："你这态度
要端正啊，在问题没有交代清楚以前，怎么能说人家是污蔑呢？
人家也是为了党的肌体健康，为了国有资产负责嘛。"商南说：
"我实在没有什么好交代的，这样吧，举报信上举报了什么具体情
节，我愿意做针对性的解释。"那两个人交换一下眼神，说："交
代问题要靠自觉，等到我们提醒，那就被动了。"

磨叽了一个上午，翻来覆去那么几句话，终于把两个人也磨疲乏了，两人心想，这小子心理素质真好。商南还在琢磨都举报了哪些具体问题，自己好予以解释，哪能想到，两个人不就事论事的原因是，举报信只有结论没有事实。中午草草收场后，商南去食堂吃饭，一下子就感到了周围人异样的目光，看来公司的人都知道了。下午，两个人不知疲倦地在会议室找人个别谈话，吴总亲自组织，找谁谈，谁准备，安排得有条不紊。

　　晚上下班时，商南在走廊里和吴总及上级来人不期而遇。商南习惯性地说了句"二位辛苦了"，说完只见两人面露尴尬之色，支吾一声就匆匆走了。商南一下子反应过来，说什么不好，非得说辛苦，好像讽刺人家似的。

　　上级来人走后，空气躁动了一阵。张姐说，谁谁谁他们几个喝酒了，席间慷慨激昂地说，这回商南要完了，那举报信写得头头是道，百口莫辩。还有的说，平时像个人似的，原来不过如此。集团公司和兄弟公司有几个哥们儿陆续打来电话，接通后却前言不搭后语，闲聊几句就匆匆放下电话。商南很理解这些电话，他一直等着上级给个明确的说法。

　　一个月过去了，两个月过去了，三个月过去了，上级公司就好像没发生过这件事儿似的。当时弄得满城风雨沸沸扬扬，现在他们没事儿了。商南在系统内部的通信录上找到了纪委书记和组织部部长的邮箱，给他们发了一封电子信，说，不知围绕举报信的调查结束没有，如果有任何问题，自己愿意接受任何处罚。如果没有问题，能否发函予以澄清？

　　邮件石沉大海。商南太天真了，哪个组织会证明某人没有问题呢？

4

佳桐的日子也不好过。谁都知道所谓生活作风问题，对象就是她。谈话那天晚上，佳桐给商南发信息，说："没事儿吧？"商南回复说："没事儿。"佳桐又说："我有事儿。"商南说："是我连累你了。"第二天，按计划是两人一起去分公司的日子，早上佳桐发信息，打了个问号，意思是："我还去吗？"商南只答复一个惊叹号。当他们走进分公司的时候，众人齐刷刷地扭过头来，眼神充满了惊愕。他们没想到，他俩居然还大大方方地一起出入。

那天因为一些琐事在分公司耽误了时间，回到市内，已是华灯初上。商南说："送你回家，然后在你家附近请你吃个饭，算是我表达对你的歉意吧。"吃什么呢？由于工作关系，商南早就吃腻了中规中矩的大餐。他最爱吃的是广为诟病的食堂饭菜，打两个菜，和大米饭一搅和，两分钟解决战斗，或者是各种面条以及包子饺子，商南也百吃不厌。有一次，他和司机办事错过了食堂午饭，便来到一家脏兮兮的羊汤馆。两个人穿着西服打着领带，把羊汤喝得呼呼作响，烧卖笼屉摞了一尺高。因为过了饭点儿闲来无事，老板便暗中观察他们。终于，在他们快要吃完的时候，慢悠悠地说了一句："你俩不像干活儿的人，但挺能吃啊。"对这句话，商南一直引以为傲。如果可着自己，商南肯定提议去撸串儿了，但他今天要请的是佳桐，一个精致而文气的女孩子，撸串儿有点儿不太合适。于是商南问："你想吃什么呢？""让我选？真的？那我不客气了。"于是佳桐毫不客气地选了一家新开的西餐馆。一听西餐，商南忍不住皱了下眉，但还是迁就地跟着去了。

两人分别点了牛排、奶油焗龙虾尾，加上前菜沙拉，开了一瓶从商南车里拎出来的红酒。佳桐不善饮，几乎透明的面颊很快绯红了。她说："本来就讨厌国企的人际问题，出了这件事都想辞职了。可是转念一想，这样辞职就好像真有什么事似的。你当初考察我时说的那句话，我现在还记得，工作最大的乐趣就是挑战，包括人。我会坚强的。"

酒至酣时，佳桐趁着醉意说到了自己。佳桐很小的时候就和母亲相依为命，日子过得很清淡。上大学的时候，她坚持旁听日语，因为她听说去日本打工挣钱多，希望将来可以减轻母亲的负担。佳桐说到这儿，抬起了脸，说："阴差阳错，我觉得办理好去日本打工的手续前不能闲着，正好看到我们单位的招聘信息，就抱着有一搭无一搭的心思来了。"商南说："那后来怎么放弃了去日本的计划？"佳桐仰头干了杯中的红酒，略带羞涩地笑了一下："因为我妈，也因为你。"商南很好奇，赶紧催促佳桐讲讲。佳桐娓娓而谈，说："我妈听说我应聘到了这个单位，非常激动。她说，我父亲过去就是国企职工，虽然因企业倒闭而下岗了，却一直有着深深的国企情结。如果父亲地下有知，一定非常高兴。至于因为你嘛，是因为，是因为你让我感觉很清爽，有点儿像我大学时的初恋。"说罢，佳桐的脸飞起两朵红云。不知怎么，商南心里升腾起了一股幸福的热流。他想起了那天在办公室，为了安慰被日本客户斥责而哭泣的佳桐，拍她肩膀的时候，她非常自然地马上把头靠过来的情景。

饭后，商南坚持要把微醺的佳桐送回家。走进电梯，佳桐醉意袭来，不自觉地眯上了眼睛，头轻轻地靠在了商南的肩膀上。商南看佳桐晃晃荡荡，怕她摔倒，于是扶住佳桐的腰肢。商南微微转向佳桐，一股来自年轻女性身体和干净头发的馨香沁人心脾。商南想起了校园里的初恋，也是干净精致的女孩，也是馨香满怀。商南突然来了黑色幽默，举报真是个好东西，举报的时候还是诬告，举报发生后，当事人因为同病相怜共御外侮，反而可能不是诬告了。

集团公司的总办主任肖然和商南一起在北京物资学院培训的时候同住一间宿舍。那时两人都是小伙子，刚刚参加工作不久，自然耐不住寂寞，常常偷偷溜出去喝酒。两人酒量都不错，酒风也豪爽，便觉得很投缘。有一次，两个人去小馆子吃爆肚喝二锅头，不久进来两个女孩子，模样清丽。那时候还时兴边吃饭边唱卡拉OK，于是商南借着酒劲儿唱了两首歌。商南唱歌还是很动情的，可能因此带动了两个女孩子的兴致，她们也唱了起来。一来二去独唱变成了对唱，又由对唱坐到了一桌。喝到打烊，不得不归，四个人哼着歌走出饭馆。商南说："我们必须送你们，我们得保护你们。"没想到几个人居然是一路，只不过他们正门她们东门，原来两个女孩子是物资学院的研究生。此后两个月，商南和肖然隔三岔五就和她俩相约，或是出去或是在她们宿舍喝酒，偶尔还看场电影。转眼就要结业了，第二天集团公司就会来人把他们从学校接走，而两位女生也即将结束学业。那个晚上他们都喝多了，正在依依不舍地谈着离愁别绪，或者对未来的无从把握，突然停电了。经过能听到心跳的短暂静默，不知是谁的手触到了谁的脸，四个人在黑暗中捉对亲吻起来。混合着酒味的吻真令人沉醉啊，但他们都知道，那不是真正的吻，而是一种对茫然的慰藉，于是终究还是没有发生什么。他们交换了电话，但似乎没打几次就断了联系。感情和情绪脱离特定环境，有时就像病毒离开了宿主，活不了多久。

有过这种交情，商南和肖然的关系自然不一般。肖然给商南打来电话，开门见山地说："最近从明山市那边反映你的问题不少啊。有说你独断专行的，有说你违反组织原则的，有说你高档消费搞腐败的，还有……"肖然顿了一下，"还有说你有生活作风问题的。"这个时候肖然还不忘开玩笑："这最后一条我相信，其他的我都不信。"商南说："去你的，赶紧捞干的吧。"肖然接着说："我就是提醒你，这段时间别出岔子，别让人抓住把柄，组织部部长对你要求平反的信格外反感。另外告诉你一件事，你千万要保密——集团公司总经理要换了。"商南赶紧问："换谁？"肖然说："张总。"商南知道张总，财务出身，对账目特别敏感，是个非常认真的人。肖然接着说："上任后他肯定要去各公司视察一下，你有个准备。"商南脑袋飞快地转着，几乎毫不迟疑地说："他能去分公司看看吗？"肖然说："够呛，他一般把日程安排得很紧。"商南问："你陪他来吗？""是啊，怎么了？想我了？"商南没工夫接这个话茬儿，说："你一定动员他去分公司看看。"肖然说："尽量吧。"说完就放下了电话。

商南记得两年前张总随老领导来过明山市公司，对明山市公司印象似乎不大好。这个不好的印象估计很大程度来自财务报表，那时张总还是总会计师，能够看到明山市公司的财务报表。财务报告分析是企业管理者必备的能力，从表上可以看到盈亏，也可以看出管理状况，比如三项费用过高，就是管理不力、人浮于事的体现，还可以看出经营状况，比如资金周转率低，就是在销售、资金回笼等方面出了问题。明山市公司的库存、在途、应收款那么多，资产的流动性怎么会好？资产流动性不好，效益又怎能好得起来？一张报表，已经让张总掂量出几分明山市公司的问题所在。

商南坚持让肖然想办法动员张总来分公司视察，是因为他觉得这是让张总认识到明山市公司还有个商南，而商南跟吴总不一样的最好机会。商南兼任分公司经理后，在有的放矢地开展经营、管理和清理工作并迅速取得一定成效的同时，公司外观和人气也有很大改变。商南以分管领导身份来分公司的第一天，车居然停不进院子，只好停在了路边，结果被贴了罚单。停车难，不光商南深有体会，客户和员工也不满意，原因是本就狭长的院子，楼前还建有一条长长的花坛，提货的车都没地方停靠，一看就是只看表面不重实际的外行设计的。商南兼任分公司经理第一天就找人把花坛刨了，地面铺上了柏油，画上了车位，从此客户停车就便利了。接着有人诉苦，说你们总部有食堂，凭什么我们自己带饭？商南听得出来这是带有挑衅意味的，而这个问题也确实应该解决，于是腾出一个放杂物的小仓库，经过改造、添置炊具、雇炊事员，很快就让员工吃上了热乎饭菜，从此员工见到商南有了笑容。商南想，到底是民以食为天，真心为他们解决实际问题总会有所回报。

张总上任月余，终于要来了。在张总来的前一天，商南让佳桐单独做了一份分公司的财务报表，放在分公司的办公桌上。张总是看不到分公司的财务报表的，因为上报的时候是和明山市公司做的合并报表。张总看不到报表，怎会了解分公司的变化？

5

坐上飞机，见张总没有睡意，肖然便开始了游说："张总，明山市公司下边的分公司，前段时间充实了力量，据说很有起色。张总能不能去那儿视察视察？这是巨大的鼓励啊！"张总问："谁啊？"肖然回答："就是抓清欠那个商南。""哦。时间有点儿紧，争取吧。"有了"争取"这两个字，肖然就放心了。未置可否，一般就是同意。别看领导官大，行程之类的事，总办主任还是有很大发言权的。

飞机晚点半个小时，简单吃完午饭已经是下午一点。来到公司，和遇到的员工交流几句。两点多钟，吴总终于开始了汇报。吴总准备充分，汇报翔实，从公司概况一直讲到党建，甚至老干部工作，还没有停止的意思。返京的飞机是晚上八点的，就算六点半到机场，再算上路程和吃饭时间，再不动身去分公司就来不及了。正在盘算如何打断吴总的汇报，肖然看见张总抬腕看了一下手表，于是赶紧借势说："张总还想去分公司看看，未尽事宜，在路上接着说吧。"吴总一愣，看着张总一时语塞。张总正听得腻歪，于是借坡下驴，说："走，路上说。"

快五点了，肖然那边还没动静，商南有些灰心。突然手机提示来了信息，低头一看，是肖然发的，两个字，马上。商南悬着的心踏实了下来。五点刚过，车来了。商南打开车门，用手护住张总的头，恭迎大驾。

肖然做了介绍，张总伸出手，说："是清欠那个商南吧？"商南注意到，吴总堆在脸上的笑容悬浮着一丝尴尬。

柏油路面是新铺的，脚感舒服，院子宽敞了不少。走进小办公楼，迎面是新挂上的集团公司的标志。员工起立以笑脸相迎，张总致以问候。最感反差的是吴总，以前不管谁来，包括他自己，分公司的员工都是一片死气沉沉爱搭不理的样子，今天这是怎么了？张总向员工拱拱手，说："我就是来看望一下大家，因为时间关系，我现在必须赶往机场，谢谢大家。"说完转身就往外走。商南顿觉不妙，自己还没汇报呢，这么匆忙，是不是不满意了？商南看了一眼肖然，肖然心领神会，对商南说："一起去机场吧，送送领导。"吴总本没打算让商南一起送张总，但上级公司的总办主任这么说了，他也不好反驳。

在机场附近的一个小饭店，几个人坐了下来，简单点了几个菜，又点了两盘上车的饺子，边吃边唠。张总简单问了问商南情况，就言归正传，说道："分公司我以前去过，破破烂烂，员工状态也不好。今天一看大不一样，所以就不用细看了。分公司的经营和资产状况怎么样啊？"这下子商南来了精神。虽然不方便在这样的场合拿出财务报表，但是上面的数字都已了然于胸，于是他将经营和资产状况按照资产平衡表和利润表的框架向张总做了汇报。在资产总额基本不变的前提下，优化了资产结构，压缩了库存、在途和应收账款，从而提高了资产的流动性，增加了效益。明白财务的人一听就懂了，在报表上都属于资产，但有的是银行存款，有的是投资或者债权，或者存货，哪个更安全、更有流动性，区别很大。公司倒闭了，往往不是资产没了，而是资产呆滞，应付不了短期债务所致。仓储业务方面则广开货源，挖掘空间，提高了仓库的存储率，从而提高了利润水平，将资产负债率从95%降到了73%，接近合理区间，所有者权益也相应地有所增加……

这么汇报，商南是动了一番脑筋的。如何让张总在最短的时间内接受自己，与领导的思维对接是十分关键的。为了准备这个看似无意的汇报，商南和佳桐没少演练。

他的汇报条理清晰，数字准确。看得出来，张总对于这种汇报方式十分受用，他可以凭职业习惯和专业知识，一下子将分公司的业绩还原到报表里去，这比吴总念叨一个个事例和做法更接近事务实质，而且符合他的思维方式。张总不禁对商南另眼相看了，问道："小商是学财会专业的吗？"商南借机说："我不是学财会的，但是我认为企业管理必须以财务管理为核心，因此我平时比较注意学习这方面的知识。"张总正在策划一个项目，旨在推动财务的核心管理作用，没想到下边已经有人实践了，于是连说了三个"好"字。

第二天一早，商南就收到了来自肖然的表扬，说："你小子什么时候把财务搞得这么明白？我记得你进修的时候学得不咋的啊。"商南笑笑说："这都是被逼的呀。"

张总的赏识并不能直接给商南带来什么庇护，相反，倒激起了吴总更猛烈的反应。没过几天，集团公司人事处的申处长来了，这个人和吴总同龄，估计他们二人的情谊不输商南和肖然。申处长不笑不说话，走哪儿都攥着一个泡着枸杞的保温杯。吴总召集中层及以上干部开会，请申处长讲话。申处长口若悬河，讲了一通国际国内形势，然后重点讲了集团公司面临的严峻形势，要求大家同心同德，增强组织观念，切忌个人主义泛滥，为确保完成集团总体规划而奋斗。接着就是找几位领导闲聊，跟商南聊得最多。话里话外讲组织原则，讲明山市公司安定团结的大好局面来之不易，讲看人用人不能从个人角度。最后，他不经意地问："听说有个叫佳桐的女同志跟你配合得不错，这个人怎么样啊？"商南知道这是申处长在点他，意思是有把柄在手里。商南想，龌龊的人之所以愿意拿生活作风说事儿，因为它有几个特性：一是喜闻乐见，传播又快又广；二是杀伤力大，波及两个家庭若干成员，更关系个人前途；三是当事人很难自证清白，弄不好还越描越黑。商南看着笑呵呵的处长，心里很压抑。他在想，现在上级公司的人事处处长和组织部部长，这两个执掌干部任免大权的人都对自己有意见，形势非常不利，该如何破局呢？

破局就会有所动作，而动作必将指向吴总。商南有所顾虑，毕竟吴总对自己有识人用人之恩。在犹豫和彷徨中，一个朋友给商南打电话，约他周日一起去慈恩寺敬香。商南对此本无兴趣，但想到可以散散心，就答应了。敬香的是朋友夫人，自称居士。他们一行带了丰厚的供奉，加上朋友老婆是常客，慈恩寺的住持亲自将他们延入茶室，品茗聊天。本来商南有些心不在焉，但听说住持是佛学院毕业的研究生，顿时来了兴致。朋友夫人问了一些诸如观音应该供奉在什么方位的问题，商南一听就知道，这位居士并未悟到真经，还停留在形式层面。突然，住持对商南说："这位施主相貌端正清秀，却有一丝不安，不知有何心事？"商南想，既然被高人看出，不如请教一番，于是将自己与吴总的关系问题及内心顾虑，既隐姓埋名又有所保留地说了出来。话说得虽然隐讳，更没说自己的想法，住持却讲了孔子上任鲁国司寇后诛杀少正卯的故事。这个故事商南小时候就知道，此刻由住持道来却别有意味，与商南的心疾有几分对症。

本来商南想借助佳桐把分公司甚至大公司的账暗中细查一下，看看这潭水到底有多深，看看暗流到底引向何处，但是查账谈何容易。倒是这段时间吴总的办公室格外热闹，"秦始皇"和分公司原来的财务经理频繁出入。入则窃窃私语，出则谈笑风生。这分明是一种示威，更说明吴总和"秦始皇"已经彻底结盟，由利益共同体"升华"成了政治共同体。

商南决定另辟蹊径。他调阅了近两三年分公司对外签订的合同，大致翻阅一遍，没有什么有价值的信息，顶多是合同签订得不太规范。应签未签的，从这个路径也看不出来。倒是这些签了合同的单位，在商南的脑袋里有了印记。

一天，商南和佳桐从分公司下班，天已经黑了，郁闷和疲劳使两人几乎一路无语。突然传来几声沉闷的雷声，很快就下起了瓢泼大雨。雨刷器调到最高挡也扫不出片刻清明。商南只能凭借前车的尾灯判断路线和距离，他俩决定停车避雨。好不容易摸索着靠了路边，打开双闪，静候雨势减弱。前后停了一排避雨的车，有点儿像看露天电影。两个人把座椅往后调了调，放平椅背，尽量舒展开来，缓解一下一天的憋屈。放松下来后，两个人还是无语，只有收音机的聒噪和着大雨砸落下来的声音。闲得无聊，佳桐问商南："你是什么星座？"商南说："双子座。你呢？""天蝎。"佳桐打趣道："哇，你分裂。"商南说："是啊，人们都说我随和又多变，其实我这个人很犟很坚持，甚至有点儿执拗。"商南接着说："我也知道你，小天蝎，内向而心细，是天生的侦探，而且锲而不舍，还有，你很记仇。"佳桐笑着说："知道就好，以后可别惹我哟。"忽然，耳边传来了轻柔的乐音，是《飘雪》。商南很喜欢这首歌，在柔和中有一种坚强。佳桐跟着哼唱起来，但她唱的是日语版。渐渐地，声音有些哽咽。突然，她抓住了他的手，很坚决。又过片刻，商南感觉佳桐的脸凑了过来，热烈而急促的呼吸就在耳边。商南一阵燥热和心悸，他知道，只要他迎向那两片玫瑰花瓣，就会打开一片花园。

但是他没有。他们在战斗，他们是战友，他们很危险，他们的目标还没达成。商南仅仅是使劲儿握了下佳桐的手作为回报，坚持着没有转过头去。此刻雨声渐小，前后的车都动了，他们也重新启程，扑向黑夜。

佳桐发现在分公司账面的递延资产里有一笔费用，200万元，没有与之相关的业务单据，也没有任何说明。一般来讲，在递延资产列支的都是能带来收益的长期待摊费用，比如开办费、大修理费等，隐蔽性较强。佳桐问商南有没有相关的合同，商南在脑袋里搜索一遍，凭借前段时间调阅合同的记忆，肯定地说没有。一般来讲，如果没有特殊原因，比如主观性地输送公司利益，或者强行达成某个交易，各部门是乐于按照公司关于一切业务往来都必须签订合同的规定执行的，毕竟谁也不愿意无谓地对抗公司管理。签订合同就要经过层层审批，包括合同专审员和主管副总及总经理，甚至要请律师参与。整个过程走下来，基本上任何猫腻都藏不住了。没有合同，没有业务单据，此中肯定有问题！商南说："佳桐，你查一下记账前后的转账记录，看看谁是受益人。"

转账是很敏感的事，而且掌握在出纳手里，佳桐只能通过开户行的朋友从银行查。朋友说："上次就因为帮你们查那个背书转让，你们领导都找到行长了，行长把我批评了一顿，差点儿没处分我。"佳桐说："这次是公司行为，我们领导不会怪罪的，你就费费心吧。"说着，话锋一转，说："你用的什么面霜？特别显白，还有光泽。"朋友说："哪儿啊，我都是对付的。"佳桐顺势从包里掏出一个包装精美的化妆品盒，说："那你试试这个，我用得很好。"

拿到银行对账单，两个人连夜核对起来。先看金额，再看有没有流向可疑的。果然，有一笔200万元的款以购货名义转出，流向一个熟悉的名字——吴必成。

在吴总还不是一把手，商南真的还是小商的时候，两个人之间有过既是上下级又是兄弟的关系。那个时候，吴总时常跟商南唠些不足为外人道哉的话。吴总出生在距离明山市60多公里的太平乡吴屯，一个很穷的地方。20多岁时，终于考上一所中专，从此走到了城里，工作、结婚、生子。作为入赘女婿，吴总因为是农村人而饱受小姨子、小舅子的白眼，有时宁可抢着值班，也要尽量逃避那个没有"主权"的家。老家是吴总放不下的牵挂，年迈的父母和一帮兄弟姐妹都眼巴巴地看着他，而他，更是一家人最大的骄傲。这份牵挂和骄傲很沉重，沉重得让他必须做得更好。那时候，商南逢年过节都要开车陪吴总回家，车上装着大米、白面、食用油，甚至还有鞭炮和劣质啤酒。有的是单位福利，有的是用私房钱买的。刚出校门、家境优越的商南一开始很不解，这些东西有什么好的，左一袋右一瓶的，多麻烦啊。可吴总却说，这在农村都是好东西啊。吴总最惦记的是最小的弟弟，几岁时得了小儿麻痹症的吴必成，而这个弟弟总是迎在村外最远的那一个。

这个名字，此刻就清清楚楚地印在对账单上。

6

佳桐看着证据，问怎么办。商南淡淡地说："你留着吧。"查到这个程度，印证了曾经是自己偶像的人走到这一步，令商南完全没有了惊喜和大功告成的快感。他想起了以前和吴总推心置腹的谈话，想起了偶尔在路边小摊撸串儿喝酒的光景，想起了对吴总的敬佩和崇拜……从自己当上副总经理到现在，时间不长，是什么使两人的关系势同水火？可能是自己真的太天真太学生气了？以前吴总没少这样批评自己。

商南连续喝了几天大酒，和客户，和同学，和佳桐。和佳桐喝酒那天，他吻了那两片绽放的玫瑰。他想放下自己，学会苟且偷安，甚至放浪形骸。

这个时候，家是最好的避风港。商南回父母家比以前更勤了。尽管他拼命掩饰，但有什么能瞒过生养自己的爸妈呢？商南的父亲是个老干部，一辈子勤恳踏实，任劳任怨。一天晚饭，只有三口人，老爸给儿子倒了一杯红酒，自己也破例倒了半杯，在沉默的尴尬中开始了自己的独白。父亲说："我这辈子在工作中经历过许多坎坷，挨过整、吃过亏，但是总结下来，没走过弯路，没做过悔事，内心平和，外在安稳，我对自己的结局很满意。但是平稳不一定没有波澜，更不是回避矛盾，恰恰是要在大风大浪里行稳致远。人生大部分时间都是处于潮起潮落之间的平潮期，但要时刻准备着，既要有勇立潮头的勇气，也要有看淡退潮的境界。"商南临走时，老爸从一个信封里抽出一张宣纸，上面是老爸的手书：平潮听涛。

这段时间，小爽对商南很满意，有时他回家早了，还偶尔做做饭。小爽的后背转了过来。

相安无事地过了一段时间，一天晚上，市土地储备中心的一个朋友给商南打电话说："你们不知道站前地区要拆迁了吗？你们那个小楼怎么这个时候还要转让啊？"商南一听吓了一跳，从来没听说要转让啊！朋友接着说："今天下午来个人，是一个饭店老板。他来了解你们这座楼的情况，特别是权属情况，说是要卖给他。本来我不想答复他，但他说跟你们公司很熟，说出了你和吴总的名字。"商南问："这个人是不是个子不高，有点儿谢顶？"朋友说："是啊。我看是你们的朋友，就调阅了一下档案，告诉他现在这座楼属于他项产权，处于银行抵押状态。那个人问了是哪家银行后就走了。"商南想，此人是租用公司门市房开"朝天门川菜馆"的王总无疑。因为单位的人常去吃饭，王总跟公司的人都很熟，跟吴总的关系更不一般，过年过节公司的大小头目都没少受他小恩小惠。这个四川人头脑灵光，借着人头熟，经常利用明山市公司的资源对缝儿，后来越做越大，已经开了好几家分店，俨然是个大老板了。现在听说公司在这儿有座楼，而且要动迁，要打它的主意了。

原来，公司把这座小楼租给一个旅行社开了便捷酒店。前几年公司资金一时紧张，向银行贷款300万元，就用这座小楼做的抵押。后来公司为了维持经营规模，就没着急还贷。银行那边坐收利息，而且是国企的利息，自然乐得如此。对银企双方来说，这都是一笔好买卖。

拆迁早有其事，政府要在站前打造一个CBD。开始给的补偿是每平方米6000元，这座小楼是600余平方米，就是360多万元，已经远远高出贷款金额。后来听说推进不力，市领导非常着急，把补偿涨到了每平方米7000元。商南很兴奋，还等着有关部门的人来找公司谈呢。没想到，没等来政府的，却等来了开饭店的。

秋天正是公司经营最为关键的时候，深耕的业务要赶在年底前回笼资金，此刻正在与市场做着闷声不响的博弈。企业，玩的就是资金，此刻正是较劲儿的时候，任何松动和釜底抽薪都可能导致满盘皆输。就在这时，银行信贷部和资产管理公司来了三个人，说是要清收那笔贷款。财务部王经理说："这笔贷款我们合作得很好，利息从来都是按时足额交付，为什么要突然清收呢？"来人口气强硬地说："那不关我们的事，我们只管按照上级指示办事。我们总行现在正在搞清理小额超期贷款专项活动，这笔贷款已经超过危险警报时限，必须清收。"

王经理在班子会议上汇报的时候，商南想，这是王总的活动见到成效了。关键是来清收的时机拿捏得太好了，这几个月正是用钱的时候，估计是有仙人指路。拿不出钱，就会有人提出引导性意见，用这座楼还贷。果然，经过一番讨论，吴总提出："现金流是公司的生命线，绝不允许受到影响。我看，就把小楼给他们算了，我们还省得付利息了，两不相欠。"在座各位虽然都知道拆迁在即，却面面相觑，谁也不吭声。沉默良久，商南的脸憋得通红，他终于没能忍住，说："我提个建议。我觉得可以以优势价格压缩一部分库存，释放部分现金，用以还贷，从而避免长久损失。"说完，商南就觉得又说多了，不应该提什么长久损失。损失，还定性为长久的，这不是给领导扣帽子嘛。本来商南还想说第二个办法，以公司大楼作为新的抵押物，将站前区的楼替换出来，这样一方面可以得到拆迁补偿，另一方面还可以通过重新签订合同重启账龄。但转念一想，银行来的目的很明确，直奔公司的七寸，肯定不能同意以公司大楼作为抵押贷款，于是就把话咽了回去。果然，吴总说了："为了还贷降价销售，影响当期效益，难道不是国有资产流失吗？完不成年度考核指标，这个责任由谁来负？影响公司员工的奖金，这个责任又由谁来负？"最后一个反问让商南绝望，这明摆着就是要把商南树为人民公敌。开班子会有个奇特现象，会上谁说了什么，员工一清二楚。按照上级规定，固定资产变现收益，不计为公司利润，但可以影响资产总额和所有者权益，而这两个指标才是公司真正实力的体现。但是上级公司对下级公司的考核主要看营业收入和利润，员工关心的也是这两个能直接影响奖金的指标。任何事情都有长远和眼前两个利益选择，对于大多数员工，最关心的就是年底能发多少奖金，你让他为了三年后的事情而损失眼前利益，那绝对是不得人心的。刚才商南的建议如果被吴总那么解读，再传到员工耳朵里，绝对是有杀伤力的。

于是商南不再说话了。

商南弃权了，吴总的提议得以通过。商南仿佛看到了公司和银行签订了以楼抵贷的协议后，王总又通过拍卖得到那座即将换来真金白银的楼。心疼啊！

下班前，佳桐给商南发个短信，说："南，知道你今天不高兴，晚上我请你吃饭吧。"自从商南吻了佳桐，佳桐对商南的称呼就从商总、商南变成了南。商南最近一直在为上次的冲动后悔，听她如此称呼哭笑不得。但买醉解脱的欲望迅速战胜了顾忌，他答应了。

佳桐喜欢日本料理和西餐，但今天却顺从了商南的口味，选择了一家老北京涮肉。两个人喝着廉价的56度二锅头，尽量若无其事地东拉西扯。酒至半酣，佳桐向商南复述了今天会议的内容，包括商南的发言。商南无奈道："传得真快啊。"佳桐从包里拿出两页复印纸，说："你看看。"说完得意地盯着商南。商南接过一看，原来是一封举报信，信里详尽罗列了那笔虚列费用和转账吴必成名下的事实，并附了相关账页和单据的复印件。

看罢举报信，商南久久没有说话。

他有一种强烈的无力感和煎熬感，或者偏安一隅，或者哪天溜之大吉，总之，他想摆脱。而且，商南小时候看多了《春秋大义》，对写信告状之举颇为不屑，甚至鄙视。他把信卷成卷，塞进了火锅的炉膛。一阵烟伴着纸灰飞了出来，把佳桐呛得咳嗽起来。咳着咳着，佳桐突然笑了，她说："这是复印件，我就知道你不会同意发走，所以下午我已经把它邮到集团公司纪委了。"接着，她突然收起笑容，严肃地说："我知道你不想走这步，但这是你最后的机会了。我也知道你是绅士，不屑于告状，可你没想想，他们对你是怎样无中生有诬告的吗？你还有别的办法摆脱这种困境吗？不为你，也得为公司啊！你就忍心眼看着公司的小楼这么窝囊地没了？这封信也许能挽救这座小楼，试试吧。南，对不起，没有时间犹豫了。"

商南怔怔地干了半杯二锅头，很为自己不如一个娇弱女子果决而羞愧。他把杯往桌面使劲儿一蹾，说："木已成舟，箭已离弦，随它去！"

醉眼蒙眬中，佳桐清新可人的面目似乎多了一丝冷峻。自己呢？住持说过的端正清秀还在吗？商南觉得有一股肃杀之气随着酒精的氤氲和炭火的烟雾升腾起来。"我还是我吗？"商南此刻终于悟到：查账，就是打开潘多拉的盒子，一旦打开，便无法预料，也无从控制。

那天晚上，商南没有送佳桐回家，也拒绝了佳桐送他。他看着她不情愿地坐上了出租车，一个人在夜色里走了好久。

7

僵持是引而不发，是无声对峙，是震前的静谧。僵持的日子过得很慢，时间在亢奋与低回中进入了新的世纪。

自从佳桐先斩后奏背着商南给集团公司写了举报吴总挪用资金的信，横亘在商南和吴总之间的裂痕就无法弥合了，双方心照不宣，弈局陷入僵持。

不出商南所料，吴总很快就知道了这封信。这笔账，自然地记在了商南的头上。

就像一颗石头投入深不可测的水井，商南心里有时会对佳桐有些埋怨，怪她独断和莽撞，把他们俩推向了不归之途，但大多数时候是感动和敬佩。作为男人，商南不能后撤，只能选择决绝：人家一个弱女子为了他都敢作敢为，自己哪能后退呢？有个词叫妇人之仁，其实不论历史还是现实，女人往往比男人更有决断力。佳桐说她是为了保护商南，而商南感到是被佳桐绑上了战车。那就往前冲吧。

佳桐倒是挺兴奋，她愿意和商南绑在一起。前途未卜，胜负难料，让佳桐感到兴奋。但商南不想失败，男人只要平庸的胜利，不要浪漫的失败。

失败却如期而至，站前小楼还是没能逃脱被抵顶还贷的命运。商南天真地寄希望于集团公司能抢在前头处理举报的内容，从而阻止小楼被抵顶的命运，最后还是落空了。商南的据理力争成了班子会上激发不出反射波的画外音，只剩下商南的面红耳赤和其他人的面无表情。商南甚至抛出了第三个方案，打广告将小楼出售，由受买人出资还贷，解除抵押状态，然后履行转让手续。他相信，有拆迁的背景，一定会卖出比贷款本金300万元高的价格。可是，吴总一句话就给否定了："处置固定资产是很严肃的事情，需要上级批准，然后评估，最后挂牌，还要缴纳各种税费。这一趟下来，银行不会有耐心等待的，而且费用不低，得不偿失。"

失败感，巨大的失败感，像压城的黑云，压得商南抬不起头。

本来商南经常在总部办公，毕竟自己还是副总经理，分担着公司层面的部分工作。自从佳桐写了举报信，以及在班子会上为了站前小楼与吴总的针锋相对，商南就几乎天天去分公司上班了。他还不习惯和自己多年的领导对立，去分公司相对自在舒服一些，也算是逃避吧。

今天一到分公司，令人不快的事就迎面而来了。分公司负责文档印鉴管理兼统计的小刘一看商南到了，马上尾随而来，并迅速关上了门，用慌张的语气急促地说："昨天下午您回总部后，秦经理领着区房产局一个姓才的科长来了，说科长要看一下西库的产权证。我以为是正常检查，就把产权证给他了，哪知道才科长拿到产权证就说这个仓库是违建，证被没收了。"

商南一听脑袋就大了。其实他早就想把文档印鉴由总部集中管理，但感觉小刘人挺稳重，加上不想因动作较大引起个别人的反感，就没着急实施，现在果然出事了。西库那边传闻要拆迁，这个节骨眼儿没收产权证，肯定不是简单问题。证在手，拆迁谈判就有底气；没有证，你跟人家谈什么啊？一旦拆迁后得不到应有的补偿，国有资产流失的责任谁能承担得起啊。站前小楼的利益流失还在深深地刺痛着，这次绝不能在自己分管的范围内重演。

想到这，本来懒得和吴总面对面的商南，第一个念头就是赶紧向吴总汇报，这样的，绝不能支支吾吾。走出办公室，商南下意识地瞟了一眼秦经理"秦始皇"，一股寒意涌上心头。"秦始皇"虽然被免职，但是并没有失宠，这一点被善于人际观察的员工看得一清二楚。他也努力营造着这种氛围，人越多，看商南的眼睛越斜，应答商南越慢。原来在单位经常看不到身影的他，现在居然按时上班，坐满一天，而且身边往往高朋满座，客户和外单位的人依然一口一个"秦经理"地叫着，对比门前冷落的商南，让人搞不懂刚被免职的到底是哪一个。而商南也很明白，在他和吴总之间的高下较量出来之前，对"秦始皇"大动干戈是没有意义的，因此容忍了对方的非暴力不合作和故作傲慢。

商南坚信，产权证被没收绝不是偶然事件，一定是内外勾结、一石几鸟的阴谋。

去往总部的路上，商南的脑袋一刻也没停歇运转。所谓"西库"，是20世纪70年代前期国家为解决进口原料的接港、仓储、调拨、发运等问题，由集团公司，当时叫总公司在明山市投资200多万元建设的仓库之一，明山市公司也因此而生。那个年代的钱很值钱，200多万元就建起了两座万平方米的仓库，分列道路两旁，颇为壮观。选址在此，其思路也是现在人很难理解的。那时候没有产权概念，土地是国家的，房子是国家的，事业是国家的，甚至人也是国家的。当时东北搪瓷厂听说总公司要在明山市建仓库，便汇报到明山市革委会，由革委会主任兼明山警备区司令亲自出面找到总公司，请求将仓库建在东北搪瓷厂院里，名义是可以提供土地，实际是方便生产。搪瓷厂所用的搪瓷铁皮和钛白粉都是紧俏的进口物资，而东北搪瓷厂又是总公司的直属直供企业，总公司领导大致了解情况后，便爽快地答应了地方的请求：建在哪儿都是建，能方便企业，何乐而不为？但搪瓷厂空闲土地有限，于是便更改设计，一分为二，一座建在搪瓷厂院里，是为西库，东库则与搪瓷厂隔路相对。

整体大于部分之和。一座仓库被拆分为二，不仅效能大打折扣，而且增加了很多成本和费用。但历史就是历史。其实总公司领导有他的小九九，他希望借助地方的力量尽快将仓库建设起来，起码能得到一些帮助。但是后来发现，真正被方便的是搪瓷厂，他们的搪瓷铁皮和钛白粉在物资短缺的条件下得到了优先保障不说，不少员工和领导家属顺势进了中直单位，这在当时是很牛气的事情。

回到公司总部，商南没有像往常那样敲门，而是直接闯进了吴总办公室。他想给对方一种感觉，事关紧要，事态严重。

商南简要汇报了西库产权证被扣的来龙去脉，重点分析了可能会使下一步面临的拆迁工作陷入被动的局面。吴总倒是颇具大将风度，表情无波无澜，语气不急不缓："商总啊，你好久没来我这屋了，贵客啊。"吴总叫自己商总，而不是以前的商南，还是贵客，明显就是讽刺。两个人的斗争已经不是秘密，只是没有撕破脸皮而已。吴总依然不紧不慢："内部管理问题必须追究。"他顿了顿，接着说："但首要的是把产权证要回来。"作为多年领导，吴总的逻辑是清晰的，是善于抓住主要矛盾的，这也是商南一直对吴总深有好感甚至崇拜的地方。如果不是因为工作，两人何至如此。但商南听得更清楚的是吴总在强调这件事在内部管理上是有责任的。商南想："我不想激化矛盾，反倒被人抓住了薄弱环节，还是太嫩了。"

西库拆迁，商南近期略有耳闻，好像还是听"秦始皇"说的，没有太往心里去。作为央企，他们除了党务工作接受属地党工委领导，其他方面工作都是线性管理，地方上的事情并不十分注意，何况他们早就习惯了地方有求于自己。计划经济时代，现在的集团公司还叫总公司的时候，明山市公司领导最重要的工作就是去北京，到总公司要钱、要项目、要配额，回来就转化为各种效益，所以人们称之为跑"部""钱"进。由于手里有钱、有项目、有配额，所以地方行业管理部门和直属直供企业趋之若鹜，各单位总派一两个能人常年围着明山市公司转，其实就是公关。时间来到世纪之交，随着经济体制改革和市场经济推进，这些行业部门不是消失就是弱化，而明山市公司也完全市场化，再也没有了资金、项目和配额，谁还和你往来呢？至于那些直属直供企业，不是改制就是破产，偶尔有老人见面，也是徒生唏嘘，于是明山市公司就更加"线性"了。

西库所坐落的东北搪瓷厂，原来关系如此紧密的直属直供企业，并无例外，也随着改制渐行渐远。

东北搪瓷厂曾经是个风光的大厂。那个时候，搪瓷用品在日常生活中扮演着重要角色，大到浴缸，小到茶缸，哪家不得有那么几件？特别是东北搪瓷厂生产的一套印着红色双喜图案的脸盆茶盘痰盂，因其耐用与喜庆，畅销全国。商南刚参加工作时曾经参观过搪瓷厂的陈列室。面对过时的红双喜脸盆，商南边参观边想，这么土气的东西当时怎么能卖得那么好？

商南第一次遇见李丽英就是参观搪瓷厂陈列室那次。那时计划经济已经衰落，但还有双轨制的余威，所以和直属直供企业往来还算密切。所谓密切，就是他们还围着明山市公司转，看看还有什么油水。何况搪瓷厂还是近邻，两家定期聚聚，不仅正常，而且显得搪瓷厂很懂事。那时的李丽英是供销科科长，负责原料采购和产品销售。这个位子，一定是留给能人的。

那天的聚会，这边是当时还是副总的吴总带着金属部的经理，以及刚参加工作不久的商南；那边是"老革命"蔡厂长和李丽英。蔡厂长出身四野，新中国成立前就作为支援地方的年轻干部被派到老解放区明山市，在军工厂造炮弹支援前线，现在眼看就要离休了。今晚，作为主人的蔡厂长却是最落寞的人，一是对当前的经济体制改革有些心灰意冷，二是手下的刘科长太能张罗，以致有点儿喧宾夺主了。

蔡厂长的开场白话音刚落，李丽英就站了起来，招呼道："来来来，各位领导先垫垫底，吃口东西。"说着就给大家扒螃蟹。只见她动作麻利准确，毫不拖泥带水，咔咔几下子就把一只梭子蟹大卸八块，以最方便持握和入口的姿态摆在每个人的盘里。吴总眯着眼睛看着李丽英，笑呵呵地说："刘科长嘴一份手一份，扒得真好啊。"李丽英接过话头说："一会儿我给领导扒个虾，保证扒得更好。"扒虾（瞎）是东北方言，意思是瞎白话，众人听了都哈哈一笑。刚才她给商南扒螃蟹的时候，商南礼貌地站了起来，怯生生地说："我自己来吧。"李丽英笑了，说："这小伙儿这么秀气，还脸红了。让大姐给你扒，大姐扒得好。"说着还用胯骨顶了一下商南的大腿，商南的脸更红了。

时代风云总是弄潮儿的顺水浪头，是命运，是机遇，也是个人造化。总之，在成千上万个国企改制的既得利益者中，李丽英当仁不让地成了其中的幸运儿。和大多数改制企业一样，搪瓷厂在李丽英的领导下，经过裁员、买断、转型等一系列动作，人员剥离了，包袱减轻了，创造了一时辉煌，个人也斩获青年改革家、三八红旗手等荣誉。只是风光过后，企业却逐渐表现平平，最终生产和发展难以为继。

8

商南不知道的是，李丽英早已练就了铁腕的手段和刚硬的心理，因为她有她的信念，她的信念就是她手握的资产。

目前，这个已经改名叫作卓立家居用品有限公司的单位就是李丽英的资产。在李丽英的手里，原来单一的搪瓷产品已经扩展到浴室系列、厨房系列、餐厅系列。"卓"取自女儿卓凡的卓，"立"则是李丽英那个"丽"的谐音。卓凡、卓立，母亲李丽英对公司就像对自己亲生孩子那样。可是，想到财务报表，李丽英的眉头又紧锁了起来，也许到了为了卓凡必须舍弃卓立的时候了。按照报表，公司的资产负债率已经高达133%，这是一个死亡企业的指标。负债主要是银行贷款和应付账款，资产主要是寥寥无几的银行存款、陈年的清收无望的应收款和一大堆变现能力很差的原材料和成品，还有就是按照原值入账几乎已经提完折旧的厂房。土地比较特殊，属于划拨性质，是在改革开放以前作为国有企业用地，由市政府无偿划拨使用的。作为历史转型期间的遗留问题，政府以房屋产权确认土地权，承认这类土地的权属，但是遇到开发和转让的时候必须补缴土地出让金。在划拨状态下，它在账面上没有资产价值，但是有权属价值。当下已是城市化大幅跃进、房地产开发愈演愈烈的形势，这块土地一旦转让出手必定价值不菲！只是，李丽英又蹙紧了眉头，这块土地上还有一块不属于她的"飞地"，那就是明山市公司的仓库——西库。

与商南的尴尬孤立不同，佳桐因其清新可人的外貌和活泼直爽的性格在分公司收获了颇丰的人缘。随着分公司业务的不断扩大，财务核算的压力也随之加大。为了加强财务管理，她现在跟着商南几乎天天来分公司上班，把主要精力都放在了这边的财务工作上。起初，人们对他俩的关系窃窃私语，但面对佳桐的落落大方，揣测很快就变得无趣，人们也就不再说三道四。

佳桐的存在，延伸了商南在分公司的触角。通过佳桐和小刘的追述，商南大概想起了一些细节。一个月来，"秦始皇"的办公室经常有人到访。和被贬职之后特意的张扬不同，这几个人来的时候都比较低调，表现出了和他们以往做派极不协调的安静。商南似乎也有印象，只是当时没有在意。他知道"秦始皇"长期经营位于异地的分公司，和这边的职能部门以及企业比较熟悉，有自己的圈子。但是商南不知道的是，这次他们研究的事非比寻常。

引荐他们来的是江湖人称"三哥"的人，据说此人在明山市手眼通天，左右逢源。不过"秦始皇"对他毕恭毕敬，却是因为他知道三哥的妹妹是李丽英。

李丽英他们家是明山市老坐地户，父亲是码头工人，充沛的体力加上无所思虑的生活让老爷子的生育能力格外旺盛，一口气生了五个孩子。老三就是三哥，老小就是李丽英。作为唯一的女孩，李丽英享受了父母和兄长们的多重恩宠，因而心高气傲，不甘人后。应该说老李家的基因是优秀的，三哥和李丽英就是代表。三哥高大挺拔，小妹亭亭玉立。他们出生的时代不是适合读书的时候，所以他们的优秀主要表现在了其他的方面。三哥从小进体校，如果不是十八岁时跟人打架摔断了腿，断送了即将加入省青年队的前程，据他的教练说，老三将来进国家队没问题。等到三哥把腿伤彻底养好，已经二十岁了。顺着父亲的关系，他进入了港务公司，编制在工会，工作是踢球。作为足球强市，明山市港务公司足球队常年征战全国足球乙级联赛，消化、吸收了大量明山籍退役专业队球员。那时，足球还未进入职业化时代，球员踢到二十七八岁找个理由退役，进入事先找好的单位，拿着工资，再为单位踢两三年比赛，是最佳选择。当然也有三哥这样年轻的准专业球员。如果不是年龄老化，这支队伍还真不把一般对手放在眼里。

三哥后来开始在社会厮混。在20世纪90年代初三角债泛滥的背景下，暴力催款盛行，三哥的生意很好。当然，不可避免，他也"进去"了几回。小妹接手搪瓷厂后，兄妹俩密切配合，催要欠款、吓唬上访老职工，一时闹得乌烟瘴气。

三哥带来的客人是区房产局的才科长。一连几天，他们天天聚在"秦始皇"的办公室窃窃私语，与以往的嘈杂张扬很不相同。

他们研究的正是西库。李丽英眼见企业扭亏无望，要把厂子所占土地转让给明山市最大的房地产开发公司亿通集团。亿通集团一看这个地脚，很感兴趣。但是，他们都要面对厂区里这个不属于他们的西库。这个西库原本已经气息奄奄，自从新来个商总，居然又满负荷运营，每天出入库还挺忙活。作为仓库，每天按吨或立方收仓储费是小钱，一进一出收取出入库费才是大钱，看这样子，西库效益应该不错。亿通集团的文总和负责拿地的孙总当然是内行，无论是按重置成本法，还是收益法、市场比较法，受让西库都将代价不小，不算土地出让金，没有2000来万元下不来。这不像李丽英那块地，出让的主观愿望很强，处于亏损状态，又是一个人说了算，代价相对不会太高。文总和孙总一商量，决定以退为进。

李丽英接到亿通集团总经理助理衣依的电话，请她去集团一下，心里有点儿悸动。卓立公司和李丽英在明山市也是名声在外，但是和亿通相比，还差得很多，毕竟人家效益更好，体量更大，又是朝阳产业。更重要的是，自从她抛出橄榄枝，对方始终没有积极反响，今天终于要见面了。衣依音色甜美，语气柔和，但沉稳坚定，颇有大家风范。女人对女人总是有些直觉。

说起直觉，李丽英对同为女人且年龄相仿的孙总有一种不太舒服的感觉。去亿通集团的路上，李丽英回想着第一次见面的情景。在市人大常委会姚副主任的引荐下，李丽英和孙总见面了。那是李丽英求这位副主任联络的亿通，而姚副主任恰恰熟悉孙总。说起来，当孙总的父亲在明山市当副市长的时候，他还是个市政府办公室的小科长。看着孙总矜持而不失亲切地和姚副主任随意唠着家常，想到自己每次见到姚副主任时都要故作娇嗔忸怩作态，李丽英不免心生嫉妒。

让女人嫉妒的女人就是天敌。

在姚副主任办公室，李丽英表达了想要把土地转让给亿通开发的想法。孙总问："为什么一定是我们呢？"李丽英说："有缘呗，正好我们都和姚主任熟。"其实，李丽英经过考察，认定只有亿通拿得起这块地。这句话李丽英并不想说出口，因为这会增加对方的砝码。但孙总的回答一语中的："也就我们吃得下。"

李丽英从心里不喜欢把优越感表现得这么直露的人。

衣依礼貌地将李丽英引进会客室，倒了一杯茶后，笑盈盈地说了句"您稍等"便闪身出去，扔下李丽英孤零零地呆坐。尽管李丽英是跑供销出身，早已练就了各种冷漠环境下的应对本领和柔韧心理，可今天的等候却让她备感屈辱和尴尬，企业的窘迫和急于转让土地的心理使谈判的天平已经失衡。但更让她有压迫感的是孙总，那个有着说不出的优越感的女人。其实孙总对自己从来没有恶语相向，相反还彬彬有礼。但是这种礼节却让李丽英有着说不清的疏远，像一层透明而有弹性的幕帘夹在两人中间。两种出身、学识、经历、教养的人，她们的处世方式完全不同。优越的出身造就了孙总的清高，跟她谈家长里短，恐怕不会得到应和。优渥的生活使她对金钱不太敏感，何况，她的位置决定了她不会缺钱。投机，得有投机的点，或色，或钱，或趣味。对孙总，李丽英无从下手。

会客室的门终于开了。孙总几乎没有寒暄，上来便直奔主题："上次见面后，我向文总经理转达了李总的意思。听说贵公司有意出让土地，想找我们合作，文总表示欢迎。"孙总开篇就强调了对方的积极主动，一下子就将李丽英置于被动地位。不待李丽英表态，孙总接着说："要想合作，有三个先决条件。一是保证地块的统一性。据我所知，贵厂院内有块飞地，面积不小，关键是位置比较尴尬，无法回避。如果这块地不能一同开发，就没有意义了。"看着面露难色的李总，孙总放缓了节奏："李总，您看还需要继续吗？"李丽英勉强笑了一下，急忙说继续继续。孙总接着说："贵公司的前身是东北搪瓷厂，你知道，那个时候的国企没有什么土地权的概念，顶多是个划拨土地，有没有土地证都不好说。历史问题我们不管，但是我们合作，必须请贵公司先完善土地证，起码不得存在争议。这是第二点。第三点，李总要保证企业内部没有遗留问题，包括房屋土地的抵押质押，以免在开发过程中节外生枝。还有，内部矛盾，比如工人闹事，要你们自行解决。"说完，孙总身体后仰，靠在椅背上，直视着李丽英，面带笑意，等待着对方的答复。

李丽英好久没有经受这么压抑的谈判了。对方身居主动，居高临下，咄咄逼人，这让她很不舒服。但她不得不佩服孙总，症结拿捏精准，表述清楚，针对性强。看来今天不振作起来是不行了，于是，她把两肘支在桌上，背部溜直，腰际凹陷出依然动人的曲线。这道曲线，是她兴奋起来的习惯性表征。

李丽英先说了两句客套话，习惯使然，然后步入正题。她的中心思想是：我们所说的合作，就是我们两家的合作，涉及的第三方应该由亿通直接与对方谈，毕竟亿通是开发商。按照常理，这么说没有毛病，都是独立法人单位，各有各的权属，我又不是开发方，凭什么让我和人家谈？很明显，谁都不想触碰一个央企。

此言一出，孙总马上毫无余地地说："这个单位就在你们院里，长期以来和你们像一家人一样。对于我们公司，我们搞开发面对的是土地，我们今天谈的也是这块地，至于这块地上的各种状态，与我们公司无关。"她们是分别基于两个不同的概念——单位和土地来争论的，两个人都有很强的逻辑能力。李丽英还想说什么，孙总马上打断她说："李总，今天就谈到这儿吧，如果不是整宗土地一起出让，我们是没有兴趣的。"

李丽英最怕"兴趣"二字，这代表着强烈的主观愿望和迫切的客观需求。没有选择，西库的拆迁只能自己扛下来了。

李丽英面无表情，怔怔地上了车。司机见领导脸色不对，识趣地一言不发。到底是李丽英，回单位的这一路，一个环环相扣的计划已经初具雏形：先放风城市改造拆迁，再想办法收走西库产权证，以此压迫仓库低价转让，然后再与亿通谈判。到那时，主动权就在自己手里了。想到这，李丽英的嘴角露出了一丝不易察觉的笑意："我李丽英还争不过你一个外来户？"

9

按照妹妹的思路，第一步基本顺利。三哥受他妹妹委托，在明山市最豪华的金冠海鲜酒家宴请才科长和秦经理，以表谢意。

三哥和这二位都是刚认识不久，却俨然成了战友。经上面安排，扣证由才科长负责，李丽英让三哥出面联络。才科长本来心里正抱怨又摊上个脏活儿，一看来联系他的是江湖上有名号的三哥，而背后的事主是李丽英，倒也有了几分愿意，都知道这俩人出手大方，果不其然。秦经理和李丽英更是老相识，李丽英让三哥找他配合，三哥还纳闷儿这事怎么找对方单位的人商量，一见面才知道，秦经理比他还积极。于是三个人天天在秦经理的办公室密谋，最后策划出一个超完美方案：扣证后找个拆迁公司，天天吓唬商南，打乱正常经营。商南长得细皮嫩肉的，一看就是个软骨头，估计会被吓得恨不能马上把仓库出手。这时再由李总出面，谈个价格，对方肯定会见好就收。如果不吃敬酒，就找机会强拆。到时候由秦经理掌握库存情况，找个货值比较少的时候动手，必要时可以给秦经理一棒子，秦经理顺势昏倒，既推脱了责任，又使拆迁得手，说不定还成就了一个英雄……三个人思绪飞扬，惺惺相惜，大有英雄所见略同之感。

这家酒店以豪华著名，菜品主打名贵海鲜，做得形色有余，滋味不足。这是特殊年代的餐饮业生出的怪象：贵就是招牌，越贵越火。

桌子很大，但只坐了六个人，除了三位男士，还有三位三十出头的美女。三哥深谙陪客之道，如果是和拆迁公司那帮人喝酒，三哥就找年轻的女子作陪，越年轻越好。对于那帮人，他们不需要气质，不需要优雅，不需要阅历，他们只看脸蛋和身材。而今天的客人，虽然也不是什么高深的人，但毕竟是体制内的，不能弄得太浅薄。三男三女穿插坐定，三哥举起杯，不，是分酒器："感谢两位领导，别的话不多说，咱们慢慢处着。我先干为敬。""敬"字还没说完，三哥一仰脖已经把妹妹给的茅台酒倒进了肚里。

有了二两酒打底，气氛很快就活跃起来，两位客人也不再矜持。何况，他们原本也不是矜持的人。很快，话题集中在两个主题上，一是围绕美女的劝酒和调侃，二是在配合拆迁的问题上向李丽英兄妹表忠心。

商南就没有这么快意了。司务会上吴总责成商南通报了房产证被收走以及面临拆迁的情况，并承认目前已经陷入了被动。吴总顺势指出，这个事件非常恶劣，事态极其严峻，相关责任人必须做出深刻检讨。最后宣布，这项工作由商南全权负责，争取将功补过，务必保证国有资产安全。

商南无话可说。产权证确实是从自己手里被收走的，自己又是分管且兼任分公司经理的领导，被批评以及全权负责拆迁事宜一点儿毛病没有，只是说不出来地别扭和窝火。

对此，佳桐却不这么看。晚上，两人在一家叫作越前的日本料理店喝清酒的时候，佳桐看着情绪低落的商南，又当起了心理医生："南，你知道大家怎么认为吗？他们都说你这是因祸得福，摊上个肥差。"商南哭笑不得："肥差？砸我手里怎么交差？房产局那叫行政部门，你见过哪个行政部门自己否定自己的？证一旦收走，要回来就难了。没有证就没有产权，没有产权就是违建，人家给你强拆了，形成既成事实，你喊妈都来不及了。"佳桐笑笑说："说你呆你还不服。谁不知道这个形势？谁不知道难？越难对你越有利啊。处理好了，居功至伟；处理不好，你也有理由。"

佳桐接着说："你就是个理想主义者，凡事都要做好。什么叫好什么叫坏，有明确的界限吗？你自己觉得挺好，可能别人并不买账。你自己觉得没做好，可能人家认为很正常。"商南想，自己确实有这个毛病，佳桐所说虽不尽然，但还符合逻辑，甚至充满辩证的意味。

商南还是为"肥差"这个说法感到委屈。佳桐说："人家认为不管单位如何，负责这件事情的人都会赚个盆满钵满，这种思维很正常。但我相信你不会。"

佳桐凑近商南，轻声说："我相信你，也请你相信自己，相信你的能力和智慧，相信你不会让站前小楼的悲剧重演。"商南玩味着这句话，升腾出感动和信心。目光接住目光，商南坚定地点了点头。但他的坚定，更多地来自站前小楼的刺痛。商南忽然不再感到窝火，自己终于可以一展拳脚，为捍卫国有资产而在一线战斗了。

今夜和佳桐的拥别，商南有些深情。他越发感到，这个孩子以她特有的方式所给予他的力量是无可替代的。商南觉得轻松了很多。还能怎样呢？只要不是堕入那个"肥差"的陷阱，都不算失败，何况，自己应该拥有佳桐给予的肯定。

商南明确了思路，首先从申要产权证入手，同时防止突然而至的强拆。

一早，商南就直接来到区房产局，找到了才科长。听了商南的自我介绍和来意，才科长眼皮都没抬，用浓重的明山市口音说："找我要不着了，交到市里了。"说着从摆在桌子上的软中华烟盒里抽出一支烟，旁若无人地抽了起来。商南正色道："交不交到市里我不管，你给拿走的，只能找你要。"顿了顿，商南接着说："你拿走我的产权证，有什么依据吗？"见才科长还是一副死猪不怕开水烫的样子，商南不觉提高了嗓门儿："才科长，别忘了，我们国家可是实施了行政诉讼法的。"才科长冷笑了两声，说："同志，这个法我比你熟。看看，这个卷柜都是要求行政复议的，还有一堆待判决的。我就在这些案子堆里活着，没有它们，我还真觉得没意思。"商南并不想跟他纠缠这个，到这里不是为了打嘴仗。于是，他迅速转移了话题："我们犯了哪条呢？"才科长说："哎，这么说话就对了。问题可以探讨，别拿法律吓唬人。我们是接到举报，经过认真走访调查，翻阅档案资料，认定你单位是在没有土地使用权的情况下办理的产权证，土地是别的单位的，所以你们是违规的，因此予以收回！"

看他振振有词的样子，商南有些好笑。自从产权证被收走，商南特意查阅了相关法规，明白历史留存建筑的产权和新办产权在权属界定上的区别。对历史形成的留存建筑，只要建设手续完备，拥有房屋所有权，就承认对所占地块的使用权。这是由于我们国家以前没有实行土地使用权制度形成的，是历史性问题。而新建房屋，必须首先完善土地使用权，才能确定房屋所有权。用后来的法规要求历史形成的事实，这是典型的引用不当。如果是学生时代，商南肯定会以周密的逻辑、精确的概念将对方驳得体无完肤，但是，那又有什么用呢？过去，刚出校门时候的商南还保留着系辩论队主辩的锐利，直到有一天，吴总跟他说："在领导、同事，特别是客户面前，就算你争论赢了，又能得到什么呢？你可能痛快一时，却永远失去了一个人。"那时候吴总还把商南当成老弟，而商南又极其信赖吴总，从此，商南变得内敛许多，很多时候放弃了争论和解释。今天，商南摸清楚了对方的借口，就算完成任务，于是也不争辩，扔了几句不卑不亢的话就离开了区房产局。

商南一走，才科长就迫不及待地给三哥打了电话："放心吧，成不了气候。那个姓商的一看就是个学生，还是个雏儿。"

其实李丽英早就给吴总打过电话，聊了半天当年的情谊后转入正题。但她没说产权证是她唆使人收走的，只是说听说了这件事，觉得最好的办法是趁着认定违建和强拆前，把房产的地上部分卖给她。吴总当然知道李丽英打的如意算盘，但他不可能就这么按她的道儿走。一是，任何结论生成前，过程必须有，否则这个结论就是站不住脚的。只有认定产权灭失了，才能谈到卖给李丽英，否则就会授人以柄。至于过程如何，得出什么结论，那就是导演的事了。吴总心里认定商南一身学生气，抓管理行，和社会打交道还嫩了点儿，大概率处理不好这件事。到那时，可以借此追究商南的责任不说，结论也是水到渠成的了，可谓一石二鸟。二是，反正急的是李丽英。于是吴总打着哈哈说："这件事我们已经上会，责成小商，哦，商总来处理了。商南你不是认识吗？"李丽英被吴总的太极推手绕得云山雾罩，唯一有价值的信息是这件事由商南负责。心想，还是这狐狸老到，看似什么都没说，却透露了关键信息。让拆迁公司找商南，这就和三哥给的信息对上了。本来拆迁公司的打法都是出面缠着一把手，但秦经理明确说不行，必须找商南，只有他服了，吴总才好说话。现在李丽英明白了，是这个道理。

在李丽英的记忆里，商南还是那个大学刚毕业的略带羞涩的大男孩，她还记得当初自己一个习惯动作，用胯骨顶了一下商南后，他脸上飞起的羞红。时间真快，现在自己不会再有那样的肢体语言了，估计商南面对女性的挑逗也不再害羞。当年的小老弟，现在成了对手。

商南第二天一上班，办公室就闯进来三个人，佳桐和小刘边阻拦边退却。其中一人一手捻着佛珠，一手指着佳桐说："就你哈，别跟我叽叽喳喳的，我是拆迁公司的，你不就是你们商总的'铁子'吗？"明山市方言，把情人叫作"铁子"。佳桐气得大声说血口喷人、一派胡言，说完自己都觉得跟这帮人说这个，还用成语，太可笑了。

语言是分系统的，不同的人群有不同的语言系统。遇到无法沟通的系统障碍，或者沉默，或者碾压。生活中，最好规避与不同语言系统的人接触，以免自取其辱，但在工作中却是必须面对的。商南在办公室听到这几句话，知道今天要进行一场不同语言系统之间的博弈了。再想到佳桐被指认为"铁子"，心想这伙人功课没少做。他站起身，走到门口，顺便看了一眼"秦始皇"的办公室。与以往四敞大开唯恐别人不知道他的存在不同，今天他的门紧闭着。商南看到了气得脸色发白的佳桐和手足无措的小刘，冲她们面无表情地说："有客人找我，就让他们进来吧。"

来者三人，长相和打扮都差不多，都是板寸或者光头，脑袋溜圆，脚蹬圆口黑布鞋，脖子上的金链子又粗又亮。领头的毫不客气，一屁股坐在了商南对面的椅子上，另二位也在沙发上坐定，抖腿的抖腿，张望的张望。领头的这位脑袋尤其大尤其圆，商南想，可能这个职业比的就是这种蛮横。本来商南还想让小刘给他们拿矿泉水，看他们这样，就免了吧。领头的开口了："我姓宁，是城建公司拆迁公司下属第三公司的经理。今天来呢，就是通知你，你们那个西库是违建，现在已经进入强制拆除程序，你们做好准备，该搬东西搬东西，该撤人撤人，别到时候有什么闪失，我们可不负责任。"

商南尽量用简短和平直的语言说："我们的产权没有问题，我们正在申诉，现在就说我们是违建还早了点儿。我们现在只能该干啥干啥，不会停止正常经营。"宁经理说："你们还申诉啥？产权证被没收了，就说明是违建，我就有权强拆！"商南说："你们有正式文件或者通知吗？"宁经理说："文件随后就到，我今天就是先口头通知你们一下，别说我们不仁义。"商南明白了，他们今天只是火力侦察，但是，既然遭遇了，就必须让他们知道自己不是随便捏的软柿子，否则，他们会变本加厉，于是说道："我们不仅是国企，还是央企。我们所做的一切都是为北京总公司负责。我们的损失，叫国有资产损失。这么大的仓库说没就没了，不用说我交代不了，明山市政府也很难向总公司解释。"宁经理一听，愣了一下。拆迁公司平时面对的大多数是棚户区的居民或者小商铺的经营者，顶多是个私营企业，像这样的央企还真没遇见过。来之前三哥只说是个仓库，也没介绍是央企啊，怪不得价码给那么高。想到价码，加上小半辈子争勇斗狠惯了，宁经理又振作了起来："少跟我提央企，我在明山市拆的央企多了，什么央企在我眼里都是砖头瓦块。我现在和你谈的是公事，你要是配合，咱们就是朋友；你要是不配合，那就变成个人恩怨了。你家住哪儿，你女儿在哪儿上学，我们都知道。一句话，赶紧腾房子倒地方。"商南也软中带硬："宁经理，我端的是央企的饭碗，就得为央企卖命，就算你把我和我家人怎么的了，接替我的也得这么坚持。不过换句话说，真把我怎么的了，你还有机会和接替我的人谈吗？"商南尽量用他们的话表明了决心，但并不想过于刺激对方，于是缓和道："所以还是像刚才宁经理说的，争取做个朋友。今天你们来，我们认识了，就是缘分。"有了这句话下台阶，在社会上摸爬滚打过来的宁经理色厉内荏地撂下两句狠话后就告辞了。商南也不和他们计较，知道他们无非是谁的工具而已。

此后，隔三岔五，拆迁公司就会来人纠缠，翻来覆去那么几句话。但是，宁经理再也没出过面。

10

集团公司的肖然有一天给商南打电话，说："还记得我们在北京物资学院的同学周京生吗？这小子现在厉害了，是重工的副总。他申请的中国国际船舶制造业博览会获批了，上海、福州、深圳争相承办，你们明山市最有诚意，副市长带队专程来了好几趟。你们城市区位条件优越，京生觉得最合适。过几天他要带队去考察，他还问我你在不在明山市呢。"

商南想起来了，当年他和肖然一起被集团公司送到北京物资学院进修的时候，有个也是来自央企的小伙儿叫周京生，典型的北京人，请几个来自外地的同学吃过东来顺，以尽地主之谊，是个很讲究的人。可能是酒喝得尽兴了，再到周末，周京生也不经常回市内父母家了，而是和商南、肖然他们厮混。结业后联系了一段时间，但毕竟不像和肖然是一个系统的，渐渐就不联系了。现在人家要来明山市，于公于私都要好好聚聚，尽到地主之谊。于是，商南向肖然要来了京生的手机号，准备找个时间打过去。

商南心中感叹，那个时候多轻松啊，而现在，自己不得不面对严酷的现实，开始市房产局的上访之旅。想到这，别的心思都顾不上了。当然，不是真的上访，按上访的程序一步一步地走，过程会很漫长，也很难被重视。打听到真正决定、甄别房屋产权的，是房产局里的产权处，商南决定专攻它。

市房产局坐落在明山市最气派、最繁华的主干道上，房子是老建筑，庄重典雅，水磨石地面发着幽光，走廊宽大，显得人很渺小。商南振作一下，心想，到这样的地方来要产权证，还真需要点儿勇气。

商南径直来到产权处的处长室。屋里两个人，显然离门更远的是正处长。商南先向里面这位问了好，然后又回头向应该是副处长这位说句"您好"。有陌生人进来，两个人都挺无奈，面露不耐烦之色。好不容易听商南说了所为何来，正处长就匆忙打断了商南，说："证的事你去找登记发证中心。"商南笑了，说："中心的人说界定产权只能是产权处。"处长一听，知道来者有备，于是又说："那也得先找区里啊，他们自然会报到我这儿的。"商南用不容置疑的语气说："区里我找过了，他们说已经交到了市里。"处长一听，和副处长对视了一眼。商南递上书面材料，接着说："这个产权证关系到国有资产的安全，而且面临强拆，万分紧急，我只能直接找你们了！"两位处长对视一下，没有接茬儿，收起目光，看起了手头的文件，没撵商南走，可也没再搭理他。商南心想："既然如此，你不听我也说，我就厚着脸皮，磨吧。"

往后的日子，商南几乎两天一去。去了也不把自己当外人，路过收发室就把他们的报纸带上来，后来以至于看门的大爷都对他产生了依赖，商南连着两天不来，还责备他怎么这两天没取报纸。看他们杯子里的水少了就给他们续水，顺便也给自带的杯子倒满水。偶尔去早了，还帮他们拖拖地。人怕相处，哪怕事由并不美好，也架不住熟络起来。何况，商南是个不招人烦的人，识趣、懂眼色、知进退。对于两位处长，在单位怎么都是一天，没有商南也有别人，反正不多他这一个。

正处长姓王，年龄稍长。副处长姓陈，比较年轻，经常写领导交办的大材料，看来文笔不错。两个人兴趣爱好不同。王处喜欢老庄，热衷养生。陈处有些文艺情怀，喜欢历史、文学。商南书看得多，知识面比较广，此时派上了用场。特别是陈处，和商南从历史讲到文学，从流派讲到作家，不亦乐乎，竟有相惜之感，经常在下班时脱口而出："你下次来，我继续和你论论徐悲鸿和张道藩的恩怨。"商南爽快地答应着，心想不来还不好了。有时商南也会带几本书，投其所好分送给他们。对于产权证的事，商南现在几乎不提。他在等，等一个火候。

谁都没闲着。拆迁公司也很忙，不是上门堵出入货车，就是来人煞有介事地测量记录。商南最怕的就是强拆，谁知道他们哪天犯了亡命徒的魔怔？商南为此加强了节假日和夜间值守，四人一班，轮流上岗。商南也经常深入一线，陪他们值班。为了鼓舞士气，他偶尔让佳桐去附近的市场买些羊肉片、小海鲜和蔬菜，大家找个安全的地方吃火锅喝白酒。库管、叉车司机、货车司机，这些人大部分是精壮汉子，少数是不让须眉的大姐，难得和公司领导一起喝酒，既拘束又兴奋。他们听说过商南酒量好，但是怎么也不信，自己五大三粗，还喝不过白面书生？于是在拘谨客气的外表下，要灌倒商南的心思蠢蠢欲动，连使眼色带捅咕。商南一目了然，不动声色，单敬的来者不拒，他知道，越是基层的员工越不能拒绝。朴素的工人没有什么坏心眼子，只不过有点儿小小的不服，一旦征服了他们，他们就会对你心服口服，指哪儿打哪儿。等他们都单敬完了，商南倒满一大杯酒，说："该我敬大家了，大家都很辛苦，我代表公司，也代表我自己，敬大家一杯。

我打样，先干为敬。"说完一饮而尽。大家也只好干了杯中酒。这一下子，大家酒劲儿就上来了，心想，这酒量，果然名不虚传。趁着酒劲儿，大家纷纷表决心、献计策。有的说，他们要来，就躺铲车前面，有种的轧过去；有的说，他们要来，就拿砖头，商南以为他要跟人家玩命，结果那人接着说把自己脑袋拍破，然后你们就报警。商南没憋住，喷出了一口酒。

　　商南虽然很感动，但深知这不是长久之计，长此以往，人困马乏，激动劲儿一过，弄不好怨声载道，人是最善变的。为了加大筹码，商南特意增加了西库的仓储量，该进东库的，只要符合仓储要求，都尽量入西库，每天都把西库装得满满的。

　　还没等商南给京生打电话，京生的电话先到了。一看手机上周京生的名字，商南感到汗颜，人家要来做客，理应东道主先打电话表示欢迎，那天也不知道什么事儿给岔过去了。商南惭愧地接了电话，果然，那边传来了京油子特有的挖苦："商总，您这是官升脾气长啊，明知道我要来也不跟我联系，这是不欢迎我啊。"听到熟悉的腔调和亲近的言语，商南放下心来，恢复了上学时的感觉："周总，您哪是我这个穷乡僻壤的人敢轻易打扰的？得是您给我打电话才叫礼遇下士、平易近人啊。"周京生说："你丫的甭说废话，我下周二去明山市，你必须去机场接我。"商南说："你小子早这么吩咐不就完了！得令！"

　　当年的同学，现在已经相差不止一个身位，人家是央企中位列前茅的一级公司的副总，而自己不过是二级公司的副总，这道鸿沟很难逾越。都是大学毕业，分配时屁股被安在哪儿，基本就决定了起点的高度。其实商南和京生联系渐少，正是两人差距拉大，或者说是商南意识到这种差距的时候。

最近，明山市的报纸已经开始报道"船博会"的消息，说主管的谭副市长三度去北京面见某央企领导班子，用华丽的数据和精美的宣传片，当然更是用诚意和承诺打动了对方，赢得了青睐，不日将迎来央企考察团，备受瞩目的"中国国际船舶制造业博览会"有望落户明山市。各种媒体连篇累牍的报道让商南觉得这似乎是个机会。

商南如约早早到了机场，看见正对出口处悬挂着巨幅标语，写着"热烈欢迎中国国际船舶制造业博览会考察团莅临明山市"。贵宾通道前，一个秘书模样的人在给七位青春靓丽、手捧鲜花的女孩训话，说着"精神饱满、面带微笑""明山市形象由你们代表"之类的陈词滥调。商南看了一会儿热闹，广播通告北京来的航班已经抵达，商南站在出口略偏处不断张望。远远地，商南看见了被六七个人簇拥的京生向出口走来。几乎同时，一群人也到了出口。时间掐得真准，肯定是在贵宾室看着监控，在机场领导和秘书提醒下才起身的。再看京生一行，刚刚跨出出口就被欢迎的人群淹没。领头的谭副市长与京生热烈地握手寒暄，显然已经比较熟悉。京生一边握手一边向外张望，商南看他手握得差不多了，便高声喊了一声"京生"。京生循着声音看到了商南，兴奋地挥手喊了声"南子"，同时挤出了人群，两人热烈地拥抱在了一起。本来礼仪小姐看到京生和领导握手完毕，正要上前献花，怎料京生已冲出人群。虽说多年没有联系，但两人马上从对方的举止语气中找到了彼此旧时的影子。

商南注意到人群瞬间安静了下来，是那种手足无措的愕然的安静。还是秘书有眼色，过来先冲着商南点了下头，然后毕恭毕敬地对京生说："周总啊，您这人脉真广，在我们明山市还有好朋友，太好了。谭副市长请您坐他的车一起去迎宾馆，给您接风。嗯，您朋友要不一起坐我车？"谁都听得出来这只是客气，或者是变相的逐客令，何况商南也不会参加宴请，于是转过头对京生说："京生，你先忙公务，不忙时候给我打电话，我随叫随到。"京生意犹未尽，大大咧咧地说："南子，这么着，我先和他们应付应付，今晚九点，我们撸个串儿。"听到"应付应付"，再瞥见秘书哭笑不得还必须赔笑的表情，商南差点儿笑出声来。

晚上八点半，商南和佳桐来到了迎宾馆。本来商南觉得带着佳桐不太好，肯定会被京生取笑一番，但架不住佳桐软磨硬泡。佳桐早就听说过商南在北京进修时的故事，很好奇商南和肖然、京生的青葱岁月，更好奇他们的发展轨迹。佳桐觉得，虽然只差了十来岁，自己却与商南他们差别好大。表象千差万别，如果一定要究其本质，就是归属感。商南他们还是有归属感的，于企业、于事业，而自己这辈人，真不知道归依何处了。

接了京生，来到附近一家颇有人气的海鲜烧烤，进入佳桐早就订好的包间，京生这才看清，刚才开车的"司机"这么年轻漂亮有朝气，不禁眼前一亮。友情再浓厚，有美女也不一样。但京生的表达充满个性："哎，南子，你这是花几万块钱雇的美女司机啊？"商南呵呵一笑，只当是赞美。佳桐不太适应，脸红了。

商南点的小菜都很怀旧：羊肉大串，多撒孜然和辣椒面；炝拌干豆腐丝，花椒要放足；花生米，必须油炸。当然也要体现明山市特色，鲍鱼、海胆该上就上，只不过为了区别于刚才市长的盛宴，做法比较简单粗犷。最让京生感动的是啤酒，是商南好不容易买到的怀旧版燕京，当年他们经常喝的那种。不知从什么时候起，啤酒越来越寡淡，对于久别重逢的朋友，只有老式啤酒才配得上浓情厚谊。两人上来就干了三杯，不胜唏嘘，连喊过瘾。

喝酒有美女就是好，京生明显很兴奋，冲着佳桐大讲特讲上学时的逸事，什么偶遇女研究生了，什么一起喝酒唱歌了，什么依依不舍难舍难分了，最后顺带着给商南编了一个伤感的爱情故事，讲得惟妙惟肖。佳桐一不小心就被带入了，听得投入又共情，八成是信了。商南也不解释，解释也没用，京生就等你争辩呢，谁能辩得过京油子啊。

话题终于回到了此行的主旨——船博会。京生说这个博览会得到国务院和计委的支持，上上下下都很重视，能冠以"中国"二字，可见期望值和地位有多高，所以自己压力也很大。但是从有这个想法，到内部统一意见，再到申报，经历了太多艰难和委屈，各个部各个司局都要拜到，个中滋味，哭的心都有。"现在批下来了，光鲜亮丽，谁知道我受的罪？"说到这儿，京生的眼睛都湿润了。做事不易啊，想到自己的处境，商南和佳桐对视一眼，也陪着京生难过，佳桐甚至流下了眼泪。京生抬起头长舒一口气，接着说："因为有多年的业务关系，加上这几年我国造船业进步神速，竞争力不断增强，招商工作比较顺利，同业和客户参会意愿强烈，报名踊跃。承办方肯定是造船业发达的沿海城市，上海、广州、福州，包括明山市都表达了意愿，经过几轮谈判，我们比较倾向明山市。诚意最大，冠名费给得最多，更重要的是明山市在地缘上比较方便与其他国家交流，所以计委和我们集团都倾向在明山市举办。如果不出意外，明天就能确定，后天就请相关领导过来举行签字仪式和媒体发布会。"商南刨根问底，问到底有几成把握落户明山市，京生犹疑一下说："直说吧，基本就定了。你们明山市领导就是计委出来的，他想要的项目，明山市又这么合适，哪有不成的道理。"听到这儿，商南的心踏实下来，大喊一声"好"，吓了佳桐一跳，然后和京生干了满满一杯。随后，商南一股脑儿地把他面临的困境和需要京生帮忙的诉求倒了出来，听得京生一头雾水，好不容易才明白了原委。对于商南的相求，虽然还没有具体方案，但京生还是爽快答应了下来，但不忘揶揄道："你又喊好又干杯的，我以为是祝贺我呢，原来是打你的小算盘。"

不出意料，第二天，承办船博会的所有细节变成了文字，形成了协议，随后就是隆重的签字仪式和媒体发布会。此行顺利结束，机场送行的时候，京生意味深长地说："南子，下个月见。"

11

吴总已经在会上严厉批评了商南两次。产权证没要回来不说，仓库也弄得乌烟瘴气。吴总通过"秦始皇"掌握了很多一手情况，知道商南安排值班以防强拆，并且经常和值班人员喝酒。"我们是央企，不是哥老会，不能搞那些江湖义气。"商南也不吱声，心想："唱高调谁不会？你跟基层工人讲政治思想工作有用吗？最大的政治思想工作就是让他们认可公司、认可领导。我给不了奖金，自己掏钱请他们喝酒还成错误了？"

不管怎么憋闷，产权证还得要，强拆还得挡。这天下午，商南照例来到产权处，一进门，却看到陈处长坐在了原来王处长的位置，他原来的位置收拾得干干净净，空在那里。商南稍有错愕，但马上反应了过来，换了笑脸说："陈处长，看来我今天来对了，这是有好事儿啊。"陈处长喜气盈面，脸略红了一下，笑吟吟地说："是啊，王处长退二线了，局里让我接替他，目前还是代处长。"听到这个消息，商南一阵惊喜，可能比陈处长还要振奋。最近这段时间，随着和陈处长逐渐熟络起来，感觉彼此越发投机。商南觉得陈处长身上具有的气质不同于大部分官场中人，多了一些理想主义，这使他相信自己最终能够争取到陈处长。感觉是相互的，陈处长不仅逐渐熟悉和接受了商南，并且有了一些欣赏，甚至是心存感激。原来，有一天下午，两人闲聊，商南谈了他对中国未来十年房地产开发趋势的看法，很有见地。这番闲聊启发了陈处长，陈处长回去后根据这个思路写了一篇论文，并让商南帮着补充、修改。商南当然认真对待了，回去后查了很多资料，丰富了论文。不久，论文发表在了中国房地产学会的核心期刊上，给陈处长带来了很多美誉。关键是，当时他正需要这么一篇文章作为由副处转为正处的铺路石。不管怎样，商南和陈处长之间，两个陌生人逐渐生发出一些叫作情谊的东西。

　　商南在产权处和陈处长聊了大半个下午。人逢喜事的陈处长格外健谈，不知不觉过了下班时间，商南真诚地提议："陈处长，为了庆祝你的高升，今晚我们喝点儿吧。"陈处长推辞说："一个代处长，有什么值得庆祝的，再说还在公示期，出去喝酒不好。有很多人要请我，我都没答应。"商南说："陈处长，我不是你那个圈子里的人，或者说在你这个圈子里，没有人认识我。我今天请你，跟我要办的事情无关。如果单纯为了办事，我早就张罗请客送礼了，但我觉得如果那样，我们今天也不会相谈甚欢、推心置腹了。产权证的事儿虽然很重要，但我分得清办事和处人的关系。我们就找个小馆子，不显山不露水，好不好？"陈处长略加迟疑，说："好吧。我就爱吃火锅，你找个小火锅店，我们吃铜锅涮肉，喝二两二锅头。"商南不禁对陈处长多了一丝好感，一般的官员，不管爱吃不爱吃，这种关系请客，他们一定要点大饭店，要大排场。陈处长也许为人如此，也许真把自己当朋友了，而且口味和自己正对路子。他马上给佳桐发信息，让她去他俩常去的火锅店等他们。

看到还有一位美女，陈处长略有吃惊，说："不是说好了就咱们俩吗？"但商南看得出来，陈处长挺喜欢有个美女一起吃饭，便简单地解释说："我让她来帮我开车，放心，自己人。"陈处长打趣说："我一看就知道她跟你不是外人。"关系到了，玩笑也能开了。

手切羊肉、水爆肚、油炸花生、二锅头，陈处长吃得香，喝得尽兴，自然唠得也开心。从吃的喜好，包括口味、形式、排场，可以了解一个人的前世今生。商南猜测，陈处长是见过世面的人，是那种经历过后返璞归真的见识。相反，没见识过的，就会刻意追求所谓的新奇、高档、珍贵。什么酒最好喝？最有本味的酒最好喝，比如汾酒和二锅头，酒就应该是那个味道。什么菜最好吃？珍馐美味鱼翅燕窝熊掌驼峰都不如猪牛羊，因为它们是与人类历史伴生的自然选择的结果，而清水涮鲜羊肉，就是真味的代表。

商南知道，两个人的关系由这顿饭发生了质的变化，也许这就是自己要等的火候。陈处长说："其实你第一次去处里，我就对你印象很好。"商南问为什么，陈处长接着说："到我那儿的人都是有目的而来，而且都是棘手问题，他们要么连哭带闹，要么请客送礼，要么拐弯抹角找关系。我们每天工作最累的就是应付这些人。可是你不一样，你不找关系，不哭不闹，也不卑躬屈膝，就靠韧性，靠为人处世一点点接近。王处长说你不哭不闹不找人，好对付，我说你最难对付。"商南笑了笑，接过话头说："这件事还真得麻烦你帮忙，它不仅关系到国有资产，也关系到我个人前途。"商南特意渲染这件事与个人的关系，这是在人情社会里打动人的重要因素。陈处长说："我知道，否则你也不会这么软磨硬泡。其实你这个人自尊心很强，能放下身段就说明了这件事对于你多么重要。"商南听了非常感动，不禁将杯中的二锅头一饮而尽。

从陈处长断断续续的讲述中，商南和佳桐大致知道了产权证被扣的原委。断断续续也好，支离破碎也好，实际上是陈处长有意为之，目的是不想让商南觉得是在特意告诉他实情。不管怎样，商南知道了是李丽英通过某位市领导给市房产局局长打电话，要求他找个理由把仓库的产权证扣下。据陈处长说，局长碍于情面，就暗示了一下区局的局长。具体任务就落在了一个姓才的科长身上，李丽英与他联系上后经过简单策划，就由才科长出面实施了。这件事大家都知道，所以商南那天进门提个头，他和王处长就全明白了。作为界定房屋产权的权威部门，他们当然知道权属归谁，但是，他们要处理的，已经是超越确权本身的事情了。陈处长最后说："李丽英知道吧？厉害啊。"这是在告诉商南，他的压力很大。

就在与拆迁公司的对峙日渐白热化，而日夜值守已到人困马乏的时候，船博会终于开幕在即了。京生带着庞大的团队，加上明山市各相关单位抽调的队伍，浩浩荡荡进驻了组委会所在地——明山市迎宾馆9号楼。出入警车开道，报纸连篇累牍。京生很厉害，请来了几位副部级和司局级领导。这些人对于明山市是请都请不来的贵客，这次等于借船博会的光拉近了关系。所以，市委市政府的领导对组委会或者说对京生几乎有求必应。

开幕前两天，肖然代表集团公司也来了，三个年轻时在北京物资学院进修的同学终于再度聚首。晚上，商南请他们二位吃饭，但是必须把吴总请来，以他的名义宴请。毕竟这是官方行为，而且，肖然现在已经是总公司副总，是吴总和商南的领导了。吴总礼节性开杯后，虽然还有京生的人以及公司其他人，但是局面逐渐被三个同学掌握。吴总有些失落，一个是自己新晋的领导，一个是咄咄逼人的副手，还有一个是炙手可热的人物，看着他们谈笑风生的样子，听着他们聊着有些陌生的话题，他感到一场不可逆转的颓势开始了。

难得今天相聚，也难得京生今晚有时间，正式宴请后，三人意犹未尽，商南提议去越前吃烤串儿，喝扎啤。没有了外人，三个人更加尽兴，聊学习生活，聊毕业后的经历，聊过往曾经心动的女生。聊到这儿，京生突然想起来了，对肖然说："我揭发，南子这小子金屋藏娇了。"肖然说："这我一眼就看出来了，这小子一脸桃花。"京生进一步说："什么叫看出来了？我都看到人了，漂亮！南子，你有没有力度，现在立刻马上把佳桐小姐请来，我们哥儿俩大老远地过来多不容易。"架不住两个人起哄，商南给佳桐打了个电话。还好，时间不算太晚，佳桐说马上出发。

商南肯让佳桐来，主要是因为相信他俩，也想活跃活跃气氛。佳桐一落座，京生和肖然迅速交换了一下眼神，艳羡之情溢于言表。哥儿俩一唱一和喷了一阵商南的逸事，逗得佳桐不时掩嘴而笑，说到关键情节还剜一眼商南。说笑够了，商南终于把话题引向正道。

商南希望借用船博会的威势解决仓库问题，特别是迫在眉睫的强拆危险。怎么做能立马吓住对方，这是个难题。可以借助京生的角度，找市领导，一层层了解情况，再落实下去，但是时间难以把握。三个人正在讨论，佳桐突然插了一嘴："周总，船博会的展品都放在哪儿？"京生说明山市方面集中放在市储运公司仓库了。佳桐此言一出，商南最先反应过来："什么展品最贵重？"随后，所有人恍然大悟，办法有了。

京生一改晚起的习惯，不到七点就给秘书打电话，让他打印一份文件，大意是指定商南的仓库为船博会专用仓储单位，并盖上组委会的大印，同时让他熟悉的一家生产船用雷达的企业老总拉两台备用展品到商南的仓库。这位老总打着哈欠说瞎折腾什么啊，京生马上毫不客气地说："少废话，不仅要办，还要快；不仅要快，还要声势浩大；不仅要声势浩大，还要费用自理。"八点刚过，商南就拿到了文件，他马上让佳桐制作巨幅标语：热烈庆祝本公司仓库荣膺中国国际船舶制造业博览会指定仓储单位。不到九点半，横幅已经挂在了临街的墙山上，分外醒目。员工们看着横幅有些不解，敢情这船博会跟咱们还有关系呢？刚挂完横幅，就进来了两辆长挂车，上面印着船博会的字样和会徽。商南一阵震撼和感动：雷达的体量在船用设备中不是最大的，但价值和技术含量是非常高的。商南他们都明白，拆迁公司之所以一直没动手，是忌惮仓库里面的东西，这也是商南使劲儿往里填充货物的原因。这回好了，现在已经不是价值问题，而是政治问题了。

这边的情形很快传到了李丽英这里,她放下三哥的电话,走到办公室窗前,果然看到一个热闹喜庆的场面。三哥说:"你天天守着他们,没看出来门道啊?"李丽英委屈地说:"我是天天盯着,天天就是那些小儿科的把戏,就等着他们人困马乏呢,哪想到突然来这么一出。"三哥告诉她,拆迁公司的宁经理听说这个情况已经明确表态不干了。李丽英心里骂道,这帮道上的人,太不讲究了,刚把拆迁启动费涨到20万,就打退堂鼓。

在商南他们看来,扣证和强拆是因果关系,实际上,在李丽英的设计里,是各行其是的行为。扣证是李丽英找的市人大常委会姚副主任,连撒娇带狡辩,说这家仓库占用她的土地,还拖欠水电物业费,太可恶了。正好对方在土地上有瑕疵,先把他们的产权证扣了,再逼他们交费用。她强调就是吓唬吓唬,过几天就还回去,保证没事,姚副主任这才给房产局局长打了电话。拆迁公司这帮人是三哥通过道上朋友找的,宁经理喝酒的时候拍着胸脯说:"这点儿事儿你就放心吧,我做事从来都有交代,对你有交代,对事儿有交代,对自己也有交代,交代不了的事儿我不做,交代不了的钱我不挣,这才能在社会上立足。"最后商定的价码是事成之后给50万,先给10万启动费用。

别看搞拆迁的都是一副浑不懔的样子,其实账算得很精,他们才不轻易蹚雷呢。经过和商南的接触并大致了解了对方单位以及事情原委后,宁经理已经明白,这50万很难挣到手,只能多挣一点儿是一点儿了。于是向三哥诉苦,强调各种困难因素,要求将启动费用涨到20万元。三哥和李丽英心想反正总额不变,就答应了。20万到手后,宁经理就告诉手下,这个活儿不能太莽撞,现在就是把动静搞大，然后再看情况而定。一方面不惹麻烦，另一方面对得起这20万块钱，别坏了江湖名声。于是，在李丽英眼皮底下卖命地对商南纠缠恐吓，或者扰乱经营，看得李丽英以为随时都可以得手了。实际上他们边观察边演戏，而船博会的介入恰好给了宁经理退出的机会：谁敢跟船博会对着干？

李丽英恨得牙根儿痒，但是恨谁呢？恨拆迁公司？现在的道上人只有利没有义，自己早就知道，这个结果不意外。恨商南？说实话，这是个挺可爱的小老弟，人家为了自己单位，无可厚非。恨亿通？都是商人逐利，人家是阳谋，也说不出啥来。她想跟谁聊聊，可抓起电话却不知道拨给谁，只好无力地放下。

12

开幕式那天商南让京生给陈处长要了张请柬，商南全程陪同，还有肖然。本来京生也给吴总发了请柬，但吴总推说有事婉拒了。他觉得在这堆人里有些尴尬。

先是盛大的宴会，在迎宾馆大宴会厅举行，商南他们坐在5号桌，这是相当靠前的位置了。谭副市长主持，市长致辞，接着是计委领导和京生的领导讲话。讲话和菜肴都乏善可陈，但是精彩的是谭副市长来敬酒时看到起立的陈处长，脱口而出："哎，小陈来了？"陈处长马上回答："是啊领导。"谭副市长随即拍了拍陈处长的肩膀就走过去了。商南看到这一幕愣住了，看来这位陈处长来头不简单，当上正处长也不是凭空的。

象征性的宴会草草结束，随后集体乘坐考斯特去会展中心剪彩并观看文艺晚会，这才是开幕式的重头戏。一路上警车开道，全程绿灯。商南还是第一次享受这种待遇，看着被警察挡在路口的车辆和行人，心中不由得生出一些感叹。

指定仓储单位这一招儿取得了比预想还好的效果，第二天拆迁公司的人就撤了。人一撤，商南顿时松了一口气。员工们看着标语，再看看清静了的仓库大门，对商南充满了敬佩。商南说："主要是你们的力量，你们在单位值守使他们不敢轻举妄动，这才有这个结果。"商南心想："再轮流值守我也顶不住了，非常规举动毕竟不是长久之计。"

李丽英很清楚，没有强拆的威吓，扣产权证的意义就失去了一大半。看来，为了大局，自己必须退一步了。于是她打通了衣依的电话，柔声地说："衣依啊，姐麻烦你件事呗。"

亿通公司其实时刻关注着李丽英的一举一动，对于扣证、找拆迁公司这些套路，他们心知肚明，并不以为然。作为在地产市场上摸爬滚打了二十多年的龙头企业，他们经历了从乡镇企业到即将上市的股份制公司的巨变。他们当时对李丽英以退为进，其实不只是为了压缩拆迁成本或者省事儿，更是为了压制李丽英的气焰，打压她的价码。仓库不是普通的仓库，后面是个央企。对于央企，产权证岂是说没就没、仓库岂是说拆就拆的？当然，不排除在央企里有内外勾结的蛀虫，但那毕竟是盘外招，不是谋事之道。这不，衣依报告，李丽英求见了。文总和孙总相视而笑，似乎知道会有这么一天。

还是那间会客室，还是孙总和李丽英。李丽英当然不会说产权证和拆迁公司的事，只是说她做了大量工作，仓库始终不同意拆迁。"按照你们的想法，我也努力了，但是就是这么个情况。"

说完，李丽英往后一仰，摆出一副爱咋咋的的姿态。孙总也不客气："听说李总颇费周章，放了很多大招儿啊。"李丽英一听，脸上不由得掠过一丝尴尬的绯红。孙总接着说："那李总来，是要通知我们这个项目不做了吗？"李丽英立马挺直身体："那就看贵公司的意思了。如果一定强压我们处理仓库的问题，那我只能说我做不了。"孙总当即表态了："如果这样，等于我们面对两块土地，办两套手续，经历两次谈判，那各种成本都会提高。这样吧，开发与否，我们需要再研究一下。"

李丽英悻悻然走出亿通大厦，心情颇为低落。当下，干什么实体来钱都不如卖地快，何况自己的卓立早已资不抵债，步履维艰，却要养活那么多不说自己好的人。想到自己要强的半生，想到女儿卓凡的未来，这个目的一定要达到。

李丽英还是有办法的，她思路一转，打听到姚副主任和身为政协常委的亿通李董事长认识，便央求他出面请李董事长一起吃个饭，争取说服他全盘开发。李丽英明白，不管他们熟不熟，李董事长肯定会买级别更高的姚副主任的账，也许事情还有转机。姚副主任经不住李丽英的软磨硬泡，便给李董事长打了电话。李董事长已经不是原来那个乡镇企业家，商海打拼为了什么？官场沉浮又为了什么？这种你中有我、我中有你的奥妙，李董事长深谙其道。他爽快地接受了姚副主任的约请。

李董事长出席，当然要带上文总和孙总，特别是孙总，都知道孙总的父亲曾是姚副主任的领导。于是，孙总就理所当然地成为宴会的主角，而请客的李丽英却鲜有表现机会。那晚李丽英特意穿了一身名牌，就想压孙总一头。可气的是，孙总穿了一条黑色的八分裤，一件白色的亚麻短款西服，看不出什么品牌，却很精致且有质感。学历的差距、地位的差距，甚至财富的差距都好追补，但那些与生俱来的东西却很难超越。

李董事长听说李丽英原来是东北搪瓷厂的，顿时来了兴趣，说自己年轻时就想进搪瓷厂当个工人，看着他们穿着蓝工作服戴着白线手套骑着自行车呼啸而出，觉得那么神气。"可惜啊，我是农村户口，人家不要。"其实如果对方是柴油机厂的，他就说想进柴油机厂，对方是制冷设备厂的，他就说想进制冷设备厂，反正就是一种报复式的低调。李董事长虽然已经成为亿万富豪和市政协常委，但永远像洗不干净的脖子和耳朵暴露了他的出身。李丽英想："时代就像翻砂工，把原来的阶层翻个稀烂。放在以前，我堂堂工人阶级的出身、国有大厂的职工，你跪着向我求婚我都不带理的。"

李董事长是懂政治的，他最后总结了这顿饭的意义：既然主任出面了，开发东北搪瓷厂这个项目一定要上。要与李总精诚合作，要勇于承担责任、解决难题，要关照好各方面的利益。然后与姚副主任碰了下杯，说："主任，您看我这么表态可以吗？"最后又补充一句："我听说市里有个腾笼换鸟的规划，这顶桂冠能不能给我们戴一下啊？"

没有了强拆的压力，商南轻松很多，产权证也显得不那么着急要了，所以最近没有去房产局。就当商南以为可以喘口气的时候，陈处长却给他打电话了："你真是有事才登三宝殿啊。拆迁公司不介入了，你就没事了？"商南急忙解释："不是的陈处长，我这段时间确实忙，船博会我一直陪着京生，刚把京生他们送走，赶紧处理点儿单位的工作。我天天想着去你那儿找你聊天呢。"商南的前半段话是真的，后半段就是敷衍了。陈处长也不计较，说："情况有变，这两天你过来一趟。"商南心里一惊，这才清静半个多月，又有变故了。于是两人约定明晚一起吃火锅。

依商南的性格，本来想约今晚，但今晚不行，小爽说省妇联来人检查工作，晚上得陪。妇联一般没什么事儿需要占用晚上，这一点成全了商南。

好不容易有个在女儿面前表现的机会，商南先去买了女儿爱吃而平时妈妈不让吃的薯片，然后早早来到学校门口。放学铃声响了，一班一班的队伍在老师的带领下走出教学楼，又走到大门前，由老师几乎是手把手地把孩子交到家长手里。到女儿的时候，年轻的女老师一抬头发现不是平时接送的小爽，而是一个陌生的男人，马上又警觉地抓住本已撒开的手，拉着女儿问："他是谁?"女儿吓了一跳，怯生生地说："是爸爸。"女老师又上下打量了一番商南，大概看着不像坏人，这才把女儿交到商南手里。商南看老师这么负责，由衷地表示了感谢。没想到老师还挺顽皮，说："谢什么呀，以后多来接送几趟就好了。"说得商南挺愧疚。

女儿看到是爸爸来接，非常兴奋，直接提要求，要去吃必胜客。孩子最能看出眉眼高低，而商南必须把好人做到底，于是父女俩就这么愉快地决定了。

该写作业了，商南督促着。和小爽不同，商南先问了问各科一共多少作业，都是什么作业，心里有数后，给女儿规定语文多长时间，数学多长时间，中间玩十分钟，写完就可以彻底放松。在商南看来，养成集中高效的学习习惯比疲劳战术密集型的作业轰炸要好。商南一般事情从来不和小爽争，除了与孩子有关的事情。有一次，就为了孩子第二天参加个英语演讲比赛，小爽从早上辅导到下午，又是朗诵又是请家教，把挺好的周末弄得非常压抑。看着孩子哭咧咧的样子，商南又心疼又生气，把茶杯摔得粉碎，家教吓得赶紧跑了。

女儿提前写完了作业，甚至舍弃了中间休息的时间。商南签字的时候，看了看作业，写得真不错，就说玩去吧。女儿说："爸爸你真好。我作业完成早了，妈妈就会说：'今天就到这儿了？有点儿早吧！来，再做两道题。'"商南看女儿把她妈妈学得惟妙惟肖，不禁乐了，但心想，她妈妈要是在企业当领导，这么做得让员工骂死。

这一晚本来很愉快，但因为女儿吃完薯片忘了灭迹，被小爽回家发现后，又唠叨了一晚。说完商南说女儿，父女俩好不容易积攒起来的美好心情都报销了。

还是老三样：手切羊肉、水爆肚、油炸花生，加上一瓶二锅头。三样一上来，两人有感而发，先聊了一会儿民国的先生们，像胡适、刘半农、钱玄同，包括鲁迅，都是美食家。那时候他们喜欢去的饭馆都是小店，围着白木茬儿的桌子坐定，先问伙计，今天进了什么新鲜东西。伙计一看都是贵客，不敢怠慢，赶紧汇报说，今天的猪肚很好，早上刚进的。大师们就会指点一番，做个大蒜肚条，再做个熘肚片，肚子一定要洗净，煮得软烂而不失爽脆。伙计正想着分寸该如何把握，大师们就指导了：煮到火候，立刻用冰水镇上。伙计又为难了，这20世纪20年代，哪来电冰箱制冰机？幸亏后院有个老井，水也拔凉拔凉的……两个人就这么连讲故事带发挥，津津有味。

陈处长说的变故是指他们局长找他了，说上边指示，要尽快处理原东北搪瓷厂现卓立家居院内产权混乱的问题，明确性质和说法，以利于土地开发利用，推进腾笼换鸟规划。这些话表面听起来不偏不倚，但着手点是厘清产权，落脚点是为了开发，而且套上了腾笼换鸟规划的笼头，明显不利于仓库。尽管眼前没有了强拆压力，但没有产权证，权益就没有保障，而且有可能在腾笼换鸟的大旗下被简单处置。

商南又一次陷入一筹莫展，只是说让陈处长为难了，两人便喝了一阵闷酒。还是陈处长打破僵局，说："这样吧，咱俩分分工，你去查找一些足以证明当时建设情况的材料，包括当年总公司的批文、拨款证明、市里的规划等，也可以找一些证人证言。你以前提供的东西也能说明问题，但需要更多的佐证。我呢，根据这些材料给谭副市长写封信。实不相瞒，那天在开幕式上你也看到了，我以前给谭副市长当过秘书。"商南并未感到惊讶，反而为自己庆幸，连忙点头称是。

商南先是委托律师去城建档案馆查资料，又找到一名和搪瓷厂有关系的老员工，顺藤摸瓜找到了搪瓷厂老厂长蔡厂长。仓库建在搪瓷厂院里，找到搪瓷厂的老人并不难。联系上蔡厂长后，商南亲自买了些保健品和水果登门拜访。蔡厂长住在一栋老房子里，自己烧锅炉，没有煤气和暖气。过去这是好房子，可是毕竟已有七八十年了，早已老旧不堪。蔡厂长有糖尿病，腿脚不好，费力走出卧室，混浊的眼睛努力放着光芒："小商啊，记得记得。我那时候看你就不一样，所以我第一次见你就跟你说，别跟他们学。"商南印象很深，蔡厂长这句话还是当着别人面说的，说完气氛好不尴尬。探访是在蔡厂长痛骂企业改革和"李丽英"们中开始和结束的，办正事只用了不到两分钟。原来蔡厂长早就通过中间人知道商南的来意，提前写好了材料，还按了手印。捧着材料，商南一阵感动：这些老同志文化水平不是很高，但做事认真，讲究原则，实事求是。材料很全面地回顾了当时仓库建设的情况，特别是为什么建在搪瓷厂院内、当时的革委会有哪些指示、仓库为搪瓷厂和明山市做出了多大贡献等。商南几乎是含泪与蔡厂长告别的，并郑重地说会常来看他。蔡厂长说："你们年轻人正是干事业的时候，我一个老朽有什么看的！有事儿就说，我肯定实事求是。这帮王八犊子，忘记历史就是背叛！"

律师的收获也很大，他们查到了当年总公司的批文和市革委会、规划局的文件，特别重要的是有一份搪瓷厂和总公司明山市仓库筹备组关于在厂内建设仓库的协议。这就说明在血统上，这个仓库的出身是名正言顺的，土地使用权的转让是搪瓷厂真实意思的表达。只不过那个年代国家没有土地权属的概念，土地都是国家的，所以也就没有土地权属的证件或证明。

商南将这些材料按照逻辑关系整理装订，马不停蹄地送给了陈处长。有了这些"弹药"，凭陈处长的文笔和与谭副市长的关系，事情一定能出现转机。商南深为感动的是，一般人在自己的职责范围内认真办事就不错了，而陈处长是动用了个人的关系来解决问题。当商南向陈处长表达了这层谢意和感动的时候，陈处长笑笑说，也就你吧。

其实陈处长也有他的私心。转入闲职的王处长并不甘心，对他的转正设置了很多障碍，最大的微词就是他非专业出身、实践经验差。陈处长就转正问题可以找老领导说句话，但他更希望借为国有资产保驾护航这个光明正大的案例来为自己正名，从而赢得转正之战。谭副市长历来重视企业，特别是央企、外企这样的外来企业的经营环境，而且有船博会这个因素，肯定会欣赏和支持自己的主张，这样不仅为企业做了实实在在的事，也让局领导认识了自己。

13

商南清静了几天。难得啊，这段时间被产权证、强拆闹的，干正常业务都是享受了。晚上下班，商南和佳桐偶尔一起吃个饭，回顾一下前段时间的焦头烂额，还有商南和吴总的对峙。也不知道上边接到佳桐举报吴总的信做何反应，为什么到现在都没有动静。商南想，集团公司这类事儿估计不少，一时排不上号。

清静却很难熬，就像在等第二只靴子落地。

以亿通的效率，他们不会让商南清静几天。一天下午，商南的办公室来了两个人，是亿通的。男的是开发部的项目经理，女的是总经理助理。女士做了自我介绍，她叫衣依。

男士不苟言笑，几乎没有说话。衣依笑容可掬，说话柔声细语，长得清丽可人，很容易被人接受，让商南本来反感的情绪放松了很多。商南当然知道他们的来意，但是必须假装糊涂。衣依耐心地说："商总想必已经听说了，包括我们仓库在内的卓立公司的土地已经纳入市土地储备中心，即将进入开发阶段。这是按照市里的部署，落实腾笼换鸟规划而实施的。""腾笼换鸟"这个词作为规划，商南第一次听说还是通过陈处长，并不深解其意。衣依似乎明白了商南的好奇，进一步解释道："所谓腾笼换鸟就是将市区优质地段的工业企业拆迁到规划区域内，在原地进行商业开发，从而改善城市功能，优化城市环境，提升土地价值。"衣依不紧不慢，说得很清楚，商南觉得，她应该受过很好的教育。这时门开了，是佳桐，她来送水了。商南奇怪，平时送水倒茶的活儿都是小刘的，她来干什么？殊不知，佳桐在外面看到有美女进到商南的办公室，特意来看个究竟，就借了送水的机会。

佳桐送完水，却并不退下。商南撵她走还不太好，于是只能顺水推舟说："正好，你也听一听吧。"商南说："我们有权利不参与开发吧？"衣依似乎对这句话早有准备，说："话不能这么说。第一，市里的规划要优先按照市场行为推进，如果推进不下去，会有强制措施的，到那时候，是不是就被动了呢？第二，退一步讲，即使贵公司仓库仍然巍然屹立，请商总以专业的眼光看一看，从地理位置到基础设施，贵仓库还符合现代物流的要求吗？最后，我们是在贵仓库没有产权证的情况下来找您谈的，这还不够尊重和诚恳吗？"这三个问句有理有据，丝丝入扣，柔中带刚。特别是第二个问题，还真说到了仓储物流专业的痛点。

但是，为了公司利益，商南必须坚持不予配合的立场。

商南说："我们是央企，是有着严格的决策程序的，处置固定资产是重大事项，我们必须按程序办理，不是我能够在这儿信口开河的。"衣依认真听着，并点了点头表示理解。"至于说市里通过行政手段来推进什么换鸟计划，我们并不介意，可以走着瞧。同时，谢谢你的尊重和诚恳，但我必须说，你其实也很清楚产权证被扣的原委，所以，我认为我们是受害方。在这个基础上的所谓尊重和诚恳，我觉得很虚伪，甚至是一种嘲弄。"衣依的脸稍微红了一下，觉得今天遇到了对手。商南接着说："这样吧，你们也不必对我们给予同情和尊重，我们还是等要回产权证再谈吧。而且，作为国有资产，我们自己也不允许有产权不明晰的情况。"

衣依有点儿后悔提到产权证，本想以此压压商南的气焰，没想到商南不退反进，正好借这件事推诿了谈拆迁开发的事，这与大方向是不符的。开发是个环环相扣的运行过程，土地只是初始环节。每个环节的经济成本与时间成本其实都是成本，在某个环节因为经济成本耽搁太长时间是不划算的。衣依想到了自己的主管领导孙总，她总是很大气，原则问题不让步，枝节问题不纠缠，而且从来不搞小伎俩，所以尽管内部有争议，却往往加快了开发进程。但是，对方产权证被扣，在公司内部已经被当成一种优势，如果提都不提，回去项目经理汇报的时候可能会被认为没有"火力全开"，从而被诟病。临来时孙总特意叮嘱说，从事实来看，人家是有土地权的，拿这个做文章没用不说，还容易引起反感，从而形成阻力。还是孙总看得深远，但一般人的认知也不得不照顾。在一个单位，掌握舆论的，往往不是真正的智者，而是那些"聪明人"。

衣依留下一封函就告辞了，作为开发的正式宣告。握别时刻，商南相信，他们即将开始有趣的游戏。

佳桐送客回来收拾茶具，看着有些愣神儿的商南，冷不丁说："哎，人家的小手挺软和吧？""什么？哦，没注意。""得了吧，你当时的眼神已经出卖了你。"正在商南不知道如何回答的时候，手机响了，一看是陈处长。商南心说："你真是我的及时雨啊。"

陈处长问了一些当年建设仓库的细节便匆匆挂断了电话。商南也没闲着，将亿通公司的函件传真到了明山市公司，并给吴总打电话，口头汇报了有关情况。吴总说明天开个会吧。

第二天的司务会上，商南系统汇报了仓库面临的开发的情况，重点讨论了下一步的工作和公司的对策。会议形成了会议纪要：第一，保证国有资产安全并努力使国有利益最大化是宗旨。第二，拆迁是大势所趋，是明山市的长久规划，作为国有企业有责任予以配合，同时这也符合公司调整和优化资产结构、经营结构的内在要求，正好乘势而为。第三，为保证公司利益和国有资产安全，同时也为了对历史有所交代，目前仍应全力以赴申要产权证。第四，仓库要正常经营，同时在一定范围内探讨货物分流、业务转向等可能性，做好转型准备。会议责成商南执笔向集团公司打报告，报告此事并征得批复。现在明山市公司的主管领导是肖然，他已经基本知道仓库的情况，于公于私，沟通都没有问题。

其实会议还有一个议题，因为没有取得共识而未写入纪要，那就是补偿方式。一般来讲，有货币补偿和产权调换两种补偿方式，商南倾向第二种。他简单了解了一下腾笼换鸟的区域，那里专门规划出一个物流园区，距离码头很近，铁路专用线和高速公路已粗具规模。商南看到介绍甚至有些兴奋，搬迁到那里正好可以扩大仓储面积，提升仓储硬件，接驳海陆运输，这些条件绝对是现有仓库不可比拟的。商南兴致盎然地说出了自己的意见，以为会得到一致同意，没想到吴总阴沉着脸没有表态。大家本来已被商南点燃情绪，但一看吴总的脸色，便又沉默下来。吴总沉吟片刻说："这个事情要看谈的情况，有利无利暂不好定夺。同时也要看公司的发展需要，特别是对资金的需求。我们需要加大投入的地方很多嘛，主营业务要做大，正在开发的科工贸大厦也需要钱。最后，需要上级公司把握，以集团公司指示为准。"

科工贸大厦是明山市公司正在开发的一个项目，商南听吴总说要把补偿的钱投入其中，不禁有泥牛入海之感。

衣依给商南打电话，说想见个面，有些事交换下意见。商南说："现在也没有什么好谈的啊，我们连产权证都没有，哪有资格谈？"弄得衣依哭笑不得。第二天衣依又来电话，说："我们孙总想见你。"商南又给挡回去了。如此反复几次，商南自己都不好意思了。一天下班，商南刚走出办公楼，就看见衣依斜靠在他的车上，手里拎个购物袋："商总，能不能发扬一下你的绅士精神，让我搭个便车啊？我穿着高跟鞋，实在走不动了。"说着还抬起右脚，给商南看了看鞋跟。衣依穿了一条蓝底白色碎花的长裙，脚上穿着一双白色高跟鞋。没有时间过多逡巡和联想了，在自己单位门口，这成何体统，于是商南赶紧说上车吧。

衣依说她今天串休，就去前边新开的一家大商场转了转，"本想溜达溜达，就当锻炼身体了，无奈鞋不给力，走到这儿估计你快下班了，就索性让你服务一把。"商南心想，谁信啊。

商南说："搭车没问题，但有个条件，不许谈工作。"衣依调皮地说："也没有人给我加班费，我凭什么跟你谈工作啊？"

原来衣依不仅逻辑严谨，条理分明，也有顽皮的一面呢。闲聊中得知，衣依是天津大学建筑系毕业的，难怪商南觉得素质不错。商南说他最喜欢的一位老演员，叫向梅的，就是她师姐。衣依马上附和说："哎呀，那是我的偶像，气质太好了，有点儿像我们孙总。"商南暗想，应该会会孙总了。

不觉间车到了衣依家楼下，是条人气很旺的小街，街边有各种小店和摊床。衣依说："你把车停好，我请你去吃天津回头作为感谢。你可别让我欠你人情。"说着就自己下了车，购物袋也没拿。看这架势必须吃了，商南说服了自己。

小店很小，但很干净，是商南喜欢的市井风格。衣依说："根据我在天津生活的经验，他家的回头挺正宗。"说着点了两份回头、两碗羊汤。没想到，精致干练的衣依会屈尊到这种小店吃饭，商南不由得心生温暖，因为他喜欢她的这份烟火和随意。相比佳桐，衣依在职业女性的外表下更有一份大气和朴实。每次吃饭，商南和佳桐都会有分歧，佳桐喜欢格调和形式，而商南喜欢烟火和尽兴，但作为男人，每次都得随着佳桐的意。

很快，回头和羊汤都上来了。回头和锅贴有点儿像，只不过两端回折，封住了肉馅儿。商南想，反正已经烟火了，索性更烟火些，于是说："我可以吃大蒜吗？"衣依说："今晚你有任务吗？"商南一时没反应过来，说什么任务？衣依说："和哪个女士接吻啊。"说完自顾自笑了起来。商南没好气地咬了一口大蒜，辣够呛。

衣依还是忍不住唠了一句拆迁的事，问："你们那边研究得怎么样了？"商南说："我们也没研究啊，凭什么你们发个函我就得研究啊。"说着冲衣依做个鬼脸。衣依说："那我就去你们总部找吴总了。"敢情她什么都知道。但是这个问题比较难回答，说你去吧，将来她跟吴总接触上把这句话传过去，吴总会说自己矛盾上交，不负责任；说不许去吧，好像怕什么似的，另外吴总知道后，也可能觉得自己独断专行，阻绝吴总和对方接触的机会。所以商南只好说："还是等我要回来产权证的吧。"衣依马上说："你还挺有把握，找到内部人了？"这明显是在套话，核心机密不能泄露，于是商南说："我门儿还没找到呢，但也得要啊。"衣依白了他一眼："死心眼儿。"

14

世间任何事，路径对了，就简单了。由于采取了平和申要、以交朋友为切入点的路径，再加上意想不到的陈处长和谭副市长的关系，两个正确而得力的要素加在一起，结果就是，产权证要回来了。

当陈处长故作平静地告诉商南可以去区房产局取产权证的时候，商南激动地用拳头一擂桌子，大声喊道："好！"惊得佳桐和小刘跑了进来，还以为出了什么事。商南必须如此发泄，否则淤积在心的块垒就发散不出去。同时，也是用这种方式向陈处长表达此事的极端重要，是变相的领情和感谢。陈处长听到巨响和叫喊，心里非常满足。其实他也很激动，这意味着老领导对他的信任和偏爱，意味着局长知道了他的分量，意味着王处长的微词可以休矣。

当时的情况是，他们局长正在外地考察，刚要睡着接到了市政府副秘书长的电话。副秘书长首先说明是谭副市长让打的电话，局长立刻就精神了。副秘书长问："有个央企在明山市的子公司，下属一个仓库的产权证被你们扣了，你知道吗？"局长想了半天，说好像有这么个事。副秘书长说："这件事影响极坏，这个仓库作为船博会的指定仓储单位，在船博会期间都不能正常经营，船博会的主办单位意见很大。"其实这是陈处长为了引起谭副市长的关注添油加醋写上去的，他知道船博会是老领导非常看重的政绩。局长此时已经说不出话了，副秘书长接着说："扣证的事儿你们内部有什么意见吗？"局长依稀记得产权处新上任的陈处长汇报过，说应该发还。但当时碍于姚副主任的面子，就给拖下来了。早知道这事儿惊动了主管市长，当时借势发还就好了。正想着怎么答复呢，副秘书长听局长半天没动静，又点了他一句："你当大局长的忙，顾不过来很正常，但是可以多听听业务处室的意见嘛。"局长一听，业务处室，不就是产权处吗？他怎么知道业务处室有什么意见？看来新上来的小陈不一般，马上心领神会地说："是啊，是我犯了官僚主义错误。产权处的陈代处长，哦不，应该马上就转正了，跟我汇报过这件事。他主张把产权证返还给企业，我当时比较忙，就忽略了。等我回去给您和谭副市长请罪。"副秘书长说："那倒不必。谭副市长指示，请你局在充分尊重历史事实的基础上，按照有关法律法规，把好产权确认这一关，给外来企业一个交代，从而营造好我市招商安商的环境。"说完就撂下了电话。指示传达完毕，字面上不偏不倚，符合原则，同时还给局长暗示了一个人际关系，等于送给对方一个人情。完美。

撂下电话，局长睡意全无，马上给副局长打电话，让他明天立刻召集产权处和登记发证中心开会，研究被扣产权证问题。如无原则问题，要尊重业务部门意见，尊重历史事实，以法律法规为依据，解决央企诉求，营造良好的招商环境。这套说辞，与前几天针对同一件事的说辞，大体都是那几句话，但明眼人一听，就知道指向已经不同了。

商南决定自己亲自去区房产局取产权证，再见识一下扣证人的嘴脸。看来才科长已经接到通知，看见商南进来，便满脸堆笑地打开保险箱，取出了产权证。上次商南来要证的时候，他说产权证已经上交到市局，其实一直锁在他办公室里。商南也不想揭穿，反正已经达到目的，得饶人处且饶人吧。但是才科长非要多嘴，说什么行政职能人员必须有所为有所不为。估计他的意思是想表达自己的无奈，但商南觉得这么好的一句话被他这么来用，简直是恶意歪曲，于是没好气地说："才科长，你慢慢为吧，我先走了。"

眼看着商南转身走出，才科长收起尴尬的表情，自言自语："他妈的，看走眼了。"

商南直接将产权证送到了总部档案室，并让机要员打了收条。这时衣依电话打来了，说："祝贺啊，产权证拿到手了。"商南想，你的消息够灵通的。衣依接着说："这回可以正式拜访你们公司了吧？"现在谈判已经没有障碍，不会有让人拿捏的地方，这个时候吴总出面只能是好事，于是说："好啊，欢迎。"衣依随后来了一句："看你那小心眼儿，还跟我打埋伏。你找的谁我们都知道。算你厉害。"

双方阵容齐整，中规中矩地见了面。对方的文总、孙总、衣依，这边的吴总、商南、"秦始皇"。本来考虑对方有女同志，而且涉及财务，商南希望佳桐参加，这样日后接触和算账都方便，但吴总执意让"秦始皇"参加，说他是仓库老人儿，了解情况。商南心想："了解情况也从来没向我提供过什么有价值的东西。"对方说明了来意，赋予了这个项目冠冕堂皇的意义，表明希望贵公司配合和支持，云云。吴总表示，对地方政府的发展规划原则上愿意支持，但是也要充分考虑本单位的发展和利益，同时作为重大资产处置，要向集团公司请示。作为务虚会，商南基本没怎么插言，倒是认真打量了一下孙总。确实如衣依所说，气质很好，端庄大气。文总说："为了顺利推进工作，我们公司指派孙总作为代表与贵公司接触，衣依协助。"吴总也说："我们公司指派商总，秦经理协助。"商南表态说："那我就努力当好联络官，遇到问题向吴总汇报。"临别大家交换了名片。交换到衣依的时候，两个人对视一眼，微微笑了一下：电话已经很熟悉了。而那边，吴总和文总也唠得火热。

送走客人，商南留下来开会，讨论下一步谈判的原则以及自家的诉求。商南在上次会上听吴总说要把补偿款投入正在开发的科工贸大厦，更坚定了坚持产权调换的决心。在商南的认知里，仓库比写字楼的产出率更高，与公司业务的配合度更好，以损失仓库为代价成全写字楼，得不偿失。而且，商南想，如果没有这笔意外的补偿款，大厦还不建了？当初的可研报告关于资金这块怎么策划的？公司的计划性哪儿去了？

于是，商南呼吁，要利用腾笼换鸟的机会，到更适合的区域，发挥产业集聚效应，升级硬件设施，借机做大仓储物流，发展新的业态，培育新的效益增长点；同时测算好设备迁移费用和停业损失，这部分以货币形式补偿。但吴总仍然不同意，理由还是那几条。在座的，只有商南与仓储业务有关，所以商南的方案对他们来说不能受益，因此关心、支持者寡。少数服从多数，商南无力回天，只好作罢。会议还明确，聘请中介机构，佳桐等财务人员配合，综合成本重置法和市场比较法测算拆迁补偿费用，同时考虑设备迁移和损失成本以及人员安置费用，一并作为补偿诉求与亿通谈判。

很快，集团公司批复，原则上同意明山市公司意见。

不能以产权调换作为补偿，对商南而言压力很大，这意味着仓储物流业务将要萎缩。自己管辖的业务范围缩小是小事，好不容易熟悉和培育起来的业务却在如火如荼之际夭折，实在可惜。而且面临人员冗余的问题，如何安置，下岗还是转岗，谁留谁走，都是个大问题。

拆迁已经公开化，正是人心惶惶的微妙时刻。李丽英那边，本来员工就对企业没有信心，此时压力更大。工人已经无心干活儿，一心等着下岗安置补偿，天天围堵在办公楼讨要说法。此时，三哥又粉墨登场，带着几个弟兄坐镇了。

商南来到仓库后忙于内部事务和产权证，一直没去看看李丽英。商南有点儿愧疚，毕竟当年有过交集。商南曾把李丽英当作敌手，认为她不择手段，利欲熏心。但当事态平静下来后，特别是看到此时李丽英焦头烂额，心里竟然滋生一丝同情，都不容易啊。商南决定去拜访李丽英，作为向搪瓷厂、向那个时代的告别。

李丽英憔悴了不少，看到商南很是意外，也有些小激动，但是嘴上却不饶人："哎哟商总，贵客啊，怎么才想起来姐啊？"商南说："早就想拜访李姐了，不是忙着要产权证嘛。""商总这是来兴师问罪了。""哪里，都过去了。这就是我的工作，工作中什么事不能碰到？再说你也不是针对我个人。"说话间，一杯热茶已经送到了商南的手中，还是当年那个手脚麻利的李丽英。接过杯子的一瞬间，商南看到李丽英的眼睛居然湿润了，可能是她没想到自己会说出这么宽宏大量的话。李丽英说："谢谢老弟理解，自从买断这个厂子，除了表面的光鲜，就没过过一天舒心的日子。这些工人，这边打破脑袋也要留在厂里，那边就在背地里说我是国有资产的蛀虫。他们也不想想，没有我这个蛀虫，这个厂子早就黄了，他们到哪儿端这个饭碗？"李丽英越说越激动，看来压抑了不知多久。商南觉得不无道理，国企不改革死路一条，改革就会有各种问题。有些看似不公平的东西，其实蕴含更大的公平。站位不同，立场就不同，道德感是最苍白的。

商南说了几句安慰的话就告辞了。李丽英还有点儿恋恋不舍，拉着商南的手说哪天坐一坐，怀怀旧。这一刻，商南觉得，当年那个风风火火的李丽英真的老了。

回到自己的办公楼，商南愣住了，一大群工人堵在自己的办公室门前吵吵嚷嚷，佳桐在人群中不断安慰大家。原来，有工人看到商南进了李丽英的办公楼，就说："商总怎么去那边了？不是李丽英使坏，我们能拆迁吗？"公司关于西库以货币补偿的方案已经传了出来，仓库的员工都知道要面临一次裁员。这时恰好"秦始皇"路过，便说："你们这帮傻子，被人卖了还帮着数钱呢。人家早做好扣儿了，就等着仓库黄摊儿这一天呢。"闻者顿时有一种被出卖的感觉，当时对商南有多信任，现在的背叛感就有多强烈。这种事儿在工人中传播得飞快，于是他们纷纷聚集在商南办公室门口，等着讨要说法。商南不解地问："你们这是怎么了？为什么不在岗位上？"库管胖大姐挺身而出："好好的仓库说拆迁就拆迁了，你回去接着当官，我们怎么办？"大家都跟着质问，一时群情激奋。商南说："拆迁也不是我们愿意的啊。大家也看到了，我一直为了要产权证而奔忙，这不就是为了捍卫我们的利益嘛。"商南真想说他的主张是要一个新的仓库作为补偿，这样大家都不用下岗，只是领导没同意。但是组织原则告诉他，不能这么说。叉车司机瘦猴跳出来说："说得好听，那你跑李丽英那儿干什么去了？""我们两个单位挨着，有些事需要交接，这不正常吗？"又有人喊："我们就想知道，仓库没了我们怎么办。"看着大家这个样子，商南又生气又好笑，不禁激动起来，他大声说："师傅们，兄弟姐妹们，自从我来到仓库，我就把自己交给了这里，就把自己当成你们中的一员。而且，我还告诉你们，将来我仍然会在这里，就在仓库，和你们在一起！"这句话说完，人群彻底安静下来。商南接着说："我永远记得，前段日子，大家为了保卫仓库安全，和我一起日夜值守。那时我们高度团结，一致对外，我是多么感动和自豪啊。我商南也是有感情有热血的，我给大家交个底，西库没了，还有东库。我们的客户还在，我们的业务会更加繁忙。即使个别人会面临下岗，我也一定争取到最好的安置方案，让他体体面面地回家，安安稳稳地生活。总之一句话，我们的日子会更好！"人群静默了几秒，突然爆发出叫好声，他们觉得眼前的商南还是值守时那个值得信赖的商南。

眼前的危机过去了，以后怎么交代？人的问题在国企是最重要最敏感最棘手的。在李丽英那儿，她三哥可以出马，但国企不能搞这一套，这也是商南力主产权调换的一个原因。吴总不仅不会帮忙吸收、消化人员，不看笑话就不错了。只能是东库吸收几个，然后买几辆大货，将仓储业务向上下游延伸，再消化一些。

15

　眼前的主要矛盾还是讨价还价。双方都在测算,算法大同小异,无非是根据实际情况以自身利益为出发点,取舍不同而已。比如按市场比较法测算,在采集仓库效益时,对方主张以前三年的平均值为准;而商南主张以近一年数据为准,因为商南清楚仓库效益就是自己来后这一年多最好。最后双方各退一步,采用了两年期。只要是摆在明面上你来我往,都是正常的,各为其主罢了,所以这段时间还比较轻松。

　无奸不商,但只要是摆得上桌面的博弈,还有一旦达成协议能够信守,就是好对手。至于说自己没算计到,吃亏了,那是自己能力不行,不能怨人家。如果出发点就是骗,那就不叫生意了。1993年,商南听外单位一个朋友介绍生意经,说他利用一些国营企业经营困难急于销售的心理,以30%的货值为定金,拿到全部货物,然后以半价销售。商南一听就明白了,从一开始,他要挣的就是欠钱不还的钱。商南没好意思说不道德,只是提醒他这么做容易出事儿。对方满不在乎地说:"没事儿,都这么干,都是互相欠,谁欠得多谁是大爷。"没过多久,这哥们儿就被外地公安局抓进去了,还不是因为这件事儿。商南还挺后悔,没多劝导他几句。

　商南见过太多市场里的浮浮沉沉,得出个结论——初心要端正。

　对接和谈判主要在商南和孙总之间进行。衣依正襟危坐,偶尔严肃地插几句话。"秦始皇"全程参与，但是跷着二郎腿，一言不发。商南心想，没有他，谈判能加快很多，有他在，双方都不舒服。佳桐作为财务负责人也要台前幕后地参与，一时之间还挺热闹。有几次谈到挺晚，孙总客气地想请大家吃个工作餐，商南不想让"秦始皇"留下话柄，都给拒绝了。倒是商南和衣依避开众人，单独吃了几次回头，借机沟通一些看法。

双方已经数度交换测算依据，应该说都说得过去。商南为此对孙总更有好感，佩服她不像一般的私营企业从业者那么无孔不入、唯利是图。长期的国企生涯，让商南见识了太多理所当然要占国企便宜的人，能蒙就蒙，理穷时就收买，收买不成就会说"是国企的，也不是你的"。商南自认不是多么正义凛然的人，但是始终说服不了自己放下标准。

经过几轮交换，双方将分歧锁定在2280万元到2550万元的区间。应该说，这么大基数，这点儿差距并不大，但是，对于国企来说，每让步一分钱，都得有依据，否则不好交代。对于亿通，那都是实实在在的真金白银，哪能舍弃，所以双方陷入了僵持，谈不下去了。商南提议问题上交，由领导们决定。

商南不知道的是，吴总和文总之间也在飞快地传递着数据。

商南随时向吴总汇报着谈判的进展，包括双方在补偿金额上的分歧。吴总听了，只是笑笑，坚持让商南接着往下谈，并且大度地授权他相机行事，全权处理，还特意叮嘱一句："不着急，慢慢谈"。商南的理解是，国企领导不爱沾边儿这种事儿，要避嫌，自己只好硬着头皮继续推进。

可是让商南一个人扛着责任向前推进谈何容易，没有组织意见，对有些人是机会，而对商南就是没有依据没有保障。商南只好不让步。

衣依利用吃回头的机会，代表孙总来做商南的工作："商总，我们孙总做事的风格你也看到了，她喜欢大大方方，开诚布公。现在你坚持不让步，让她在内部不好交代啊。"

商南说："我也为难啊。我知道不可能完全按照我们的方案，但是让多少并没有一个放之四海而皆准的标准。在国企，没有依据的事情不好表态啊。我请示吴总，但吴总不想沾边儿。这种事儿，为国企争得多少利益没人说，要挑毛病，凭想象就行。"说到吴总，衣依抬眼看了一下商南，马上又转移了视线。

沉默一会儿，衣依说："历史把你推到了这里，你不下地狱谁下地狱？既然横竖不是，那就来个痛快的吧。你自己爱惜羽毛就好了，别管那么多了。"

商南此时想起了佳桐，她也跟自己说过类似的话。

孙总又一次邀请商南，很委婉地问能否只带佳桐来一趟。孙总对"秦始皇"的鄙视是明显的，甚至是天生的。但是商南知道，吴总坚持让"秦始皇"跟着，就是安插个眼线，所以商南反而觉得必须时时带着他，以避嫌疑。恰巧今天"秦始皇"有事，见这么长时间没有迹象可寻、没有把柄可抓，就没好气地说不去了。

坦荡荡不像长戚戚，当然无迹可寻。

这次是在孙总的办公室，衣依倒完茶坐在孙总旁边，四个人两边对坐。孙总罕见地多说了几句题外话："商总，我们虽然接触时间不长，但通过我的观察，加上衣依转述的你的情况，我作为姐姐，对你非常欣赏，甚至有种惺惺相惜的感觉。我喜欢你的干净，不只是长得干净、穿得干净，更主要的是心里干净、做事干净。我们衣依对你赞不绝口噢。"一番话，说红了三个人的脸，佳桐更是低头咬了咬嘴唇。孙总接着说："衣依回来说了你的难处，我也知道国企的复杂，对你非常理解。"商南听孙总说到"衣依回来说"这几个字，怕她说漏吃回头的事情，为避免让佳桐知道自己和衣依私下有接触，于是与衣依飞快地对视一眼，赶紧抢过话头："不，我不为难。既然把我推到了这个位置，我已经抱定下地狱的决心，只求问心无愧了。"

孙总怜惜地笑了，说："其实我们开始的预期值是2415万，也就是双方各退一步，取个中间值。但是你坚持不让步，我们也不想耽误时间，加上你的难处我们也理解，就决定让步到2465万。商总，今天请你来，就是跟你说，这是我们的底线了，不能再退了。而且，我可以肯定地说，历史地看，你不会为难，因为我们的测算也是经得起考验的。"商南思忖片刻，觉得孙总说得这么实在，而对方已经让过中间值很多，便说："好吧，那我和吴总汇报一下。"孙总与衣依对视了一眼，叹口气说："我跟你说实话吧，你们吴总已经知道这个数字了。"

看着一脸懵懂的商南，孙总接着说："我们内部做出这个决定后，文总已经通报了吴总。毕竟吴总是领导，请你理解。吴总答应了，但是，他要求我们将其中的65万以现金方式打进他指定的账户，对外按2400万签订合同。他还要求文总对包括你在内的人保密。按道理，我不应该和你交这个底，但是我们性格秉性相似，愿意干干净净做事。而且，如果我告诉你只有2400万，你肯定不会同意。"

孙总已经摸透了商南的执着，对他必须实话实说。如果瞒着他死死咬住 2400 万，商南是断断不能答应的，那样的话，就会使谈判无限延长。

佳桐猛地站了起来，急促地说："不能这样，这对商南太不公平。我亲眼看着他为了拆迁的事付出很多心血，现在平白无故把他的努力埋没了一大截，这不公平。到最后，别人会把这笔账算在商南的头上的。"

几人沉默不语。曾经心怀我不下地狱谁下地狱般悲壮的商南现在觉得，这个地狱是人家挖好的坑，真的跳下去，已经不是悲壮，而是可悲了。佳桐说："商南，你不能这么窝囊，你必须当大家的面揭穿，我们谈的实际是 2465 万。"

孙总说："这样吧，明天早上我把协议传真给吴总，上面的补偿金额为 2400 万。他会召集会议宣布这个数字，在程序上予以确认。你可以不揭穿，也可以揭穿，你自己决定。但最起码，你揭穿后，就没有人会对你让渡 85 万有异议了。"然后又补充一句，"我只能配合你这么多了。"孙总必须履行文总对吴总的承诺，但还是有倾向性地引导了一下商南。

好个孙总，静水流深啊。

补偿方案的揭晓，现在形成了两个办法三种结果。一个办法是自己回去宣布补偿金额为 2465 万元，形成的结果是，对公司而言，利益得到了最大程度的保护，但吴总不会真心满意，同时不排除会有人追究那 85 万凭什么让掉。第二个办法是按照孙总的设计，由他们发个传真宣布补偿金额为 2400 万元。这会有两种选择，一是，违心默认 2400 万元的结果，不去得罪吴总。但是，这是对自己初心和努力的玷污，是国有资产的损失，是自己不忍不愿不齿面对的结果。二是，在会上当众揭穿真相，这样不仅保护了公司利益，而且不会有人追究让渡的85万。但是，如果这样，就相当于一次决裂，是比上次更为猛烈而无可挽回的决裂。"生存还是死亡？这是个问题。"他想起了哈姆雷特的犹豫。

大家都没说话，安静极了，只有商南的脑海在嗡嗡作响。

爱惜自己的羽毛，2465万就是自己的羽毛啊。从对付拆迁公司，到要产权证，再到谈判，自己为之努力的不就是这身靓丽干净的羽毛吗？只是这份孤勇和自爱无从表白，而孙总设计的环节恰恰让商南有了表白和自证的机会。想到这儿，商南抬起头，迎接住孙总、衣依和佳桐鼓励的目光。

该告辞了。商南很郑重地和孙总、衣依握了手。衣依说："这回真要结束了，保重，后会有期。"

看着走出亿通大厦的商南和佳桐的背影，文总接起了衣依的电话。放下电话，文总笑了："吴总啊，对不起，65万现金的要求如果我不答应你，你就会否定商南的谈判结果而使补偿协议遥遥无期。而65万现金真的给了你，我又如何向董事会解释？对于正在谋求上市的企业，这样一笔现金的支出，对于谁，包括自己这个职业经理人，都是烫手的山芋啊。"

第二天一早，商南不出所料地接到了总办通知，十点到总部开会。开门见山，吴总兴冲冲地拿出一纸协议，说："今天一上班就接到亿通的传真，大意是经过艰苦谈判，考虑到我方的实际情况，亿通同意按2400万给予补偿，比原来的出价提高了120万！应该说，这是我们公司，特别是商总和秦经理等人共同努力的结果。对此，公司表示感谢。大家如果没有异议，我们就上报集团公司，然后与亿通签署协议。"

商南一直低着头。这台词，和他预想的一样。与会的中层干部都很振奋，一阵喧嚣。平静后，商南抬起头，一字一句地说："吴总，这个数字不对。"见大家闻听此言瞬间安静下来，商南接着说："这与我谈的不符，我谈的补偿是2465万。"

大家齐刷刷地看向了吴总。

此刻，一片肃静。

几乎一夜没睡的商南，透过血色的帘幕，还是第一次看到吴总的脸如此苍白和扭曲。

16

惊雷过去，就是燠热沉闷，就像三伏天化不开的烦躁。除了国企利益，没有胜利者。商南没有听到指责，也没有听到赞扬，一片混沌。

但商南就是商南，他总是混沌中清晰出来的那个棱角。

说实话，商南本不想蹚这潭浑水的，一是太敏感，二是不归他分管。翻译过来就是，费力不讨好。

但这么想的不止他自己。首先，吴总就不想沾手，哪有把一把手推到前线的？这是回避的最好理由，也是最好策略：隔山打虎多好。其次，主抓这项工作的李总，他有九十九个脱不了身的理由，偏偏他今年快五十九岁了，在老伴儿的鼓动下，他硬着头皮说："吴总，按照惯例，我早该退居二线了。"

这潭浑水就是三年前开发的东北科工贸大厦。三年前，带着迎接新世纪的豪情，当时的集团公司领导雄心勃勃地提出科研、工业、贸易全面发展的战略规划，颇为激动人心。各子公司积极响应，有的加大力度攻克科研项目，申报专利成果；有的兴办或入股实体，实行产业多元化；有的与大型生产资料企业签订战略协议，包销代销其产品。明山市公司以物流起家，科、工、贸均不突出，该如何响应号召呢？吴总经过苦思冥想，决定利用区位优势和政策优势，筑巢引凤。这个巢，就是东北科工贸大厦。

吴总说："我们虽然在科工贸方面没有自身优势和长项，但是我们可以借船出海、借鸡生蛋，照样可以实现科、工、贸一体化发展。大厦建成后，不仅资产本身可以实现盈利，其所构成的平台也会在我们的组织下发挥综合性效益，好的项目我们可以合作、入股，信息交换和推广我们可以提供有偿服务，届时，我们将申请国家级科技成果孵化基地，形成一块金字招牌。"

吴总充满激情的演说深深打动了大家，商南也很兴奋并深以为然。毕竟公司资产增加了，经营结构丰富了，体量加大了，何不乘着集团公司的东风而为之？

集团公司不出所料地批准了可研报告。报告写得好，吴总给大厦的名字起得更好，"科工贸"符合集团领导的战略思想。命题作文，重在突出中心思想。

东北科工贸大厦规划占地12000平方米，建筑面积42000平方米，地下一层，地上局部12层。大厦除了写字间、会议室、报告厅，还设计了附属楼作为实验室和轻型车间，为科研型企业提供配套设施，也体现了科工贸的"工"字。商南特别提议，一、二层要设计足够的商业面积，零售店、咖啡屋、快餐厅等一应俱全。这个提议得到了吴总的高度认可，说还是年轻人意识超前。立项、审批、买地、七通一平，直到封顶，一年出头，一切都很顺利，甚至颇有大干快上的气势。

可是，自打封顶，工程似乎真的封住了。明明是一潭清水，却逐渐混浊，这从李总焦灼而无奈的表情上就可窥见。

封顶后，无论打多少款，几家工程队都说钱不够，无力支付材料费和工钱，不能开工。科工贸大厦在瑟瑟寒意中灰秃秃地伫立着。能否收尾？何时收尾？如何收尾？深不可测，暗流汹涌。

难怪李总以自己快五十九岁为借口，要撂挑子。

商南尽管并不十分关注科工贸大厦，但也非常清楚这是蹚不起的浑水。集团那边也有消息表明，上级对此非常重视，甚至恼火。迟迟不能竣工，已经说明必有蹊跷，何况他还多少了解一些细节。就在两周前，李总突然喊住了正要下班的商南。

李总是名老兵，在部队干到团长，转业到一家国企当主管后勤的副厂长。可能是身上保留了太多军人的直来直去，跟领导处得并不好，尽管卖力，却未见赏识，反而时常成为笑柄。圈子里流传一个笑话，说李总原来所在的企业赞助了一项文艺活动，厂长终于有机会宴请心仪已久的女明星，自是十分兴奋和重视。为了避开公众视野，厂长把宴请任务交给了李总分管的食堂。食堂的包间也是不错的，还能唱歌，关键是隐密性好。李总得到指令后高度重视，亲自戴上了炊事员的白帽子和白套袖，深入厨房，严格把关，亲口品尝了每一道菜。厂长看女明星吃得很满意，于是传令，请李总来敬杯酒。李总一身炊事员打扮就来了，明星看见，为了体现平易近人，马上站起来，说了一声"大师傅辛苦了"。厂长费了好多口舌才让明星相信来敬酒的不是大厨而是副厂长。厂长看李总没有表现出惊喜和崇拜的样子，就提醒说："这位是著名表演艺术家唐老师。"李总耳朵被炮震过，有点儿背，听成了谭老师，于是一口一个谭老师地叫着，弄得明星好不尴尬。酒局没有尽欢，厂长对李总很是恼火。偏偏几天后李总遇到厂长，当着众人面兴奋地说："我昨晚在电视上看到你请的唐老师了，她名气挺大啊。"

这种与时代的疏离和自身的憨直，吴总倒是颇为欣赏，也许他正需要这样一个副手，于是，在李总五十五岁的时候，将他调了过来。以如此"高龄"高就央企副总经理，李总自然对吴总充满感激，并决心尽职尽责以报答吴总。军人本来就讲服从，何况对恩人。

李总看四下无人，把挎包拉开一条缝儿，露出了汾酒的黄色瓶盖，说："商儿，我有好酒，陪我喝两杯。"商南说："什么好事儿？想起来找我喝酒。"李总苦笑着说："哪有好事儿。"商南知道李总是个装不住事儿的人，估计是要倒苦水了。听人倾诉发牢骚，这是善事儿啊，去吧。

两人来到一家清真馆子，点了水爆肚、扒肉条、全羊锅和花生米，喝了起来。刚喝一盅，李总便夸奖商南在处理西库拆迁的工作上做得好，还竖起了大拇指。商南知道，老大哥是真诚的，谦虚两句便领受了好意。李总接着说："虽然我在会上没表态，但我心里是支持要那个新仓库的。"这句话从李总嘴里说出，商南倒是有点儿意外，因为补偿的2000多万元大部分都支付了李总负责项目的工程款，李总理应支持货币补偿才对。商南不便表态，于是敷衍说都过去了，各有利弊，但心里，他感觉李总在这个问题上是没有私心的。

李总说的是实话。眼看着真金白银哗哗地流向各工程队的口袋，他甚至希望单位没有那么多钱，心疼啊。他想拒绝在付款单上签字，可是上有吴总下有工程部的房经理，自己又没有拒付的依据，只好硬着头皮一笔笔地签了下去，可是心里却备受煎熬。老伴儿说，你趁早别干了，这钱花得像流水，早晚出事儿，报恩也不能把自己搭进去啊。李总虽然知道老伴儿言之有理，但总觉得不是那么回事儿。就像房经理背地里给他编的顺口溜：带过兵、扛过枪，器宇轩昂下地方；身为厂长管食堂，就是没有盖过房——李总对基建基本一窍不通。当时自己为此推辞过，可是没架得住吴总的鼓励、支持和命令。关键是，他很清楚自己怎么来、为什么来：不就是当铺路石、挡风墙嘛。

李总需要倾诉，也需要有人为他出出主意。直觉告诉他，商南是个可靠的人。自己的实话没有得到回应，李总不免有些失落，但还是忍不住唠了一些工程方面的事，听得商南颇为震惊。

不知不觉，李总有了些醉意。临走，李总没头没脑地说了一句："老子不干了。"

躺在床上，商南闭目回顾李总断断续续的话，惊出一身冷汗。一是区区一栋建筑，居然招募了十几个工程队，连脚手架、支模板都单独找了家公司，更不用说消防、门窗、给排水、电气等。李总说，这是吴总的意思，目的是加快进度，形成竞争，似乎也有道理。二是预算出自工程部的预算员之手，而不是原来以为的造价师事务所。三是目前付款的依据正是这个预算，先不说预算准不准，反正付款率非常高，那么为什么工程队还有理由不开工呢？四是变更认证单满天飞，数量之多，权属之乱，已经失控。

商南也不懂基建，但是管理的本质是相通的。比如变更，在物流中也存在实际发货与合同、调拨单有所出入的情况，只要双方认证、记载清楚就可以，然后作为结算依据。商南想，施工中的变更也很正常，毕竟实际情况与原始设计和工艺会有不同，但是在变更认证单上签字的权限和程序必须把握住，否则方案是否科学、造价是否合理，都是问题。晚上喝酒时，商南不禁针对变更失控表达了些许疑问，李总用拳头擂了下桌子，激动地说："我他妈不懂啊。我那么信任他！"

商南知道，他，是指工程部的房经理。

房经理是专门为了科工贸大厦而被吴总从一个直供企业调来的，而后，以他为核心，招兵买马，组建了工程部，归李总领导。吴总派人商调的时候，房经理所在的直供企业一路绿灯，全力配合，待双方盖完章，调动已成定局的时候，直供企业的领导长出了一口气，说道，小房能干是能干，但要控制使用啊。这边的人事干事心想："你不早说。当然，早说我也当没听见。"

房经理毕竟干过基建，对开发路数很熟，似乎对土木工程也挺内行，自称哈工程毕业的。李总很为有这么能干的助手而高兴，大事小情，从规划设计到预算造价，从建设招标到现场管理都交给了他。但是李总也不是偷懒，他最关心的是安全和进度，每天把自己累够呛。为此房经理又给他编个顺口溜：安全帽红光闪，健步如飞上跳板；张罗送水和加餐，前胸后背都是汗。吴总见此总会夸李总几句，不愧是军人出身，然后联想到顺口溜，忍不住在心里发笑。李总也找到了带兵训练的感觉，干得一包劲儿。直到工程停滞下来，李总的一包劲儿泄了。

这几天李总经常被吴总敲打，言下之意工程不能收尾，责在李总，李总顿觉压力山大，于是带领房经理分期分批给工程队开会，督促他们尽快克服困难复工。李总参加了第一次会议，在会上做了慷慨激昂的讲话，希望大家从大局出发，以国家利益为重，克服资金困难，说服和教育建筑工人同志们舍小家顾大家，尽快推进工程建设。讲到激动处，李总还向工程队的头头们鞠了个躬。工头们一听，心里踏实了，顿时报以热烈掌声：原来真如房经理所说，李总不得要领。工头们于是更加哭起穷来，反而质问为什么不拨付工程款，弄得刚刚感动了的李总焦头烂额。会后，房经理对李总说："他们一看见你这个级别的大领导就像见到了主心骨，光想着要钱，根本听不进苦口婆心的教导。"所以第二次会议，李总干脆不去了，郑重委托房经理做好思想政治工作。

最近商南乐得清闲。西库拆迁没采纳他以新规划建设的现代化仓库作为补偿的意见，等于缩小了一半的仓储面积，业务量马上随之减少很多。而他与吴总的关系，因为戳穿了吴总在补偿金上动的手脚而进一步恶化，吴总也很少给他分派工作。总之，商南的工作缩水了。

除了党务和一些面子上的会议，作为副总经理，商南不得不参加，其他会议，只要事不关己，商南是能推就推，吴总也不勉强。今天这个关于大力推进科工贸大厦收尾的会议与己无关，但商南想了又想，没有推辞。

因为前几天李总跟他喝酒时谈及的工程问题让商南觉得有必要为老大哥捋捋清楚。商南对李总是心怀敬意的，现在这么实在这么肯干这么懂得报恩的人不多了。但最关键的是，商南要报李总的一言之恩。三年前，在一次班子会议上，商南提出罢免当时的分公司经理"秦始皇"，僵持不下的时候，是刚到公司、尚不知深浅的李总冒了一炮，说"这样的干部留他干啥"，这才带动了其他人，最终使商南的提议得以通过。

还有出于对李总的可怜。很明显，吴总用李总，用的就是他不懂开发业务和报恩心理，知道他管不到点子上，也不会拂逆吴总。上次喝酒的时候，商南说过："老大哥，我有一个观点，要么不管，要么管到底。"李总叹口气，说："我何尝不想啊！这不就是开始时候不太懂，现在又不好意思嘛。当年我在部队，哪个瞎参谋烂干事唬得了我？我跟政委也没少拍桌子。可现在，地方上复杂啊。"

17

会议首先由吴总传达了集团公司总经理张总的电话指示精神，核心思想就是对工程濒临烂尾提出了严厉批评，要求明山市公司迅速拿出方案，在组织上、管理上加大力度，尽快收尾，遏止资产进一步流失，争取早日产生效益。商南通过肖然已经知道张总批评得很严厉，否则吴总不会突然着急开这个会。以商南对财务出身的张总的了解，公司账面上挂了那么多工程费用和新增的三项费用，效益大幅下滑，现金流高度紧张，资产流动性严重降低，肯定会非常关注，甚至大为光火。

接着李总憋憋屈屈地做了检讨，然后是房经理汇报了采取的举措，主要是如何给工程队开会。吴总接着谈了几点意见，一是加大资金筹措和倾斜力度，必要时探讨以部分资产如清收欠款清来的汽车和闲置房产抵顶部分工程款，不能功亏一篑；二是继续做好工程队的工作，特别是欠款较少的工程队，要各个击破，争取复工；三是要求各经营部门全力配合，开源节流，共渡难关。

吴总讲完让李总补充，李总动了动嘴唇，欲言又止，耷拉着眼皮说吴总的指示很全面明确，自己没有可补充的。吴总接着环视一周，问大家还有什么意见，大家自然事不关己高高挂起。到了商南这儿，他感到李总的脸转向了自己，似乎有所期待。商南本在犹豫是否发言，但刚才吴总的讲话刺激了他。以吴总的水平，他看问题往往是一针见血的，是能抓住主要矛盾的。可是这三条分明是避重就轻、南辕北辙，这让他不得不一吐为快。商南沉思片刻，缓缓地说："我提点儿建议。"只见吴总和房经理飞快地对视了一眼，商南没有理会。他说："作为甲方，我们在给付工程款的问题上，比照社会，做得是比较好的，并没有较大拖欠。社会上很多建筑合同是要求乙方垫付资金直到封顶的，而我们并没有这么苛刻。为什么只有不多的欠款，却非要停工呢？莫非停工、烂尾与他们已经没有关系？"说到这儿，大家的目光都聚集了过来。李总的眼睛更是一亮，显然，商南此言说到了他的疑惑处。

见大家都在期待，商南接着说："所以，出现这种情况，极有可能是，他们的成本甚至利润已经收回，坐等的是更大的利益，不干比干更合算。换句话说，他们的利益和楼烂不烂尾已经没有关系了。"

"特别是这么多的工程队，他们很容易形成互相攀比，不是比谁干得好，而是比谁额外得的更多，甚至还会达成攻守同盟，不见肥肉不松口。这时候谁先开工，岂不是没法在圈内混了？"说到这儿，商南瞟见李总点了点头，知道自己帮老大哥把思路捋得差不多了，于是停止了发言。

安静片刻，吴总说："我们现在是要解决问题。商南同志，你的对策又是什么呢？"商南看了看李总，特别希望他能说出答案，避免自己陷入太多。但是李总就是低头不语，场面一时尴尬起来。

漫长的10秒过去，商南见李总不肯出头，只好挺直身体，自圆其说："对策就是，重新预决算！"

此言一出，一片哗然。房经理第一个站出来反对："我们的预算人员是有国家正规资质的，重新预决算，等于是对我们工作的否定，也是巨大的浪费。我可以保证，将来聘请建行审核，也必然同意我们的预算。"

商南针锋相对："什么叫建行同意我们的预算？建行理应把我们的预算降下来，降得越多越好，这才叫为国有资产负责！让建行附和我们的预算，那还有意义吗？"商南又来了在大学当辩论队主辩的劲头，给"同意"二字加上了逻辑重音，抓住了房经理"同意"二字的漏洞。房经理连忙低声说不是那个意思，便不再作声。

如此针锋相对的场面，大家都低头不语。吴总将目光转向了李总。李总憋红了脸，终于鼓足了勇气。他噌地站了起来，坚定地说："我赞成商总的意见！"接着，班子其他成员也纷纷附和，因为商南的这番剖析实在不好辩驳。

商南松了一口气，心想，这还像个军人的样子。但李总并未结束发言，他接着说："我听刚才吴总传达的上级指示精神，要求我们加强组织力量，所以我请求由商南协助我，共同负责大厦收尾工作！"

商南瞬间惊出一身冷汗，越是不想蹚浑水，越是不得脱身。此时，会议室里居然响起了稀稀拉拉不知趣的掌声。这掌声可能是大家对商南在处理西库工作上没有表达出来的赞赏，是积攒起来的对商南的信任，也可能包含对大厦收尾的急迫。在掌声里，面无表情的只有吴总、房经理和商南。

当天晚上，不情愿的商南给肖然发了条信息，对方回复："这是好事。我配合你。"

商南从义气出发，帮老大哥理顺一下思路，没想到被绑上了战船。李总倒是很得意。其实自从他以即将五十九岁为由，向吴总提出退居二线被拒绝，就有了这个想法。那天请商南喝酒，就是要交个底，试探一下。接着开会时商南所做的那番分析，也说到了自己心里，证明自己没走眼，以前总觉得哪不对劲儿，却没敢多想，更不敢多说，不能破坏大局啊。但是眼看自己要成为烂尾的主要责任者，就必须有非常举措了。李总心想："工程我不懂，事情和人我还是能看明白的。"

同样感到被绑架的，还有吴总。此刻，他一个人在办公室，面向窗外，一动不动。那天开会所带来的郁闷难以言说，完全是失控，是预料之外。最意外的是李总，一改平时早请示晚汇报的作风，居然于众人面前公开挑战，给自己来个措手不及，只好在众人的掌声中接受商南协助李总的事实。当然，商南上头有人，也让自己不得不迁就，甚至说不好指示精神里要求加强组织力量就暗含了启用商南的意思。让他们俩走到一起，特别是商南走向前台，不是好事儿啊。

过去小看了商南，现在又小看了李总。聪明人最大的愚蠢就是以为别人都比自己笨。

商南工作量缩水，最高兴的是佳桐，这样商南就会多陪陪自己，也不必跟着他为工作烦心。可是还没来得及享受，商南又蹚入了浑水，佳桐有些气急败坏。两个人从分公司下班的路上，佳桐一直喋喋不休，抱怨商南没事儿找事儿。商南本来就心烦，索性一声不吭，把车开得飞快，说好的一起吃饭也不吃了，直接开到佳桐家小区门口，没好气地说下去吧。佳桐也不示弱，把车门掼得山响，气哼哼地扭头走了。

想起来两个人还是头一次生这么大气，更是第一次因为工作产生矛盾。以前有点儿小摩擦，都是类似在哪儿吃饭这样的小事，总以商南服从告终，为此佳桐一直很得意。但她不知道，脾气再好的男人都有自己的逆鳞，商南的逆鳞就是工作，让他在工作的问题上迁就、违心，是万万不可的。

海涛建设的老板关海涛这几天颇为不悦。自己是当地较大的建设工程公司，承揽了科工贸大厦的主体建筑，理应得到更多的利益分配，可便宜都让侯小个子占了。侯小个子原来在海涛的老爸关老爷子的村办建筑企业当木匠，经常把门框窗框打得歪歪斜斜的，为此没少挨关老爷子踹。现在居然也拉起一支队伍，还攀上了明山市公司的高枝。招标会上，侯小个子看到海涛来了，赶紧作揖使眼色，海涛明白那是怕自己揭穿他资质造假的事儿。海涛当然不能那么做，老关家在当地是有口碑的，哪能做下三烂的事儿。但是在给付工程款的问题上，房经理明显偏袒侯小个子，这就不对了。海涛一眼便知，侯小个子的工程造价只有自己的一半不到，而每次付款却没差多少，这就形成了两家公司付款比例的不平衡。这还不算，房经理还通知他，最近公司资金紧张，要以车顶款，还美其名曰是因为自己喜欢车。

海涛直接找到了房经理，他知道找李总没用。李总虽然是个好人，人也肯干，但是早被吴总和房经理协力架空了，而他本人也不懂建筑，每天上上下下累够呛，却没忙到点子上。因此，真正好用的，是房经理。

房经理听明白来意，马上满脸堆笑，先说："我老婆孩子这次去新马泰玩得很高兴，让我转达对你的感谢呢。"前段时间，房经理在海涛面前念叨，说老婆孩子非要去新马泰旅游。海涛当然明白，便给她们母女报了个团，没几个钱的事儿。房经理一边应付着，一边思考如何应对，他最擅长的就是现挂，转眼间就想好了一套说辞："兄弟误会了。最近税务查得紧，我们公司贸易部门有笔大买卖收了不少预收款，我们不敢放到账面上，就先以工程款的名义打出去，打给侯经理，暂存一下，将来我们公司需要用这笔钱的时候再打回来。你知道，侯经理那块儿不是不像你那么规范、那么引人注目嘛，操作上方便一些。"海涛一听，虽不知真假，但也没法辩驳。接着房经理又说："至于顶账的车，我劝你该要就要，不要白不要。一个是现在钱确实紧，另外公司有个姓商的不知好歹，被李总拉进来协助他。这小子专门跟老大对着干，以后可能麻烦些。"房经理顿了顿，看海涛基本被自己说服，又一转话风："当然了，姓商的还嫩，李总那样你也知道，有吴总和我在，翻不了天。"

海涛和大多数建筑企业老板不太一样：一是有个老爸，二十多年前就在村里拉队伍搞建筑，四里八方，南下北上，给集体创收，给村民谋利，很受尊重，人称"关老爷子"；二是老爷子为了圆自己的建筑梦，把海涛送进大学学工民建，毕业后就给注册了海涛建设公司。有基础、有声望，又有了专业知识，这些年发展不错。科工贸大厦这个活儿老爷子很看重，他通过一位政府领导找到吴总，顺利通过了招标，只是没想到，一个不大的工程，被拆分给了十多家。海涛都不想干了，但是老爷子说："干吧，给央企干活儿名声好，另外钱给得也好。"

海涛很清楚，这个大厦他一家公司就能干，当初也是奔着整个大厦去的，哪知道被拆分出那么多标段。再加上造价很松，因此在管理上就没倾注太大心血。但海涛心里一直有惴惴不安的感觉，总觉得不是那么回事儿。

海涛前脚走，侯小个子就从房经理办公室的里屋出来了。昨晚他们打了一宿麻将，侯小个子不出所料地输给房经理2万块钱，双方都很愉快。侯经理打着哈欠说："老大，你刚才应付得太好了，有水平，不愧是忽悠系毕业的。"房经理故作嗔怒说："还不是为了你？为了你我把这帮人都得罪了。""老大，有我在，你放心，这都不是事儿。海涛读了几年大学就了不起了？还早着呢。不用说他，他老爹当年干活儿出事儿死了人，不也是我摆平的吗？"

侯小个子说的是真话。家里男人跟关老爷子干活儿出事故死了，人家死活要报官。报官就麻烦了，经济赔偿、法律责任、行政罚款、资质降级，一样也跑不了。最后是侯小个子软磨硬泡、软硬兼施，拿出滚刀肉的功夫才使对方同意只要经济赔偿的。这也是关老爷子不惜造假帮侯小个子完善资质的原因。出来混，总要还的。

拆分这么多标段，招了这么多公司，吴总有他的难处，房经理有他的算盘。找吴总的人太多了，只好排排坐吃果果。对房经理来说，乙方越多越好控制，不会一家独大。同时，只要在工程款和管理上拿捏住，他们会竞相上贡。标的那么高，他们不懂吗？还有变更认证，给他们省多少成本，提高多少造价，那都是心知肚明的。

吴总因为受到了上级批评，对房经理也不太满意，觉得他玩得有点儿大了。什么都得有度，现在可好，控制不住了。过去对工程队是令行禁止，现在他们是表面听话，其实各自在打自己的算盘。钱没挣到手的时候听话，挣够了，就不听话了。其实管理这些工程队就像驯兽，你得饿着它们。现在让他们真复工，恐怕他们得像吃饱的懒汉，伸懒腰打哈欠，就是不爱干活儿，还在等着投喂。想到这儿，吴总突然觉得，让商南介入也好，这小子肯定会不遗余力、不留后路，最终引起小房和工程队的众怒。这帮建筑公司老板，其实就是包工头，把他们得罪了，没有好果子吃。当然吴总也需要他推进一下收尾工作，毕竟上级指示不能糊弄啊。

18

李总把商南拦住，又拉开了挎包拉锁。商南不等他拉开，扭头就走，又被行伍出身的李总拽了回来。这酒不喝还不行了。说实话，商南还挺喜欢李总的憨劲儿。不奸不坏不耍滑，有点儿憨，有点儿拎不清。拎不清怎么了？商南倒觉得，蝇营狗苟的事儿拎不清，正是大道上的拎得清。

两人来到一家杭帮菜馆，他家的龙井虾仁和花雕醉鸡做得好。南方馆子比较讲究，先给客人倒杯龙井。商南闻了闻，一股奶香，不禁叹道"好茶"。那边李总握住杯子，感觉不烫，于是一饮而尽，随即几乎吐了出来：太烫了。李总没好气地骂了句："他妈的，摸着不烫，喝起来挺烫。"商南说："那是中空的茶杯，保温隔热。"李总自嘲说："拿搪瓷缸子喝惯了。"

喝下一盅酒，李总便迫不及待地解释说："商儿，别怪我没跟你商量就把你拉下了水，我也是没办法啊。我到了这块儿不久，吴总就把这个重任交给我，我是诚惶诚恐啊。一开始看着大楼一天天长高，一切顺利，我还挺高兴，可后来不管怎么给钱、怎么动员都没有太大进展，我这个火上啊。最近吴总天天批评我，说我工作不力，我真是冤枉，所有大事儿都是按吴总指示办的，所有具体事儿都是房经理落实的，人家工程队根本不认我。"

说到这儿，李总独自干了一盅，商南一看，也陪了一盅。商南有个观点，欠什么不能欠酒。李总接着说："你大嫂早就说，你就是人家偷驴你拔橛的角儿，早晚得让人家算计进去。我跟吴总请示我快五十九了，把位置让给年轻人吧，吴总坚决不同意。"商南早就听说李总惧内，几乎对老婆言听计从。估计老婆大人不点拨，李总还干得一包劲儿呢。

李总郑重地端起杯："商儿，老大哥敬你一杯。以前咱俩接触不多，通过拆迁这件事儿，我觉得你是条汉子，能顶住压力，还有办法。可惜，要来的钱都霍霍了。"

两人干杯后，杭州炸臭豆腐上来了。商南说："这是下酒好菜，还宽肠理气。"李总说："有你助力，我是肠也宽了，气也顺了。下一步咱俩怎么办呢？"他还挺急。

第二天，李总请求召开一个关于收尾工作的会议，请吴总参加。李总根据昨晚和商南商量的结果，提出几点建议：一是聘请具有正规资质的外部机构进行决算；二是现在开始到结果出来以前，停止任何形式的支付，包括以物抵款；三是继续要求工程队组织人力和材料进场复工，没有条件可讲，否则按违约论处；最后一条虽然可操作性不强，却是必须做的动作，是山穷水尽无法收场时诉诸法律的前提。李总以军人特有的斩钉截铁的气势读完这三条，吴总和房经理忍不住交换了一下眼神。这不是原来的李总了，这三条都在点子上啊。房经理心里骂道，商南这小子真坏，肯定是他出的主意。

　　对于聘请外部机构决算，房经理忍不住跳出来说："这笔额外的费用怎么出？"商南说："找建行同意我们的决算难道不给钱吗？堂堂建行不会算都不算就同意吧？"商南又特意加重了"同意"二字的读音，房经理无话可说。

　　吴总说："那怎么找外部机构呢？"李总和商南早就想好了，这个必须由他们来找，否则他们一定会说不公平、有私心。于是李总说："这个，还得麻烦房经理，你熟悉这个圈子，你来找吧。"房经理一想，如果只能如此，这也算是个好结果。于是说："那还是建行吧，建行权威。"商南心想，计划经济时代，建行的预决算业务的确是独此一家，不过随着市场经济的发展，国家对这项业务放开，社会上成立了许多造价师事务所，一样具有权威，而且服务好、价格低。但这些就没有必要说出来了，就让他暂时以为别人还比较好糊弄吧。

海涛也听说了这三条，还莫名地兴奋了一阵，觉得这才是正经做事儿的样子。可转念一想，这么一弄，眼看到手的额外利益就可能减少，这毕竟是钱啊。海涛甚至不知道这三条会成功还是失败，理想的他和现实的他在打架。远的不想，先把手头的落实了。他赶紧吩咐手下人尽快把车过户，避免夜长梦多。他暗自庆幸，幸亏那天听房经理的话把以车顶债的协议签了，五辆旧车，作价200万，虽然虚了点儿，但比得不到强，何况这些车都是市面少见的车型：有一辆20世纪80年代的老奔驰，房经理神秘地说，这辆车有文物价值，某副国级领导坐过；还有一辆福特野马跑车，红车身白折叠车篷，很拉风。

　　其实，这几辆车是业务部门的一个人眼看清欠清收回来的车处理不了，便灵机一动，央求房经理帮着顶账的，为此还请他吃顿饭。顶账回来的东西一般只有顶账出去才能不亏损。房经理心想："要不是看在安排老婆孩子去新马泰的分儿上，我还不给你这些车呢。"

　　接着，海涛又把项目经理和会计找来，让他们把成本费用算一算。他知道，由于这个项目的预期太好，所以在工程管理上有些松懈，如果按照新决算，可能效益不会高。大致算了一下，果然，比以往的工程成本高出不少，这还不包括好处费，他忍不住把项目经理一顿臭骂："这不是耽误事儿吗？我本来只想正常挣我该挣的，这么一弄，反而弄巧成拙。"他想骂李总和商南，可没有理由，最后还是在心里骂了一通房经理，坑人啊。

　　本来，房经理没想到李总会让他找决算的单位，如果是他，绝对不会放这个权，这不是又掌握到自己手里了吗？也是，李总和商南都没干过这个，肯定两眼一抹黑，不知道找谁。

建行预决算部的白主任是三年前通过一个朋友认识房经理的。当时得知房经理所在单位要建楼，白主任希望拿下这个预算任务，因此对房经理比较殷勤，毕竟现在竞争激烈。可是后来不知道为什么没找自己做预算，双方也就没怎么联系。前几天房经理突然找到白主任，说让他审一下他们的预算，白主任以为又开发新项目了，仔细听才知道还是三年前那个楼，心想央企那么有钱，项目不应该瘫痪啊。房经理接着交代说："白主任，我们的预算是自己的预算员做的，你给我审一审，好具备法律效力。"白主任知道，过去一些工矿大厂都有自己的基建处，并且配备了力量很强的预算员，现在除了房地产开发公司，哪有自己养活预算员的？白搭工资不说，做的预算还没有法律效力，等于脱裤子放屁。但这是人家内政，自己不便评论，于是说："审预算可是好久没做了。但是，房经理，审预算的工作量相当于做预算，甚至更麻烦，这费用一点儿不少啊。"房经理赶忙说："这费用没问题。"白主任说："那好，我一定带领精兵强将，给你严格审查，控制好造价。"房经理说："是这样，我们的预算员很优秀，他做的预算肯定没问题，你只要大致按照原有预算就行。嘿嘿，如果达到这个效果，兄弟我还会额外表示。"审预算都是往下砍造价，而且往往伴随激励政策，比如在合理范围内砍下来多少，就按一定比例奖励，目的就是给甲方省钱。这可好，还有要求维持原判的。白主任心想，这口饭不好吃。但是没有把业务推出去的道理，白主任说："我尽力做做看吧。"

房经理信心满满地回去了，他相信钱能通神。当年他认识了白主任，其实已经想找他们做预算了，只不过特意拖一拖，再待价而沽。但就在这时，老婆单位领导的女婿刚从部队转业，求房经理安排个工作，说是在后勤营房部干过，略懂点儿基建。房经理脑瓜儿一转，让自己人做预算，不是更方便吗？于是赶紧让他去买了个伪造假证，然后以工作需要为名接收了他。

但是白主任想的不一样。一个城市很大，可一个圈子很小。做预算的，不论是哪个单位，也不论是哪个专业，就那么些人，即使不都认识，拐两个弯儿就能打听到。自己做的预算如何，工程量算得准不准、取价合不合理，在业界传播很快。这件事不好办啊。

建行决算小组进驻前，房经理来到李总办公室，一屁股坐在办公桌对面的椅子上，跷起二郎腿，边转着椅子边说："我按你要求把决算的找来了，怎么安排啊？在哪儿办公？在哪儿午休？中午怎么吃饭？上下班怎么走？"房经理一口气提出五六个怎么，李总心想，这是宣泄不满啊。这要是过去在部队，早命令他起立了，现在却只能压着火气。李总顿了一会儿说："这些都是小事，我让办公室都给安排好。更重要的是，你带领工程部做好各项资料的准备和提供工作，全力配合决算小组，这是你该干的工作。"李总现在没有了顾虑，安排起工作来也掷地有声了。

小组进驻后，李总和商南来到特意给他们腾出来的会议室，跟白主任一行见了面。李总表示了诚挚的欢迎，表达了对他们寄予的厚望。商南则通报了目前的情况，也坦诚地说出了疑惑。白主任一听，心里明白了八九分。他非常认同商南的分析，就是人傻钱多造成的。个中原因他很清楚，种种人为的不合理之处更是明了，只是不能多说。他说："现在来看，我们的工作有点儿四不像。因为要做付款的依据，所以像预算。但已经有了预算，所以又像审核预算。工程已经封顶，只剩收尾，所以还有决算的意思。这个情况，我干了这么多年预决算工作，还是老革命遇到新问题啊。"这几句话说得很直很到位，话里话外就是说公司不规范，说得客气是外行，实质就是瞎整。房经理脸不红不白地听着，感到局面要失控。李总和商南也没顾及他的面子，没给他说话的机会。

李总对商南犯嘀咕，如果白主任是房经理的人，做出的决算偏高怎么办？商南认为白主任作为业内人士，在职业操守的约束下不会太离谱。另外，从今天白主任的话来看，这个人还算坦诚。最后，商南说："李总放心，我有备用牌。"

下班前，商南给衣依打了个电话："衣依，好久不见，我想吃回头了。"衣依说："要是没有回头，你还想不起来我了呗？"

说笑归说笑，两个人还像以前一样来到了衣依家楼下的天津回头馆，仍然是两份回头两碗羊汤。

衣依作为亿通公司的总经理助理，在谈判西库拆迁的工作中虽然是商南的对手，但恰恰是在这个过程中，各为其主的他们，形成了彼此的信任和赏识。互为战友，道不同早晚会成为敌人；互为对手，道相同不妨碍成为朋友，就看彼此在博弈的过程中秉持的是什么。

商南说："有事相求。你那儿有没有靠得住的精通预算的人？"并把目前的情况和目的一五一十地说给了衣依。商南知道，亿通公司作为明山市最大的房地产开发企业，一定有很强悍的预算队伍，唯一的顾虑就是是否可靠。明山市不大，谁敢保证能不透露风声？"盘外招"毕竟不太好听，弄不好还可能让白主任反感，把白主任推向房经理一边。

衣侬费挺大劲儿终于明白了前因后果，不禁揶揄甚至有些气恼地说道："商南，不在风口浪尖上你难受吧？非要沧海横流方显英雄本色吗？"商南不能说有人叮嘱他利用好这个机会，彻底揭开明山市公司的盖子，只能说没办法，不能眼看着老大哥遭罪啊，当然，主要还是看不下去糟蹋公司。不知道这些理由有没有说服力，反正衣侬没再怨他。但是眼前场景，商南突然觉得似曾相识，原来那天佳桐也说了类似的话。看来女人都是现实的动物，也许只是对比较在意的人更多了担心和怜惜。

衣侬为刚才的激动有些后悔，一不小心暴露了自己的心疼。现在怨商南也没用，已经引火烧身了，最好的心疼就是帮助他，于是马上平静下来说："这个人远在天边近在眼前啊，我就是最佳人选。我在大学主业是建筑，但是选修过预算课，趁着现在还没忘，可以给你效劳一次。"商南一阵惊喜，衣侬当然是最佳人选，只有她是最可靠的啊。但商南还是提出了疑问："你多年不做，还行吗？对现在的取费还掌握吗？"衣侬不屑地说："傻瓜，现在已经有了预算软件，只要把设计数据输入进去，三大材的用量就出来了。取费标准各省建设厅每年每季都会发布，虽然与市场实际有点儿出入，总体还是准确的。"商南高兴地一把抓住了衣侬的手，衣侬猝不及防，手里的勺掉进了羊汤碗里，羊汤溅到了衣侬白色的真丝衬衫上。衣侬掩饰着惊喜和羞怯，故作没好气地说："干吗啊，至于这么激动吗？"商南也为自己的失态而羞涩，赶紧说："对不起，我赔我赔。"衣侬说："谁用你赔，当务之急是给我图纸。"

19

　　房经理和侯小个子也没闲着。晚上，在一家歌厅，两人点了一瓶皇家礼炮，先谈要紧事儿。房经理说："也不知道是商南主动介入的，还是老李把商南拉进来的，总之这俩人走到一块儿不是好事儿。"侯小个子点头称是。房经理接着说："商南忘恩负义，现在专门针对吴总。老李现在看明白吴总就是让他当挡箭牌，依他的倔脾气，估计也会不依不饶。这些咱们不管，现在你需要想好，打到你账面的钱怎么处理，一旦得出工程款已经打冒了的结论，公司肯定要往回追，你的账户账号公司财务可都掌握。"这句话的意思侯小个子听懂了，其实就是让他早日兑现，提出现金。侯小个子说："大哥放心，我做事情，保证到位。我这两天就给你提这个数。"说着伸出一个巴掌，"其余的我慢慢提，一次提太多也不方便。"房经理只好让他看着办。

　　要说两个贪婪的人走到一起，特别是合伙做点儿事，也真不容易。首先通过试探，要志同，即偷奸耍滑占便宜的志向要相同。但他们比谁都清楚，这种志同必然没有道合，只不过是一定条件下的狼狈为奸、互相利用，一有风吹草动，必然各奔东西，不互相坑害就不错了。所以，既要合作，又要防范。房侯二人一开始也是通过朋友介绍，相识后侯进入这个工程的，两人并不熟识。刚开工的时候，房经理监管很严，但他的目的是利用手里的权杖敲打工头们——说得算的是他。一次，对侯小个子进的螺纹钢例行检查的时候，发现碳含量超标，这样会使钢材脆性增加。房经理没有声张，而是把侯小个子叫到办公室，要求退货。侯小个子一听急了，连忙好话说尽，就差下跪了。当晚，侯小个子敲开了房经理的家门。

今天晚上房经理玩得不太尽兴，总觉得侯小个子在耍心眼儿。以前不怕他不提现金是因为那时还有付款理由和自主权，对侯小个子来说，不提旧的就没有新的。而现在，谁都知道工程款已经禁付，等于挂在前边的大骨头没了，哪条狗会卖力跑？房经理有点儿后悔，对自己的靠山过于相信了。

冷战还在继续。在单位，佳桐见到商南，在同事面前特意毫不掩饰地噘嘴仰脸不搭理。商南觉得这样影响非常不好，对她的不顾大局很是不满。直到有一天，人事部通知符合条件的同志可以报名参加会计师的评聘了，佳桐才给商南发信息，语气很硬地说："你给我写篇财务方面的论文，我要评职称。"商南一看就很反感。这个反感一是因为佳桐什么都不做，完全让自己包办，这是态度问题；二是缘于他认为职称机制很虚伪，大多数情况下根本反映不了实际水平，相反还造就了一大批造假者。但他还是耐着性子回复说："我毕竟不是学财务的。你先写，我改，也可以帮你推荐到核心刊物。"但是佳桐非得让他一笔一画写，说："你以前不是说过帮我写论文吗？为什么你说过的话总要反悔呢?!"商南心想："帮写论文是指修改和润色，什么时候变成包办了呢？再说我反悔过什么啊?"一气之下没再搭理佳桐。

佳桐让商南写论文，一是要惩罚一下商南，出出气，获得些分量感；二是她知道商南在财务方面很有见地，加上文笔好，写篇论文不费劲儿。但她不知道，这个要求触碰了他的反感，于是冷战继续。

何况商南正在犯愁，获得图纸并非易事。去找档案员要，她会给，但是一个不懂建筑的副总经理看图纸毕竟比较反常，作为吴总心腹的档案员肯定汇报。汇报上去就会有猜测，商南不想打草惊蛇，引起怀疑，从而给整体行动带来麻烦。去找工程部要，那更是房经理的地盘。于是，商南盯上了预算用的图纸。

周五午饭前，正是饥肠辘辘的时候，李总来到会议室，招呼说："快到点了，准备吃饭！"白主任客气地说："不急不急。"这时候商南也走了进来，打趣说："我说李总，白主任一行来好几天了，你作为主管领导也没请请人家？"李总忙不迭抱歉地说："请，请，一定要请。"商南说："那还磨叽啥？择日不如撞日，正好今天周五，我同学刚给我送来半只锡盟的羊，我让食堂给炖上，咱们稍等一会儿吃手把羊肉。"白主任恰好是锡盟人，一听有老家的羊肉，顿时想起家乡肥美的水草和鲜嫩的羊肉，不禁口舌生津。其实这都是商南做的功课，而羊是凌晨李总花 500 多块钱买的。见白主任没有否认，商南接着说："李总，你桌子下面的好酒拿出来两瓶呗，别舍不得了。"李总说："你就能算计我。"这句话不是做戏，李总一想那 500 块羊肉钱就心疼，咋跟老伴儿交代呢？

白主任说："一瓶够了。"听见此话，商南知道，这也是一个好酒之人：客气也是在一瓶的基础上客气。于是一边打电话交代食堂如何如何，一边热情地去招呼房经理和工程部的人了。

食堂一角用屏风围出一个雅座，用来招待不太见外的客人和关系单位的业务员，此刻桌上用大盆盛着大块羊肉，旁边放着韭菜花和几个小菜。李总拎了四瓶产自内蒙古的宁城老窖，这哪是桌子下面的存货，是上午抽空特意买的。既然要让白主任喝好，必须对路子。商南说两瓶够了，李总办事认真，怕没灌多酒不够了，就买了四瓶。

　　加上房经理和工程部的人，吃饭的人一共12位。房经理本不想来，因为他喝不了多少，但架不住李总连劝带架，只能来了。坐好后，李总说："房经理，今天你主持，我们都是给你干活儿的。"李总现在看开了，也有了底气，跟房经理说话就敢于居高临下了。房经理真想说："他妈的，给谁干呢？"但只能憋回去，小声小气地咕哝说："我哪行啊，还得李总和商总主持。"李总步步紧逼说："那好，但是你得带头喝，不能让客人看咱们不行。"

　　酒过三巡，白主任端起了酒杯，动情地说："今天非常感动，让我在明山市吃到了家乡的味道，也体会到了家乡的亲切和实在。"看李总和商南故作吃惊的表情，他接着说："可能大家不知道我就是锡盟人，我父亲是大队会计，我考上大学走出了草原，但还是和父亲一样天天算账。"说着，眼角有些湿润了。大家都有些沉默，于是商南说："干了这杯吧，为了父亲，为了草原，为了今天的相聚。"

　　白主任喝得非常尽兴，酒风也豪爽。商南心里有数了，这样的人不会太奸猾，于是低头迅速输入几个字："过五分钟给我打电话，切切！"过了五分钟，手机如约响了起来，商南看了一眼李总，骂骂咧咧地站起来自言自语："他妈的，非得这时候找我。"然后对白主任说："你们先喝，我马上回来，然后把酒补上。"说着一边接听电话一边略微跟跄地走了出去。

　　房经理看在眼里，心想，商南酒量惊人，这点儿酒不至于晃悠吧？再联想这个突然而至的酒局，不禁感到蹊跷。

商南走出食堂，迅速调整步态，疾步来到了会议室，见走廊没人，走了进去。刚才出来去食堂的时候，白主任出于职业习惯要收拾文件，被商南以羊肉要趁热吃为由拦下了。出会议室的时候他断后，没有锁门。此刻他来到白主任的座位查找图纸。衣依告诉他，主要是土建部分，土建出来后，给排水、暖通、电气、消防都可大致推算，而土建正由白主任负责。找到图纸后，他迅速用手机拍照。突然，有人推门而进，把商南吓了一跳，一看是佳桐。佳桐刚要说话，商南一个箭步上前捂住了佳桐的嘴，狠狠盯着她，直到稳定下来。佳桐委屈地小声说："我想知道你为什么让我这个时间给你打电话，就跟进来了。"商南用不容置疑的口气说："先帮我拍！"

佳桐的意外闯入，反而帮商南加快了拍照图纸的速度。拍完最后一张，两人松了一口气，怀着地下工作的兴奋，情不自禁地拥抱了一下，然后走出了会议室。他们没有察觉，一双眼睛正在转角处盯着他俩。

商南回到食堂，却看见房经理不在。他故作醉态说："李总啊，老房哪儿去了？我还要敬酒呢。"李总此刻正搂着白主任连喝带唠呢，一听房经理不在，也惊呆了："哎呀，刚才还在呢。"商南心想，让你看个人都看不住。商南知道，房经理这个人精得很。

不管怎样，科工贸大厦的基本数据有了。衣依听了商南犹如谍战片一样的故事，讽刺说："你们国企真复杂，干着累不累？不行投奔我吧，让我领导领导你这个刺儿头。"连衣依都看出来他抗上了。商南说："我可不让你领导，我得憋屈死。"说着，递上了一个印制精美的纸袋。衣依说："这是什么啊？"其实心里已经猜出了大半。商南说："我们这代人从小就被教育损坏公物要赔。谁让我弄脏你的衬衫了！"衣依说："真讨厌。谁让你赔了！再说了，我的衣服怎么成公物了？"嘴上这么说，手却已经打开了纸袋。

看到里面装着的东西，衣依不禁"哇"地惊叹了一声。不得不说，商南的审美水平真心不错，起码很讨女生的巧。这是一件象牙白色的真丝双绉衬衫，绣着纹饰的高领正好衬托衣依颀长的脖颈。纽扣被同样的面料包着，绝不喧宾夺主。袖口像喇叭花，可以想象它从肩膀流淌到手腕绽放开来的样子。衣依知道，她的欢喜已经洋溢，再推辞就是虚伪了，于是说："你真会买东西。"商南谦虚地说："主要是你穿什么都好看。"说完突然觉得有些油滑，赶紧补充说："真的。"又觉得反而有些欲盖弥彰，于是转移话题说："不知道合身不？"衣依说："我可以试试，不合身的话你就去换个码。"可是在哪儿试呢？此刻他们坐在商南的车里，夜色刚刚降临。衣依大大方方地说："你别回头就是了。"说着拿着衬衫去了后排。

风挡像一幅画，右上角是垂下来的"湿漉漉的黑树枝上的花瓣"；左上角是一轮上弦月，洒着衬衫一样清透的白月光；正前方是一条细细长长的街路，下坡又上坡。身后是撩动长发，拉开拉锁的摩擦，是从腰间拽出衬衫的丝滑，是脱掉衣服的窸窣。商南打开收音机，调小音量，是那首曾经很喜欢的歌："风在哭，当我走到悬崖停驻，发觉泪也有温度。"静美的夜，浮荡着最细小的心动。

20

房经理很闹心，侯小个子才拿来5万现金，这让他大失所望。那天他比画一个巴掌，他以为是50万。侯小个子解释说另一个工地进材料，暂时占用一些资金，过段时间就收回来了。但房经理知道，这帮人哪有准儿？

接着，海涛气势汹汹地来了。他让手下人去给顶账车过户，结果发现手续都是假的，都是走私车，什么副国级领导坐过，纯属扯淡，差点儿被当场罚没。海涛赶紧求人找关系，送了一件大中华才把车提回来。海涛一进屋，就把装着假手续的档案袋"啪"地摔在了房经理的桌子上。房经理一看就明白了，赶紧说："海涛兄弟，有话好说。"于是，又给海涛讲了一通目前的形势，吓唬他以后可能什么也得不到了，手里有车起码还有回旋的余地。"我这都是为你好啊，我不给你车，你不更是什么也得不到嘛！"海涛当然不是来退车的，他也知道得到一点儿是一点儿的道理，只不过心里有气，更重要的是，车的价值变了。房经理为难地说："这协议都签了，不好改了。关键是我们就是200万顶来的，降价了不好处理啊。"海涛说："那也不能让我替你们消化潜亏啊。"房经理只好说："这件事我和吴总汇报一下，争取特事特办。"

糊弄走海涛，房经理想："这他妈太被动了，我必须出招儿了。"

商南那天偷拍图纸，关键时刻佳桐配合到位，让两个人觉得还得是一个战壕的人，以前的感觉又回来了。佳桐见到商南，嘴也不噘了，相反，还像个孩子似的用跑跳步迎了过来。商南想，走向另一个极端也不好，挺吓人的。

　　商南心软，觉得人家帮自己了，也得回报一下，于是主动承担了写论文的重任，佳桐当然高兴。苦思冥想了一夜，结合目前公司的危机，商南想了个《高投入经营下现金流的财务控制》作为题目。好的题目是成功的一半，一连三晚奋笔疾书，终于写完了作业。论文从现金流的重要性，讲到通过财务报告分析、监测财务流动性，讲到流动比率和速动比率的应用，还有建立预警机制、库存和预付账款、应收账款的处置，以及化解资金呆滞的几种可行性方法等等。佳桐看完连声说好："你简直就是财务出身。"商南见佳桐没有意见，就让她发到《财务动态》，这是集团公司原来所在部转化为联合会后所属刊物，级别够高，影响够大，商南已向返聘在那儿的一位老同志打了招呼，刊发没有问题。

　　白主任早上来就向房经理要变更认证单，这是做造价不可或缺的材料。房经理一脸无辜地说："早就给你们了啊。"白主任说："没有啊。""哎，奇怪了，跟一摞图纸一块儿放会议室了，就在那个椅子那儿。"两人望向椅子，只有凌乱的图纸，哪有什么认证单？这下子公司闹开了：变更认证单丢了。

　　房经理说，和变更认证单一同丢失的，还有材料单。科工贸大厦的工程协议在材料这块儿比较复杂，有的是甲方供料，有的是乙方包工包料，但实际执行中更多的是很随意的临时决定。比如侯小个子的水泥，有自供的，还有房经理临时安排其他渠道供的。有的比较整，有的比较零散，这就需要专门安排一个材料员与乙方随时沟通，记录供料情况，双方共同签字认定。

变更认证单和材料单共同构成了工程的真实情况，直接影响造价和利益关系，非同小可。

事发蹊跷。李总皱着眉头对商南说："怎么说丢就丢了呢？"商南咬着牙说："丢什么丢，我看根本没丢。"从来反对阴谋论的商南不得不怀疑，在这个关键时刻发生这样的事件是个阴谋，是对抗决算、搅乱局面、混淆责任的阴谋。首先，工程队有了理由拒绝复工；其次，变更部分的成本造价几乎失控；最后，没入账的材料说不清来源。商南有点儿后悔当初有些手软，就应该封存图纸、变更认证单和材料单。自己装清高，人家可不客气。

吴总听说后专门就此事召集开会。房经理首先通报了变更认证单和材料单丢失的情况，他说："我对决算是非常支持的，所以待决算小组进驻后即将图纸、变更认证单和材料单一并送到了会议室。变更认证单和材料单是装在一个档案袋里的，压在一摞子图纸下面。这个过程有白主任证明。"

白主任只记得抱来一摞子图纸，没记得特别强调里面包含了其他材料。但当时没有清点交接，所以无法否定房经理的话，只好含糊其词，心想反正是没有了。

白主任带队的决算组兢兢业业，与工程各方利益关联者无染，应该予以排除。工程队方面虽然有利益关联，但十来家队伍，没看出来哪家有出头冒险的强烈意愿，何况这段时间也没有工程队的人来过公司，更没靠近过会议室。关海涛来过一次，但他是最不可能做这种事儿的人，原因很简单，李总说，海涛建设是所有工程队中变更最少的，而且基本上是包工包料。看来李总也不是一点儿数没有。

吴总下结论，内部嫌疑最大，这个人要么是要搞臭工程部，要么通过破坏决算进程使科工贸大厦工程举步维艰，陷入更大的危机，从而破坏公司形象，达到个人目的。

这个结论一下子上升到了政治高度。这时，房经理突然"哎"了一声，说："我想起来了。上周五中午，李总、商总张罗请决算组吃饭喝酒，可是喝半道商总借接电话不见了。我正好尿急，就回办公楼上卫生间，却看见商总和佳桐从会议室出来，神情很不自然。请问，商总能给个解释吗？"

商南一听，果然那天他从会议室回来，看到房经理不在食堂，就预感到要出事儿。但他还是淡定地反问："怎么？房经理这是怀疑我了？"

房经理也不示弱："那天你和李总一唱一和突然张罗喝酒，我就觉得奇怪。再结合你从会议室出来，这不得不让人怀疑啊。"

吴总说："商总，请你解释一下吧。接的谁的电话？为什么去会议室了？又为什么和佳桐一起？"

商南想，看来今天是躲不过去了，必须正面回击他们。于是，他反问道："吴总，您这是要追究我的政治问题，还是经济问题？抑或是生活作风问题？我本来没有义务做任何解释，你们也无权让我做什么解释，但为了自证清白，我可以把那天的事情说给你们。那天我喝半道，接的正是佳桐的电话。"说着他把手机通话记录翻到那一页，说："大家可以看看，是不是那个日期和时间？"见大家没有异议，便收起了电话。"她急于见我是要干什么呢？是她评职称，需要发表论文，当天已到投稿截止日期，而她还有需要修改的地方要向我请教。因时间紧迫，她就顾不上我在陪白主任他们了，我也就帮她点拨了一下。"商南环顾四周，笑呵呵地说："评职称写论文的急迫和焦虑，各位都有体会吧？"在座有好几个人，包括吴总，都让商南修改过论文，都顺利发表并评上了高级职称，不觉低下了头。

大家都不作声。房经理还不甘心，说："怎么能证明你们在会议室是研究论文？"商南从文件夹里拿出一摞纸，"啪"地摔在房经理面前，高声说："你看吧，这就是那天的成果。"原来，开会前，恰巧在《财务动态》当编辑的朋友把论文小样发了过来，佳桐收到后让商南校对，商南随身带着，想抽空看两眼，没想到现在派上了大用场。

一套证据，虽然不能形成排他性，但毕竟证据链完整，形成了闭环，别人也不好反驳。

房经理略显尴尬地干笑两声说："商总对佳桐还真是关爱有加啊。"

但是，会场外，已经传开了商南偷档案袋的议论，并夹杂了和佳桐偷情的花边。男人嘴里，以破坏科工贸大厦进程的所谓政治问题为主；女人嘴里，以酒后偷情的所谓生活作风问题为主。交相辉映，不亦乐乎。

没有了变更认证单，就先不考虑变更因素。大致结果出来后，对比原来的预算，白主任吓得满头冷汗：太离谱了。不仅他负责的土建，其他如电气、给排水、暖通莫不如此。工程的实际造价，比原来的预算低了30%，这还是白主任考虑到房经理的要求，为了尽量靠近原预算而在工程量和取费上做得比较宽松的结果。

无奈之下，白主任硬着头皮找到了房经理。看见白主任进来，房经理立马放下二郎腿，像被弹簧弹起来一样，夸张地起身欢迎。一边握手一边笑盈盈地说："哎呀，辛苦了辛苦了。"白主任可没有心情寒暄，他哭丧着脸说："房经理啊，这没法弄了，差得太多了。"房经理当然明白白主任所指，马上收敛了笑脸，说："差多少也得找平。咱俩上次说好了，只要你基本符合我的预算，我就有额外表示。"说着伸出了一个巴掌。白主任按下了房经理的手，说："不是那么回事儿，差太多，我算得再松，也做不到。硬往上靠，明白人一眼就能看出来。就拿水泥砂浆来说吧，按照原来的预算，可以抹30厘米厚，比墙体都厚了。"房经理说："这个你放心，这帮人都不懂，何况，还有老大罩着呢。"白主任说："在建行，我这个东西回去得盖章，需要主管副行长签字，那也是高手，何况咱不能陷人家于不义啊。"房经理说："你们行长的工作我来做，你把他请出来就行。"房经理心想："我就不信还有钱摆不平的事儿。"白主任说："我引见可以，这点薄面他会给的，但是他也不会在这么离谱的决算报告上签字，弄不好还得埋怨我给他找了件麻烦事儿。"见房经理没说话，白主任接着分析："再说了，如果李总和商总提出异议怎么办？人家就不能自己找决算的人？"

　　白主任把自己的顾虑都说了，他甚至想说干脆我们撤出算了，但一想，行里都知道自己揽了个项目，半途而废怎么交代？历史上还没有过这样的笑话。而且，这些预算员和自己出来，还想着拿奖金呢，真是骑虎难下。他进一步解释："你让我做高点儿可以，但必须在一定区间，我回去还能交代，还能解释。"别的单位都是求自己尽量做低点儿，为此绞尽脑汁，现在才明白，往高做更累啊。

　　房经理的大脑游离了。对啊，商南他们会不会偷偷找人做决算了呢？那么那天中午，商南进会议室大概就是查图纸去了。看来自己想得太简单了。两个人各怀心腹事，交流草草结束。

　　李总和商南需要商量一下丢档案袋后的形势和对策。显然，所谓"丢"，一是给决算制造难题；二是给工程队抵制决算或者狮子大开口准备条件；三是嫁祸商南，使其难堪。最麻烦的是材料单，甲方进的材料只有一少部分经公司付款入账，大部分是赊销进来的，公司根本没有数，全凭材料员记录。那些乡镇水泥厂或者钢材市场的个体户知道是给央企的工程供货，自是一百个放心，当然敢于赊账。材料单丢了，进了什么，进了多少，是甲方进的还是乙方进的，都说不清了。商南不在乎背上的黑锅，他在乎的是如何破题。

　　两个人下班后在李总办公室讨论了很久，大致有了眉目。其实很多事想明白了，豁出去了，也就简单了。施工方案变更再怎么折腾也没多大余地：建筑就这么大体量，变更的总在少数特殊的地方。另外，变更必须有理由，如果不是优化或因地制宜，那就没有变更的理由，这部分可以请一个懂施工的人与乙方对质，结果应该不会对造价有很大影响。与其让工程队有理由对抗，不如放下姿态，让他们尽管提出哪儿有变更。隐蔽工程，有较大合理性的可以认定；没有合理性的，必要时拆解重建也要探究到底。李总说："我就不信还能被他们拿住了。"

　　材料单的问题，两人比较头疼。李总说："算了，天也快黑了，明天再想吧。喝酒去。"

21

两人又来到了那家清真饭馆。窗户上朦胧着水汽，灯光温暖地透出来。一进屋，顿时飘来羊肉的鲜香。商南想，这就是人间烟火吧。突然，一个熟悉的背影映入了眼帘，那不是白主任吗？怎么一个人在角落里默默独饮？这倒是个难得的偶遇，于是两人走过去，商南轻轻拍了下白主任的肩膀，说："独乐乐不如众乐乐，一起喝吧。"

白主任被吓了一跳，一看是他们俩，马上露出了憨厚真诚的笑容。商南说："怎么自己喝闷酒？想喝酒叫着我们两个啊。"白主任说："有点儿闹心，要不真想找你们，上次我们喝得多尽兴啊。"

商南说："对啊，我们也想着哪天再聚聚呢，那天喝得太好了，白主任是豪爽之人啊。"

李总说："刚才看你皱着眉头，有什么心事吗？不会是为了我们的事儿吧？"白主任叹了口气，摇了摇头。

这边商南招呼服务员又点了几个菜，把李总的汾酒打开，倒了三大杯，说："今天没有外人，咱们尽兴。我和李总来得晚，欠你酒，我们补上。"说着一仰头干了。李总想不能落后啊，也干了。白主任一看，这么讲究，也要干，被李总拦下了。商南说："白主任是爽快人，有什么憋屈的，咱们就说开。"

几杯下肚，气氛更融洽了。白主任忍不住说出了和原来预算差额太大的困惑，当然，他不能说房经理对他的要求。商南说："算得低是好事儿啊，这就是请你来的目的啊。合理降低预算，就是给国有资产节约，何乐而不为呢？"

白主任说："是这个道理。但是，唉，你们单位太复杂。"

商南和李总对视一眼，便没再延续这个话题，不能难为人家。于是，三个人唠家乡，唠父母，唠过往，酒喝得很高兴。动情时白主任还唱起了长调，商南也应和了两首罗大佑的歌作为回报。李总要来个《打靶归来》，被商南拦住了，他怕李总的直嗓子把客人吓跑。

商南知道，此刻的白主任正在矛盾之中。这些矛盾像夹板一样套在他的身上，使他左右为难。但一定是积极的力量主宰着他，否则也就不存在痛苦了。就像商南预判的那样，多年养成的职业操守、对工作的热爱、对岗位的珍惜，当然也包括外部机制的约束，都让他难以像某些人希望的那样为所欲为，哪怕人情很重、诱惑很大。

这时，一个想法突然跃出，他决定冒一把险，他相信，信任的力量会使人不再摇摆。

商南说："白主任，知道你是个爽直的人，跟你说话还是直接一些好。李总和我现在都很上火，尤其是李总。现在上级公司严厉督促科工贸大厦尽快完工，吴总已经明确这个责任由李总来负。不能及时完工是政治问题，稀里糊涂完工是经济问题。谁想背个黑锅退休回家？所以李总只能放手一搏，解开这个疙瘩。一般经验是，工程队不干活儿是因为甲方不给钱，而我们正好相反，给完钱也不干活儿。我们分析，是钱给得太足了，以至于他们产生了坐等要钱、越坐等越容易来钱的想法，而且形成了攀比。钱挣足了，工程完工与否，对于人家来说都无所谓了。"

谈起工作，三个人都没有了酒意。见白主任点头称是，商南接着说："所以，这个疙瘩，也就是主要矛盾，就是决算。聘请第三方决算，是李总和我提出来，责成房经理去找你的。"说到这儿，白主任眼睛亮了。商南接着说："对于你的决算，我们相信一定是合理合规的，但是现在有个突发情况需要你帮助。"说到这儿，商南转头对李总说："对不起，没和你商量。"

李总说："没问题，你尽管说。"

于是商南将所谓变更认证单丢失带来的影响以及应对办法和盘托出，最后说："你是最了解这个工程的人，由你去和乙方对质变更情况是最合适的了，只是，你会有来自房经理和工程队的压力。"

商南不说压力，白主任还不会这么坚定地答应，人最怕信任。刚才的闷酒，白主任已经想明白了，自己是牧民的儿子，心里装的是天高地阔，最受不了钩心斗角。其实白主任从来没为那仨瓜俩枣纠结，他纠结的是，毕竟是房经理委托自己的，自己总要对房经理有所交代，他把人看得更重。刚才听说找建行决算是李总和商南的决策，心里就放下了包袱。

这顿酒，喝得天翻地覆。

衣依熬了几宿，总算把主体部分概算完了。虽然久未练手，但只是略有生疏，准确度是没有问题的。之所以叫概算，是因为她只有土建部分的数据，其他项目要靠常规推算，多少会有出入。作为与建行的对比组，提供参考价值没有问题。

核对完最后一个数字，衣依伸个懒腰，然后摸出了手机。一看时间已经半夜，只好悻悻地放弃了打给商南的念头。

白主任那边也在进行决算的收尾工作，但是工程队已经为了变更认证单和材料单的事儿闹起来了。领头的是侯小个子，他们七八个人来到李总办公室吵吵嚷嚷，声称弄丢单子是有预谋的，是为了抹杀工程队的工作，是为了不认乙方供料的账，为此，坚决不复工。李总拍桌子拍得手掌都红了，怎么喊也无济于事。商南刚出去办事就接到佳桐电话，说赶紧回来吧，李总招架不住了。商南赶紧掉转车头，回到了公司。

　　走进李总办公室，几乎所有人都背对着门冲着李总嚷嚷着。商南默不作声走向前排的侯小个子，众人看到商南都停止了吵嚷，办公室只剩下了侯小个子的声音。侯小个子觉得声音不对，再看众人凝滞的表情，不禁回头张望，原来商南就站在他身后，死死地盯着他。侯小个子吓了一跳，不由自主地躲闪了一下，但马上恢复镇定，色厉内荏地喊着回来得正好。商南说："当然正好，我得给老大哥解围啊。而且，正想跟你们说句话。"商南扫了一圈，基本都是小工程队的人，心里踏实了下来。"你们来不就是怕账乱了吗？告诉大家，乱不了。建行的人正在决算，会算出一个合理的造价的。这个账乱不了，更瞎不了。我可以保证，我们明山市公司是你们遇到的最讲理最大气的甲方，这一点，你们干过的活儿多了，肯定比我有体会。"商南用余光看到有人居然忍不住笑了一下。商南知道，那是被别人当了傻子的笑。他接着说："但是，不能因为我们大气、讲理，或者家大业大，你们就得寸进尺。"侯小个子听不下去了，说："别听他忽悠，变更认证单和材料单就是被他偷走了，还什么账不账的！"

　　商南正色道："侯经理，'偷'这个罪名你要拿出证据啊。没有证据，我就告你诬陷，我正憋着气不知道告谁呢！"见侯小个子愣在那里，商南把头转向大家："各位老板，最大的，也是最实在的账是那座大楼。你们的每一滴汗水、每一块砖瓦都记录在那里，它们跑不了。楼在，就有账算，就有钱挣，你们怕什么？至于说变更，大家可以指认，只要确实存在，并且合理，我们就认账。"侯小个子喊道："那隐蔽工程呢？"商南转向他："侯经理，我敢跟你叫板，只要你指认，我就敢拆。你说管子怎么改的，钢筋怎么变的，多下了多少料，只要拆解后情况属实，而且合理，我就认账，并且由我公司承担拆解和修复的费用。但反过来，不存在变更，或者变更不合理，我公司不但不会给你变更费用，连拆解和修复费用都由你承担，你敢不敢？"侯小个子不敢正面回应，又说："那材料单呢？"商南说："材料单怎么了？"听商南这么说，侯小个子有些疑惑地说："不是丢了吗？"商南笑着说："你听谁说的？"侯小个子当然不能说是房经理说的，只好嘟囔着反正丢了。商南大声说："告诉大家，材料单没丢，那是谣言。你们供的材料都不会少。"侯小个子一看，能用的招儿都用完了，动员来的工头儿们也没劲头儿了，只好收兵，于是冲着工头儿们喊道："别听他的，他说的不算。"李总憋了好久，终于来机会了，他高声说道："怎么不算？商总说的我完全同意。过去这个工程由我负责，现在吴总更明确了这个责任由我来背。我们说的，当然算数。"

两人合力将闹事的工头儿们弄走了，但他们知道，下一步，他们就要直接面对更大的利益冲突了。

李总迫不及待地问："商儿，你说材料单没丢，真的假的？"商南故作神秘地说："老大哥，您就瞧好吧。"

原来，两天前的晚上，商南突然接到一个陌生电话。本不想接，但在家里不接电话，好像有鬼似的，于是勉强接了。耳机传来的声音有点儿耳熟："商总，我是友生啊。"

友生是已经拆迁的西库的老员工。拆迁后业务缩减，人员冗余，商南只好硬着头皮动员部分员工下岗或者内退。虽然商南争取了很优厚的条件，但还是没有人愿意离开单位。正发愁的时候，友生找到商南，说："我带个头吧，毕竟我老婆也在公司。"有了带头的，加上条件确实有吸引力，人员分流工作就比较顺利。因为这件事，商南和友生接触比较多，对他的人品也很认可。这次晚上来电，肯定有事啊。商南简单寒暄后便直奔主题："友生，这么晚来电话，有什么事吗？"

友生说："我老婆王洁在房经理手下当材料员你知道吗？"商南知道他爱人也在公司，据说长得挺漂亮，但是具体是谁，干什么，却对不上号。友生接着说："我老婆原来在业务部门负责台账，成立工程部后不久，就被房经理要去了，当材料员。一开始我们还挺高兴，毕竟这个位置比较重要，还能偷偷搞点儿福利，可是后来就变味儿了。原来，房经理是看我老婆漂亮，想勾搭她。她不干，就给小鞋穿。前段时间他就抓住一个机会，非要我老婆把账和材料单交出来，回家反省待岗。"还有这种事？商南忍不住骂道："什么东西！"友生接着说："我听说你现在参与了工程收尾，太好了，这回有希望了。我通过我们家王洁知道很多工程部的事情，唉，乌烟瘴气，一言难尽。"商南一听与材料单有关，顿时觉得有戏，于是说："兄弟，谢谢信任。嫂子现在怎么样？告诉嫂子，不要上火，这种状况很快就结束了，到时候我们回来上班。只是，材料单很重要啊。"商南试探了一下。

友生听商南说到时候回来上班，便心安了。他接着说："我要说的就是材料单。我们家个人的事儿好办。"商南感动之余，充满了期待。果然，友生说，王洁知道房经理他们要做手脚，所以留了个心眼儿，材料单的正本虽然交给他们了，但副本还在王洁手里。而且，王洁特意打乱了次序，又掺杂了一些没用的单据，让他们看不明白。商南激动地说："太好了，替我谢谢嫂子，她立功了。"

商南刚才出去，就是要和友生两口子见面的，接到佳桐的报警电话就与友生取消了会面。为避免夜长梦多，商南联系友生，现在就去他家楼下。李总说："我也去，这样隆重些。"路上，商南揶揄李总说："我不认识王洁情有可原，你也不认识，这也太官僚了。"李总说："我们军人打仗的时候都深入前线，哪有时间去办公室？"商南心想，这老兄还有理了。

吴总也听到了李总办公室的吵闹声，他知道这一定是房经理唆使的。净搞雕虫小技，吴总心想。现在看，用房经理是最大的败笔，他永远不懂得，顺利完工是1，其他都是后边的0。集团公司前任老总在的时候还好说，新上任的张总连科工贸一体化战略都要否认，而要以突出主业的方针代替，他看这个科工贸大厦能顺眼吗？何况还一屁股麻烦。上边有张总、肖然压，下边有商南拱，这种局面下，只能要求房经理动员工程队尽快复工，赶紧收拾残局，起码先尽量挽回政治影响。房经理哼哈答应，可就是不见效果，做这种偷鸡摸狗的事儿倒挺积极。

22

吴总其实已经料到了房经理的苦恼，他现在指挥不动曾经围着他一呼百诺的工头儿了，和他们说如何要钱他们听，和他们说现在形势变了，得赶紧完工，结果一点儿响应都没有。房经理骂道，一群小人。

海涛是个另类，他希望工程早点儿完工，因为他投入最多，摊子最大，按进度和工程量，相比较其他工程队而言得到的工程款最少。海涛想："当初不听老爷子的好了，什么央企，管理和用人连生产队都不如。这么拖下去，卷扬机撤不撤？搅拌机撤不撤？塔吊撤不撤？就连看场子的老头儿，一个月连工资带吃喝也得两三千。别的工程队投入小，所需设备也少，不存在占用的问题，人家当然无所谓了。等着吧，但愿新介入的商总能快刀斩乱麻，赶紧推进工程收尾，我也好全力投入其他项目。"

衣依给商南打电话，告诉他决算弄完了。商南惊喜地问："这么快？"衣依说："我得对得起你的工钱啊。"商南愣了："什么工钱？"衣依笑了："你的衬衫啊，傻子。"

因为要交换一些活儿的情况，商南请李总一起去见衣依，李总打趣说："行啊，你这备用牌埋伏挺深啊。"

走进约好的茶室，衣依已经站在门口，双手握在小腹前恭立迎候了。因为商南事先说了，一同来的还有一位老大哥，今天衣依把长发盘成了发髻，特意穿着那件真丝双绉的月白色衬衫，配了一条同样面料的黑色八分裤，真丝的质地上泛着毛茸茸的霜。最惊艳的是，她光脚穿了一双黑色缎子面的平跟鞋，缎子面上绣满了牡丹。最引人关注的是露出的那双脚踝，那么白净。

李总听到介绍，片刻愣神儿后，匆忙地伸出双手，紧紧地握住了衣依的纤手，还使劲儿摇了几下，摇得衣依肩膀都晃动了起来。衣依和商南对视一眼，真想笑出声来。不知道他俩想到的是不是同一部黑白电影，侦察连连长终于找到了女游击队队长。

坐定后，商南介绍说："这是我们李总，是这个工程的负责人，分管工程部。"衣依顺口说："你们接下来要有很多开发项目吗？"李总说："那倒没有计划。"衣依说："你们央企真是家大业大，就为这一个楼，还设立个工程部。"李总不太爱听，说："没有工程部，这个工程怎么抓啊？"衣依意识到自己可能说多了，就看了一眼商南。商南有意深入话题，便接着说："对啊，那怎么抓工程呢？"衣依听出来商南故意这么问，就没有了顾虑，于是说："很简单啊，李总组织个临时小组，负责报批立项，以及后来的验收产权，其他如设计、预算、建筑、监理全部通过招投标外包，多轻松。保证比自己弄一大堆人费用低、矛盾少。"李总摇摇头说："唉！哪知道啊。这给我累够呛，还得背黑锅。"

已成事实的事儿，就不说了吧。商南说："衣总，这几天辛苦你了。"衣依听商南叫自己衣总，知道这是暗示毕竟有外人在，于是转入正题，把决算的思路和结果说了一下，并给了商南一套表格。衣依强调，她的结论不是准确的，但是正负差不会大于10%，只要在这个范围内就可以接受。

李总感叹道："要是早有这个东西多好。"商南心想，这话你自己说是多么痛的领悟，别人说就是多么重的批评了。

依照自己的性格，商南不理解李总的做法。干工作，核心是工作本身，它自有其标准、法则，是不能人为干预的。为了报恩，就委屈自己，其实委屈的是工作。唉，也许正因如此，自己才和吴总弄得势同水火。他开始怀疑，在别人眼里，自己是不是个另类。

回到公司，商南和李总找到白主任，三个人碰了一下白主任的决算。当然，不能说他们手里已经有了底牌，这可能是永远的秘密了。

　　根据白主任决算的结果，科工贸大厦每平方米造价大约1677元，比衣依的1510元高了11个百分点。但这个差距说明白主任的决算比较客观，起码没有无原则地虚高。商南诚恳地问："白主任，咱们实事求是，这个结果虚实如何？"白主任脸有点儿红，说："实话说，我基本取的上限，但绝对在允许范围内。我主要考虑……"他想说"毕竟是房经理找的我"，觉得不好，就改口说："主要考虑你们好做工作。"商南倒不关心原因，受人所托有点儿倾向很正常，于是说："如果做得实点儿，大概是多少？"白主任想了想说："大概1550吧。"商南点了点头。其实这个头是点给衣依的：算得靠谱。

　　商南说："那我们就做得实点儿，尽量接近实际情况，这样才是对公司对历史的交代。何况，即使你取的都是上限，距离原来的预算也低了很多，房经理还有工程队，还会买咱们的人情吗？"白主任想想也是，便点了点头。

　　这个数字惊出李总一身冷汗，总体来看，付款进度已经大大超过了工程进度，也就是说，工程款打冒了。放眼全国，从来都是甲方压着乙方的工程款，甚至全部完工办完产权还要留一部分质保金，而我们居然把工程款打冒了，这是多大的笑话！李总感到后怕，如果照原来的路子稀里糊涂地走下去，后果不堪设想。

　　这个结果虽然早在商南的预料之中，但一旦证实，仍然令人震惊，商南不觉心情沉重起来。好端端的事业，何以至此？有些人胆子怎么会这么大？应该遵循的规范哪里去了？商南百思不得其解，木木地对白主任说："那就辛苦白主任了。"

决算基本完成，其他人都回单位了，只剩白主任在收尾。李总说："一个人在空荡荡的会议室太孤单冷清了，到我办公室来吧，碰头的时候再去会议室。"白主任当然心领神会。

三个人决定先从海涛建设开始对账，主要是因为这家公司承担的工程比较大，而且账目比较清楚。李总让房经理通知，房经理阴阳怪气地说："我现在还找谁啊？谁还能听我的啊？都知道我不好使了。"李总一看他那个熊样儿，知道他不可能配合自己，二话不说，自己通知去了。

海涛接到电话，爽快地答应了。终于走到这步了，而且，这步走得非常高明，抓住了要害。海涛对李总刮目相看，也对新介入的商南有了初步的认识。

海涛带着一干人马准时来到会议室，李总等人已经在恭候他们了。李总他自然熟悉，白主任在明山市建筑界颇有名气，也算认识。只是与商南不熟，但又觉得并不陌生。这时候商南已经站起身来，把手伸过会议桌，微笑着边握手边自我介绍："关总好，我是商南，受公司委托，让我参与工程的收尾工作。关总大名早就耳熟能详，希望合作愉快。"同时，商南打量着海涛，人很壮实，但透着文气，与包工头儿的概念化脸谱不太一样，再想到人家已经是"包二代"，是正经学过土木工程的大学生，肯定不一般，于是顿生了几分好感，心想可以以他为突破口，带动全局。

好感都是相互的。海涛看着商南澄澈的眼睛，想到他介入后的举措，对这个同龄人有了先入为主的佩服和亲近。

佳桐的论文发表了，她向商南提议："庆祝一下吧，咱俩好久没一起吃饭了，不知道的还以为我们被流言吓坏了呢。"商南一想，也是，好久没单独和佳桐在一起了。至于流言和议论，他才不在乎呢。两人在常去的越前日料店坐定，佳桐递上了还散发着墨香的《财务动态》，说："自我欣赏一下你的劳动成果吧。"这个刊物虽然在外人眼里看着不起眼，但因为主办单位级别较高，编委、顾问一大溜儿，都是部级、司局级领导，具有较强的权威性，因此在这上面发表文章分量很重。另外，由于具体承办单位是国家纸张纸浆进出口行业的老大，因此纸张和印刷质量特别好，一看就很有质感。商南以前主管过纸张贸易，因此非常敏感，忍不住捧着刊物摩挲了半天。佳桐催促着赶紧看内文，等看到内文，他被吓了一跳，文章的署名是商南、佳桐。佳桐看着商南惊呆的表情，这才得意地解释说，这是她让责任编辑加上的。"南，我觉得你更配在这个刊物发表论文，这也确实是你的劳动成果。而且，最关键的是，这篇论文对于我的作用只是评个职称，而对于你，在发展的路上作用更大。"说的时候，佳桐的眼里闪着真诚的光芒。这一刻，商南心里只有感动，原先让他写论文的反感早就一扫而光。

　　但是惊喜还未结束，文章结尾居然是集团一把手张总的评语。原来，张总作为财务出身的领导，还身兼《财务动态》的编委。在评语里，张总写道："商南同志是我集团二级公司一位年轻的副总经理。笔者曾有幸听取了他关于以财务为核心加强经营管理的汇报，深以为然，颇有收益。这篇论文，作者紧紧抓住资产流动性的核心问题，多角度多层面多举措地论述了资产流动性的重要意义和监测办法、财务处理方法，特别是提出了财务、业务互动，确保公司资产保持流动性的观点，很有意义。希望全系统能以此为借鉴，加强财务管理的核心作用。"总之，通篇都是肯定和欣赏。商南很激动，这说明张总没有忘了自己。当然，重要的是，关键时刻是佳桐的善解人意决定了事情的走向。今夜注定酒不醉人人自醉了。

　　事实证明，以海涛建设为突破口实施对账非常正确。首先，对白主任的决算，海涛基本认可，只是个别地方略做调整；其次，施工方案变更一目了然，只有一处增加了一道过梁，经过论证，是必要的，甲方予以认可；最后，材料这块儿，只有一笔甲方自供，是房经理安排的来自一家乡镇企业的水泥，与商南他们掌握的情况相符。最重要的是，尽管决算砍下了很多，打给海涛建设的工程款仍然没有超出进度，这就使下一步的工作比较好做了。

　　可是，其他工程队就没有海涛建设那么配合了。

　　李总打电话不是不接，就是随便找个理由无限期推迟了。李总怒了，说了一句"老子装不住了"，一脚踹开了房经理的门。房经理正窝在老板椅上打电话，看有人闯进来，赶忙捂住了话筒。李总把工程队的名册往桌子上一拍，厉声说："给他们打电话，统统给我找来。"房经理头一次看到李总如此震怒，心里也胆怯一些："我，我这不正打呢吗？"

　　房经理已经给侯小个子打三天电话了，可是一直是不在服务区的应答。办公座机，其实就是他家电话，也没人接听。房经理慌了。自从前段时间侯小个子只给他打来5万，他就有不好的预感。李总摔门而去的震响让他丢掉了幻想：侯小个子跑了。

他好不容易挪动脚步，走进了吴总的办公室，鼓足勇气，小声说出了"侯小个子跑了"这几个字。吴总背对着房经理看着窗外，一动不动。良久，吴总猛地转过身来，死死盯住房经理，蹦出几个字："你干的好事！"其实，吴总心里想的是，跑了更好。

23

吴总召集开会。会上，再次传达了集团领导关于尽快完成收尾工作，确保国有资产不受损失的最新指示。随后，请李总汇报了收尾工作的进展情况。吴总总结，对以李总为首开展的收尾工作予以了充分肯定，同时要求房经理全力配合李总的工作。最后，吴总严肃地宣布，鉴于前期的预算误差较大，严重误导了工程款的给付，使建设工作陷入了很大的被动，决定给予预算员开除的处分，同时对于房经理的领导、监管不力给予警告处分。

商南心想，山穷水尽，丢卒保帅。现在的焦点问题已经不是预算了，而是对账、复工和收回打冒的工程款的问题，预算可以纠正，工程款难收啊。

会议形成的会议纪要上报给集团公司了。纪要一副大义凛然的姿态，实际上没有任何实际意义。由于其他工程队不予配合，对账进行不下去了。

在空荡凌乱的会议室，三个人默不作声。

终于，白主任打破了沉闷："我有个想法。"李总一听，马上凑了过去："什么想法？赶紧说。"白主任说："据我所知，这里面的大部分工程队常年围着海涛建设，做一些配套工程。他们都认识关老爷子和关总，我觉得，海涛在他们面前是有一定号召力的。我们能不能通过关总做做工作？"

商南和李总对视一眼，觉得是个好主意。李总对白主任说："看来还是你了解情况啊。"

这个任务自然落到了商南的头上，谁让他们同龄呢。商南略做准备，给海涛打了电话："关总，感谢你这么配合我们的工作。"那边说："谢什么啊，应该的，你这边利索了，我也就静心了。""是啊，关总一看就是干事儿的人。但是我还有事儿求你，咱们见个面？"海涛稍微迟疑下，答应了。

商南来到一处工地，海涛正在这儿检查进度。海涛的临时办公室是个暂设，也就是一个类似集装箱的方盒子，开了门窗，摆上桌子，就可以办公了。暂设里很闷，一台风扇咯吱咯吱地扭着。桌子上除了图纸，还有两个搪瓷盆，估计是海涛吃饭的家伙，里面还剩几片白菜帮子。商南看在眼里，由衷地说："关总下基层，够辛苦的啊。"海涛不以为意地说："建筑就是粗活儿，都这样，我老爸那时候比现在苦多了，不也得干吗？"一提起关老爷子，商南顺势递上一个大信封，说："老爷子可是咱们这个地方的垦荒牛啊。这是十年前明山市电视台给老爷子录制的专题片，我托同学拷贝了一份，你回家时带给老人家，顺便替我问个好。"海涛不觉有些感动，这商南真是个有心人啊。于是马上接过去，连声说："谢谢，谢谢你，商南。"商南说："谢什么啊，海涛，我们是自家兄弟。"两个人不觉中直呼对方大名，俨然多年哥们儿了。

简单寒暄几句，商南便进入了正题，他把目前的困境和盘托出，恳请海涛发挥影响力，做做工作，让那些工程队配合一下。海涛沉思片刻，说："他们一般都是给我做乙方的，也就是说他们其实很少有机会直接面对甲方，因为他们的资质不够。也就你们家，算了，不说了。"两个人对视笑笑，尽在不言中。海涛接着说："谈不上什么做工作，我招呼一声，基本都能给个面子。但是，涉及利益的事，你们自己处理。这帮人，就是不能吃亏啊。想让他们将吃进肚子里的吐出来，像要命一样。"

商南激动地握住了海涛的手说："这就感激不尽了。"

除了侯小个子，消防、给排水、门窗、场坪、电气、绿化等配套工程队都来了。先开个预备会，李总通知房经理来参加会议，房经理一进门，把大家都吓了一跳，几天不见，他居然好像老了好几岁，眼圈黑了，头发也稀疏凌乱了。他们不知道，这些日子，侯小个子一跑，沉重打击了房经理：一是寄存的利益落空了，二是没法向吴总交代，三是阵脚乱了。最关键的是，如果公司走司法途径追缉侯小个子，必然连带自己，到时候就完了。他通过朋友四处打听，都没有消息。房经理一看会议室里满满地坐着工程队，也颇吃惊：这帮工头儿连自己都叫不动，怎么这么听话来对账了？他妈的，都是墙头草。再仔细一看，被自己停职的材料员王洁也在座，一下子就蔫了。

一家一家地对账，这天轮到了门窗。门的造价出入比较大，决算是按一般规范做的，乙方坚持按照原来的预算，说房经理要求更厚重，下料不一样，因此价格较高。双方僵持不下的时候，商南说："本着负责的态度，咱们解剖几樘门，然后重置一下成本。"乙方经理犹疑了一下，还没等表态，商南已经起身向外走去。在工地，商南对乙方说："你来挑三樘门吧。"乙方的双手揉搓着衣襟，小声说："随便吧。"

躺在地上的三樘门就像被解剖了的尸体，乙方也面如死灰。

149

面板之下，是少得可怜的劈柴一样的龙骨，根本经不起一踹。这回不仅推翻了原来的预算，连白主任给的造价都砍下来很多。乙方急了，说："这都是房经理的意思，你们应该找他。"商南知道他们要反目了，但是，商南不想为此扰乱决算大局，现在的任务就是对账，不能由他扯向别处，于是说："我只负责决算，其他的情况我们暂时不管。"

经此一战，其他小工程队诚实了不少，隐蔽工程的变更在所谓丢失了变更认证单的情况下基本没有出入。至于材料，大家看到了王洁和熟悉的单据，以及上面的签字，就明白没有手脚可以做了。什么事儿就怕较真，怕豁得出去。大家领教了商南的厉害，也认识了不一样的李总。

现在，除了侯小个子失去联系，其他工程队的账都对完了。商南他们汇总了一下，基本有三种情形：一是接近进度付款的，如海涛建设，他们的付款比社会通常做法要高，但还未超过施工进度；二是超进度付款的，这是大多数，他们得到的工程款超过了施工进度，但尚未超过整个预算；三是活儿没干完，工程款却全部甚至超预算到手了，具体就是侯小个子。

对账只是基础工作，目的还是复工、收尾。很明显，大部分工程队是不会复工了，对他们来说，再干就是只付出没收益了。他们来对账仅仅是冲着海涛的面子，毕竟以后还得跟他混。行政命令和道德感化对于他们不起作用，苦口婆心的游说无异于对牛弹琴。起诉最简单，看起来也大义凛然，但对于解决当前矛盾无益，只会使公司陷入遗留问题的泥潭，多少年都抖搂不净。商南他们苦思冥想到半夜，最后决定先去撸个串儿再说。

白主任喝着啤酒说："我帮二位只能到此了，剩下的工作就靠你们二位了。"商南说："白主任，你已经非常够意思了，一直陪着我们，今天不谈工作，只喝酒。"

三个老爷们儿为了增加酒兴，做成语接龙的游戏，谁接不上来谁喝酒。三个人各有胜负，但李总输得最多最密集，实在灌不进去了，李总就玩赖说三把再算账，到时候可以抵消或者转账。听到"转账"这个词，商南盯着白主任愣神儿了。他想起白主任说过的一句话——海涛在那些工程队里是有感召力的，于是突发灵感，转账！商南马上将想法说给了李总和白主任，他俩都兴奋地说可以一试。

第二天，商南径直来到了海涛的工地。还是那间闷热的暂设，商南简单地通报了对账的三种情形，说："海涛兄弟，我想把收尾工程全部给你，完工后直接跟你结算。我觉得合作还得是大公司之间。"商南特意给海涛戴个高帽儿，能跟央企比肩，被称为大公司，当然受听。海涛当然明白商南的意思，更明白他的算盘，但嘴里还是说："我就是个工程队，你们一个房经理就能收拾我。"商南半开玩笑说："那是我早没介入，更没机会彼此认识，否则哪有他的事儿。"商南说的是实话，他介入后不止一次想，如果是自己主抓这个项目，哪至如此。商南接着说："你可能会说我真会盘算，但是我想，第一，算你帮我，这个情分永远在；第二，利益上对你只有好处没有坏处；第三，能够彰显海涛建设的大公司地位，何乐不为?"海涛觉得有理，尤其第三条很受听，于是不失时机地说："那天对账的时候，我为了大局，没有说顶车的事儿，毕竟我是签了协议的。可是别人得到的是真金白银，我得到的是没

151

有手续的车。这个账怎么平？"商南心里又亮了，只要谈利益就好办。商南说："海涛兄什么想法？"海涛说："我想退了。"商南说："退了不太现实，毕竟签过协议，作为国企，毁掉一个协议是件很大的事儿。"

两个人僵持了一会儿，还是商南打破了沉默："我们可以各退一步。你找一家具有资质的资产评估事务所，给这些车做个评估，然后按评估值入账。"海涛眼睛一亮，痛快地说："好吧。"他知道，没有手续的车作价不了几个钱，而对于商南，这个办法也是交代得过去的。

最后，两人商定，海涛建设全盘接手收尾工程，由其召集原各相关工程队入场复工；所有甲方已付工程款，除侯小个子超冒部分外，均视为付给了海涛建设，统一对海涛建设结算。

这个做法相当于把复工大旗交到了海涛手里，接下来那些工程队就是与海涛对话了。更关键的是，等于把付给其他工程队的款转账给了海涛建设。这些工程队听说这个方案，无奈了：一是他们还得跟着海涛建设混，这次不跟着，下次人家不带你玩了；二是他们之间的账过去有，将来还会有，现在这笔也就好算账了。于是乎，大家纷纷表示复工。

24

现在，商南的事业和海涛的事业紧紧地拴在了一起。尽管通过协议明确了海涛建设的责任和明山市公司的义务，但商南仍然把大厦的收尾当成自己的工作。说来说去，大厦是自己公司的，最终产生损失的话，也是公司的，所以，商南总是和海涛一起，互相合作，真诚交流，这样总比最后出现问题闹得不快好。

门窗这块儿性质比较特殊，商南和海涛商量了一下，一起找门窗老板谈话。商南说："你这个行为属于商业欺诈，我们是可以起诉的。但是也可以给你机会，你看看怎么选择，是退钱还是等着吃官司？"见老板不吱声，海涛假装说好话："商总，这也是跟我一起干多少年工程的老人了，起诉就算了吧。"然后转向老板，说："但是你总得给甲方一个交代，否则跟央企较劲儿，不会有好果子吃。人家有法律顾问，有专人打官司，一审二审，想打多久打多久，你伺候得起吗？"沉默了一会儿，门窗老板揉搓着衣襟开口了："这样吧，门我重新给你们上，上到预算那个档次，这样就两不相欠了。原来那些门，就当我吃房经理个哑巴亏。"其实这就是商南想要的结果。

这些工程队中有一个例外，与海涛建设基本不搭边，也不会听命于海涛，就是负责绿化的林业局下属企业。这个企业本来就比较牛，在钱给足的情况下，更不会参与了。没办法，商南找到他们的法定代表人，答应将公司未来五年的绿化和养护都给对方，这才促使他们答应复工，把该种的树种上，把干了一半的景观完成。商南心想，这甲方当的，一手好牌打成这样，快成孙子了。

思路捋清了，大家轻松不少。正好佳桐的职称如愿评上了，商南提议晚上庆祝一下，连带感谢并欢送白主任。佳桐勉强答应，说："你这是为我庆祝呢，还是为了工作庆祝？"商南哄着说："众乐乐嘛。"

几个人来到一家日本烤肉店，这是综合了佳桐精致的小资审美和几个老爷们儿粗犷的肉食口味的选择。吃肉却不能敞开，让李总和白主任很不舒服。为了打破尴尬，商南赶紧提议敬白主任一杯，不，三杯！三个男人都堪称酒豪，干起杯来自带一种爽快侠义的美感。感谢、感念自不待言，但最多的，是对人性的感慨。围绕一个不大的工程，不同层次、不同地位、不同目的的人粉墨出场，似乎被隐形的导演安排了不同的角色，真真假假或本色出演，简直是一出闹剧。商南着急为佳桐评上职称提第二杯酒，但李总和白主任却感慨个没完。这时商南的电话响了，佳桐挨着商南，瞄见了肖然的名字，知道这是一个重要的电话。商南先是没接，而是带着歉意地说："这谁啊，我还没给佳桐提酒呢。"佳桐会意地说："先接这讨厌的电话，我这好酒不怕晚。"

来电话的是肖然。电话那头的肖然说："今天临时加个小班，电话打晚了。"原来，商南介入工程收尾那晚，给肖然发的那个信息本想抱怨被人拉下水的委屈，但肖然认为这是摸清水有多深的机会，于是鼓励他积极介入，同时尽力为国有资产挽回损失。两个人约定每一两天通个话，把情况交流一下，毕竟作为主管领导，在集团一把手的重点关注下，对这项工作是有责任的，而商南这个渠道是信息传达最快捷和最真实的。这也是每到关键时刻，吴总就能感受到来自集团公司压力的原因。

商南简要把进展汇报了一下，对，虽然是哥们儿，但事关工作，必须是汇报。肖然说："看来结局接近明了了。工程收尾，我们收口！"商南"嗯"了一声作为回应。但是，这些情况的来源还缺少"洗白"的环节，于是两人商定，过几天肖然以督办工程收尾的名义来明山市听取汇报。

商南轻松地回到包间，刚才的酒都消化了。进了包间，商南就想笑，只见佳桐正在煞有介事地给白主任看手相，还结合了星座和血型，给白主任的眼睛都讲直了。商南心想，这丫头，会啥啊，在这儿糊弄老大哥。最逗的是李总，一边听，一边直勾勾地摆弄自己的大手，似乎也在等着佳桐给看。商南趁机吃了两口肉，就听佳桐富有感召力地说："总之，你们要时来运转了！"恰在这时，正在播放的2002年世界杯小组赛上，肇俊哲一脚射门，打中了巴西队的门柱，四个人举杯欢呼，为这脚球，也为自己。

商南和肖然商定了个日期。这一天，肖然坐最早一趟航班，九点就到了明山市。吴总亲自前去迎接，请肖然先到宾馆休息一下，肖然说："不了，我们直接去公司，先开会，马上开。"吴总赶紧电话通知。到了公司，会议室已经坐满了中层及以上干部。肖然不待吴总开场，直接说明了这次来的目的就是受集团张总委托，来明山市公司了解科工贸大厦工程长期停滞的原因，听取为尽快复工收尾采取的措施，督促工程尽快收尾并将损失降到最低。

吴总一听，有些发毛："后两个议题好办，分析原因是最要命的。另外，我先总结，然后上报，与集团领导来现场办公给你总结很不一样。前者，有个认识上的态度问题，同时还可以先入为主，甚至避重就轻。而后者，就很被动了。"正想呢，又听肖然说："虽然先有因后有果，但为了着眼成效，我先听进展情况和措施。"

吴总暂时松了一口气，心想也许听完进展和措施，分析原因的时候能宽容点儿呢，于是首先发言："首先感谢肖总在百忙之中亲临明山市公司指导工作。自从接到集团领导特别是张总的指示后，我公司上下对这项工作高度重视，即刻召开会议贯彻落实。会上，经广泛讨论，大家提高了认识，统一了思想，明确了措施。

首先，加强了领导力量，委派商南同志协助李总，参与领导工程收尾；其次，找到了问题的症结，即决算这个'牛鼻子'，并由工程部房经理聘请建行的同志做了决算，纠正了预算中的偏差；再次，在决算基础上，组织工程队进行了对账；最后，组织复工正在进展中，预计不久的将来就会复工。"

商南心想，吴总的归纳总结能力以及表达能力确实很强，不知道的还以为这些都是他想的、他做的呢。

肖然做着记录，然后抬起头来："能不能说得具体一些，比如决算和预算的偏差，到底相差多少？对账之后是什么结果？工程款支付额度与工程进度的比率是多少？工程队配合得怎样？这些具体情况都直接指向一个目标，就是何时能够复工？"

吴总没有回答。李总和商南给他的汇总表他懒得看，甚至不敢看，就像面对小时候的一件糗事。场面有些凝重，静得有些怕人。要命的是，吴总的思绪竟然有些纷乱，注意力难以集中，这是从未有过的事情。

刚才吴总在提到房经理的时候下意识地扫了一眼，这个与工程收尾有关的会议，他居然没有参加。吴总有个直觉——房经理跑了。

跑了也好，好在和他们还没发生多少纠葛。吴总的意识游离了。

肖然用笔点了点桌子。商南看吴总没有回答的意思，感觉火候到了，于是看了看手表，说："决算和付款的具体情况，李总和我都以书面形式汇报给吴总了，吴总了然于胸，但没有展开。造成这种局面的原因，在上面也有了简单的分析。这些，吴总都会上报给肖总和集团，我就不赘述了。至于对账情况，大部分工程队是合作的，对于不合作，特别是多收了工程款而逃避复工甚至逃跑的，我们自然有办法。我相信天网恢恢，疏而不漏，我们计划尽快诉诸法律，并且初步掌握了他的行踪，不信追不回工程款。肖总说得对，这些都是为了复工收尾。刚才肖总问了，什么时候能复工，吴总没有回答。现在，我替吴总做个回答：请肖总和各位随李总与我去工地，现在时间刚刚好。"

大家一头雾水，面面相觑，但李总、商南已经起身，肖然也随之站了起来，说："好啊，我们去看看李总、商总给我们安排了什么节目。"还在观望的大家，包括吴总，看肖然动身了，也只能跟着出发。走出大门，门前已经停好了大小车辆，佳桐等几个年轻漂亮的女员工笑吟吟地给领导们打开车门，随后也和其他人一起上车出发。

吴总看在眼里，气得脸色发青："这是有组织的预谋，是要打我个措手不及，让我在领导面前出丑。更可怕的是，这些员工居然如此配合商南，简直反了。"但是他不能发作，毕竟集团领导就在身边。

车行不远，接近工地，就看见天空上飘着气球。远望大厦，自楼顶悬挂着二十几条彩色条幅。来到楼前，一个巨大的拱形彩门立在门前，上面"复工典礼"几个大字分外醒目。海涛穿着一身蓝色工装，领口插着鲜花，向肖然等人走来。吴总被这个场面刺激得震怒了，转向商南吼道："你们这是搞什么名堂？弄这么大动静，经过我同意了吗？"商南平静地说："吴总，这不是我们搞的，不需要我们同意。这是海涛建设自己举办的复工仪式，只不过是请我们过来，以壮声威。"海涛接着说："是啊，今天是个吉日，恰逢集团领导光临，我相信我们的复工收尾一定顺利完满。"吴总心想，什么恰逢，分明是预谋。

没有人注意到吴总脸色的阴沉。鞭炮响起的时候，佳桐和女同事们一起夸张地叫着，而商南他们则追寻着盘旋的鸽子，目光放到极远的天空。

原本灰突突的东北科工贸大厦，此刻竟然有了几分精气神。也许，它从来也没有颓废，它只是一节短暂蛰伏的春笋，在等待一场春雨，满怀着拔节的期盼，迎接破土而出的那天。

25

接任一把手，商南早已没有了兴奋，甚至没有高兴，也没有如释重负。

静止是一种运动。明山市公司一把手吴总和副总经理商南的僵持虽然偶有冲突，但总体上是沉闷的，沉闷得近乎静止。当沉闷得快要窒息的时候，静止顽强地展示着它运动的韧性。时间过得不徐不疾，在静止中，商南走进了21世纪的第四个春天。周一午饭前，肖然给商南打了个电话，说明天张总带着他和人事处的申处长到明山市公司，然后没头没脑地补充一句："刚定的，好事儿。要收口了。"商南没有多问，肖然也没有多说。商南当然明白，他和吴总之间的僵持就要被打破了。

在肖然那里，抑或是集团领导层那里，明山市公司领导班子建设可能是一项长期悬而未决的问题，效益下滑，管理不力，反映不断，所以最终决断叫作"收口"。但是在商南这里，是矛盾，是磨砺，是困惑。自己是吴总一手提拔和栽培的，曾经也对吴总深为折服，只是近几年因为分公司问题、西库拆迁问题、科工贸大厦收尾问题立场不同、见解不合，产生了矛盾，有时甚至非常激烈。但真要说商南处心积虑意欲取而代之，似乎有点儿冤枉商南了。可是，或者一下一上，或者一走一留，否则如何收场呢？一个单位容不下两个撕破脸皮的人物。

肖然经常揶揄商南："你小子溜须拍马投其所好，套路挺深啊。"商南知道，这句话隐喻的重点是张总对自己印象不错。印象有表象层面的，但重要的是内核，这个内核就是工作，以及在工作中表现出来的人的本质。表象层面的，比如用财务的逻辑汇报工作，或者发表的论文对了张总的胃口，这些商南能做到，别人未必做不到，不管是有意还是无心，终究是小聪明。重要的是涉及公司利益的重大问题自己的立场和出发点，以及为之付出的努力。比如西库拆迁补偿问题，再比如科工贸大厦的决算和收尾，这些事情，不可能不传到张总的耳朵里，再加上肖然的渲染，这才是影响张总对商南和吴总认知、判断的关键。所以，每当肖然这么说的时候，商南都会说，都是拜肖然美言的结果。

这不是客套或者玩笑，朝中无人不行啊。

周二下午，吴总带着商南一起去机场迎接张总一行，商南开车。路上，吴总突然问："知道他们为什么来吗？"说完紧紧盯着商南。商南不动声色地反问："申处长没跟你说啊？"吴总尴尬地干咳两声，含混地说："没说那么清楚。"谁都知道，集团公司人事处的申处长是吴总的铁哥们儿，以前没少干通风报信的事儿，但是，如果是事关吴总的坏消息，大概申处长也难说出口，只能装糊涂。果然，吴总像自言自语似的嘟囔一句："一到这时候都装糊涂。"也可能是捎带着骂商南。

到了宾馆安顿下来，张总对商南说："小商啊，你先到隔壁申处长房间里坐坐，我们一会儿找你聊聊。"说着就示意吴总坐下。领导说话永远都是讲究艺术的，哪怕是很小的一件事。张总知道肖然和商南关系好，但是他不能说去肖然的房间坐，因为肖然是领导，而且，也不能显出商南和申处长的疏远。商南说："我先烧水沏茶吧。"张总手一摆，很坚决地说不用。商南知道再待下去就是看不出眉眼高低了，赶紧后退两步转身离去。眼睛掠过吴总，发现他的表情已经僵硬。

商南没有去申处长的房间，哪能私闯别人的领地？而且张总所说也是虚指。善于领会领导意图，恰恰不能照本宣科，要明白虚指实指。商南对小学时候的一件事印象特别深。有一次，校合唱队排练，老师呵斥一个女生："你眼睛看什么呢？"大家都明白，这句话的意思是让她看指挥。可这位女生却认认真真老老实实地答道："我看校长的大皮带呢。"大家不由得望去，只见女校长的棕色皮带好长好长，耷拉在外边。商南从此明白了，语言这个东西，A不一定是A。

此刻的商南无所事事，便打量一下环境，走到走廊拐角处的沙发上坐了下来，既能看到他们的动向，又没进入别人的房间，还表明自己没有偷听。不知怎么，商南想起了刚刚参加工作的时候，曾经不知天高地厚地想过快快进步，大展宏图。随着一步步升迁，遇到的矛盾越来越多，江湖越来越险恶，意志也消退得差不多了。没想到，在最心灰意冷的时候，大任却突然降临了。

轮到商南的时候，谈话很轻松。官样文章那块儿很简洁，关键词就是工作需要、组织信任、强化管理、增添活力、创新发展等。商南表达了三个意思：一是诚惶诚恐地谦虚一下，三辞其请的样子必须得做；二是感谢信任，迎难而上，其实就是顺水推舟，愉快接受，哪个男儿不想力争上游呢，何况事情已经走到了这一步；三是谦虚谨慎，开拓进取，不负重托，简单表个态。随后基本就是闲聊，只有一句，商南听出了意味。张总说："破格任用你，主要是考虑到你有一定的管理水平，特别是善于充分发挥财务在管理中的核心作用。"这句话说明几年前的灵机一动没有白费，但更透露出一个信息，即这次调整是张总力主的。这可能是张总特意要暗示商南的吧：你是我的人。之所以说是破格任用，是因为在明山市公司的班子里，甚至在二级公司的一把手中，商南是最年轻的。

平稳交接，顺利过渡，息事宁人。吴总坚持说举报涉及的200万元款项是投资于家乡木材厂，而且拿出了和村里签的投资协议，顶多算是管理不规范，"三重一大"中的重大投资没有按规定程序执行，自己愿意为此承担行政处分，但没有侵占的主观意愿。这个说法以及这些证据，除了违规，还真很难界定是否违法，看来吴总也是早就想好了后手。那就暂时列入待清理的无效投资吧，上上下下都乐意接受这个结果，谁愿意把谁逼入绝境呢，何况真出事儿了集团公司也不好看。

其实也没有什么好交接的，商南在这个单位浸染多年，基本了如指掌。资产结构、经营结构、客户结构、员工结构，这些在商南脑袋里都有数。管理和经营上的事情都好办，难的是提振精神。公司里谁都认为自己是主人，什么都是应得的。给他，他说应该；不给，就有不平。所以单位里永远充满怨气，人和人都在往下比，看谁出力少得的多。虽然也讲人员能上能下、能进能出，也实行全员劳动合同制，但是谁愿意以个人得罪人的代价来为单位处理人呢？真正得罪人的只有一把手，因为他是最后一道防线。

吴总申请办理了内退，对于他，这是非常好的结局了。商南为他举办了饯别宴，不管怎样，不能让吴总走得太凄凉。氛围很友好，吴总对商南在某些问题上没有深究，心里还是有数的。酒至酣处，吴总说："公司交给你，我很欣慰，毕竟你是我看着成长起来的。"他接着说："商南啊，其实你很像当年的我，有激情，理想化。但是，激情会消退，理想会磨灭。无论是社会，还是国企，都不是真空啊。"商南知道这是肺腑之言，起码也是其鸣也哀，再想到自己工作以来得到的吴总的提携和关照，商南颇多感慨，不禁唏嘘于往日的点点滴滴恩恩怨怨是是非非。是这样，人都要走了，难免只想好的回忆。这酒喝得商南有些动情，有些感慨。

李总倒是喝得很兴奋。他是吴总调来的，并让他负责科工贸大厦工程，从这点来说，理应最为恋恋不舍。但到最后他发现，吴总只是拿他当个挡箭牌，如果没有商南助阵，烂尾的责任差点儿被他背上。所以商南当一把手，他比商南还兴奋。偏偏还不会装相，喝着喝着忘了是给吴总饯行，没有惜别之情不说，还满面红光，喜气洋洋。吴总看他的眼神很冷。

事后商南说："李总，最后一顿酒是饯别酒，你可好，弄得兴高采烈的。"李总说："我兴高采烈了吗？没憋住。"商南心想，这倒是个好事儿，被越级的李总没有一点儿想法。

吴总在酒席上最后说："现在退了，真是轻松，否则总是如芒刺背如鲠在喉。商南啊，你就要尝到我的滋味了。"

商南心想，这是实话，芒刺和骨鲠在交椅尚未坐热的时候已经附体了。

佳桐很兴奋，要和商南吃饭，一起庆祝一下。商南现在哪有心情？再说怕她控制不住，需要在她面前严肃、低调些，就没答应。这孩子有点儿嘚瑟，商南心想。而且，现在真的顾不上她，公司不能说百废待兴，但是长期形成的企业文化缺失、员工离心离德，是阻碍公司进一步发展的重大问题。吴总所说的如芒刺背和如鲠在喉，主要是指人的问题，现在几乎四面楚歌。说白了，干着挺遭罪。

明山市公司员工的构成主要源于三个时代。第一拨是20世纪70年代计划经济时期以开展接港、仓储、调拨、发运为主要业务的时代，来的员工主要是明山市的直属直供企业。这拨人因业务不同而分化很大，做仓储的，一直在仓库；做调拨的，曾经手握物资大权；最厉害的是做接港发运的，因为跟港务局和铁路熟，有好几个脱离单位做了货代，早就发家了。第二拨是20世纪80年代国家实行物资体制改革，物资管理实行计划内外双轨制的时代，明山市公司派几位得力干将成立了几个小公司，利用价差赚了一些钱。由于用人需求急剧扩大，加上大部分老员工抱着求稳的心态不愿意去小公司，所以人员缺口较大。这样，几位干将就正好各显神通，招来很多亲戚、老乡、战友。后来双轨制取消，市场开放，小公司原形毕露，由盈转亏，随后被撤并，人员，特别是裙带关系大部分被剥离，因此埋下了矛盾的种子，也遗留下许多未决问题。第三拨是20世纪80年代后期，面向社会和应届大学毕业生招进了一批人。由于这个时候吴总负责人事工作，所以这批人基本都和吴总走得比较近，包括商南在内。但是随着个人不断成熟和外部条件的变化，这批人也产生了分化，有的跳出了吴总的阵营，甚至成了反对派。总之，人的矛盾很突出。

让领导下不来台，摆出一副爱谁谁的姿态，是他们的惯用手法，也是向众人表明立场的武器。总之，在国企，你也不能把我怎么的。

那天张总开大会，宣布商南的任命，刚说一句话，大厦就停电了。张总很尴尬，吴总很无辜，商南很窘迫。

大厦是自己的，有自己的变电所，电肯定断在自己人手里。

张总走的时候，留下一句话："暗流涌动啊。"

商南无暇顾及暗流，他面对的问题千头万绪，最紧要的是要遏制效益下滑，这是企业的根本，也是显性问题。商南认为，暗流涌动主要来自遗留问题，而遗留问题只能在发展中解决。而且，领导一旦把心思放在对付人而不是工作上，那就距离失败不远了。送走领导，商南分别和李总等班子成员谈了话。特别是李总，商南与他在科工贸大厦收尾工作中配合默契，此时更是倚重的对象。商南故意逗李总："李总，我这越过你上来，你没想法吧？"李总爽快地说："我早就跟吴总说退二线得了，我能有什么想法？但是你上来，对不起，我还不提前退了，我得发挥余热。"商南就欣赏李总身上这股军人的爽直，说："那我就不客气了，我得把你的热量全部压榨出来。"

但是，新官上任的火烧向哪里，并非商南所能主宰。

26

这天刚一上班，一位不速之客就直接闯入了商南的办公室，外边的人居然没敢拦她。商南定睛一看，知道来者不善，也就不会怪罪失职的人了。商南站起身，恭敬地叫了声苏大姐。苏大姐五十多岁，但腰板拔直，昂首挺胸，目不下视。她是明山市公司设立小公司的时候，由集团公司一位老领导关照进来的，以前是北方一个大型直供企业的供销科长。虽然皱纹已深，但皮肤白皙，眉眼依稀可见当年的妖娆。苏大姐开口便气势不凡："小商啊，几年不见，当一把手了。不错，你们那批来的孩子，我当时就觉得你最有出息。"商南哭笑不得，只好打着哈哈："哪里哪里。"随后问候了一下身体，毕竟人家是老同志、老大姐。

苏大姐是老上访户了。前几年，按照上级公司指令清理小公司，她被解除了劳动合同。虽然领了补偿，但并不妨碍她各种告状、上访。这个不要紧，关键是她常常挟老领导而自重，即使那位老领导已经因病去世。要说，苏大姐对公司也是有过贡献的，那位老领导以前没少来明山市，自然对明山市公司有一些倾斜。那时候苏大姐还叫苏姐，正是风姿绰约的成熟季节，加上北方女人的豪爽泼辣，还真挺吸引眼球。

苏大姐说："小商啊，大姐听说你当了一把手特别高兴，就想来看看你，表示一下祝贺。我们都知道，你和老吴进行了无畏的斗争，我们都支持你。正义终将战胜邪恶，所以，我也觉得大姐的事儿有希望了。"

商南知道，什么祝贺，什么斗争，什么正义都是扯淡，关键是她自己的事儿。苏大姐说的希望，商南不敢接茬儿，只能笼统地表示感谢。苏大姐见商南没有接续话题，只得继续说："你也知道大姐有多冤枉，我现在年龄大了，就不要求回来工作了，但是，我这些年的基本工资、各种保险得给我补上吧？"

商南说："苏大姐，据我所知，您是在撤并小公司的过程中解除劳动合同的，是按年龄线卡的，而且已经在终止劳动合同通知书上签了字，并领取了相关补偿，这件事已经完结，不存在您说的工资和保险问题了。"

苏大姐一听，"啪"地拍了一下茶几，以迅雷不及掩耳之势变了脸色，厉声道："商南，你不愧是老吴栽培的。我的情况不是那么简单，我是他们政治斗争的牺牲品。他们要把老领导整倒，拿我开刀。老领导弥留之际，他们就逼我离开公司。我当时以为我走了，他们就会放过老领导，谁知道他们还是把老领导气死了。且知道这样，我怎么会签字？"说到这儿，苏大姐已是声色俱厉、涕泪横流，接着就表白自己为了公司利益，通过老领导要了多少计划内指标，为公司做了多大贡献。至于这些指标肥了多少家乡的企业和个体户，造成多少收不回来的外欠款，她只字未提。

商南心里苦笑。如果是以前，商南早就把她轰出去了，可现在不行，自己的感受必须服从公司的利益，尽量不激化矛盾，闹到劳动仲裁也好，打官司也好，就算最终能赢，过程也极为磨人。再说，公司也好，个人也好，官司缠身，总不是吉利事儿。于是，商南强压厌恶，灵机一动，叫来了李总。

李总来公司晚，没介入过这些缠腿的旧事，也不认识苏大姐，这是处理遗留问题的有利条件。商南宣布由李总对接苏大姐的问题，也就等于下了逐客令。

苏大姐站起来，冷笑着说："商南，我被老吴撅出来无数次了，所以我跟他没完。知道他为什么下去吗？当上级一听到他的名字就头疼，他离下去就不远了。大姐今天先信你一回，信你解决问题的诚意。走，去你办公室，李总。"

商南看了看手表，小半天没了。他想起来还要去地税局办点儿事儿，于是急匆匆走出了办公室。整幢大楼还有点儿装修的味道，已经陆续有客户入驻。东北科工贸大厦，从近乎烂尾的噩梦中复苏，为了带动人气，明山市公司也迎来了乔迁之喜。想到这儿，商南终于摆脱了刚才的郁闷。

然后，他被关在了新电梯里。停电了。

从电梯里出来，商南已经没有了办事的心情，只好灰头土脸地回到办公室。每次想向外发力做些事情，却往往被内部事务缠住。商南又联想起另一件事，大厦附属楼出租给了一个科技型企业，对方很有实力，理念先进，因此他家的事儿商南自然比较上心。有一天对方来电话，说实验室的动力电还未通，已经影响设备调试了。这件事是由变电所负责，商南顾不得多想，直接给变电所负责人打了电话。电话那头传来慢悠悠的声音："动力电啊？不知道啊。你是谁啊？"商南耐着性子自报家门，对方才解释了至今没有通上动力电的原因，什么需要更换电缆，要定制配电箱，等等。商南不想听这些，直接下命令三天内必须通电。结果过了七八天才送上电，还不是一次合闸成功。对方老总看到商南，笑呵呵地说："你这变电所的业务不行啊。"商南一想到这些就窝火："既然不让我的三把火从我希望的方向烧起，那谁露头就烧谁。"

变电所的负责人姓雷，人称雷局长。局长的大名来自他刚来公司不久，有一位保安接到通知，说今天要来个某局局长，于是高度重视，在门口不断张望。正在这时雷局长进来了，挺着肚子，迈着方步。保安一看，这肯定是局长了，于是上前殷勤地说"领导好"。一般不是领导的人这时候肯定解释"我不是领导"，偏偏这是个艮角儿，居然没否认，还说："我去吴总办公室。"保安一听，在吴总面前表现的机会来了，于是又按电梯又开门，一直送到吴总屋里，满怀期待地说："吴总，我把局长接来了。"

从此大家给他起了局长的雅号，也算对得起他的四方大脸、慢条斯理。但是保安不干了，以后他见到雷局长就踹他屁股一回，一直踹了一个月。

雷局长还有另一重身份——吴总的老乡。如今，因为他在乡广播站干过电工，成了科工贸大厦变电所的所长。

商南找来了李总。科工贸大厦在建设的时候由李总负责，投入使用后自然由他负责物业管理，包括变电所。李总说："上次开会停电，我亲自去变电所把他骂了一顿。这小子满脸通红，一句话没说。谁知道最近又总停电，已经有客户反映了，我这就去收拾他。"商南说："不着急，我先了解一下基本情况。"

变电所现有两台变压器，一台800千伏安，一台600千伏安，目前只启用一台800千伏安的。包括雷局长，共有9名员工，基本都是新招聘的。商南一听到这儿吓了一跳："这么多人？"李总说："我也觉得人多，但雷局长说三班倒，人少了不行。"行业上有特殊要求，谁也不好说什么，只是人多对企业来讲，不仅是成本费用问题，关键是人多矛盾就多。商南叹了口气，接着问："变电所年度工资总额多少？"李总答不上来，说去财务查查。商南叫住他："你查一下所有你分管部门的工资。"李总不解，但也执行去了，商南想的是不能引起警觉。一会儿，李总满头大汗回来说："62万多。不问不知道，太吓人了。"商南心想，这就是一把手和副手的区别，以前自己也只是关心手里的事务，对工资等成本费用不太关心。自从去分公司兼任经理，因为分公司是单独核算的非法人单位，所以才开始关注这些问题。一关注，方知"柴米贵"。商南在心里大致算了一下，对于工人来说，平均工资水平比较高，而且只要进了国企，五险一金一样少不了。李总说："用人、招人和工资都是吴总和雷局长商量定的，我也不清楚来龙去脉。"

这些其实不是商南最关注的，他接着问："变电所应该属于特种行业，在资质上有什么规定？"李总一时语塞，说："应该有吧，等我了解一下。"

商南也不懂，或者说还没来得及掌握这方面的知识。得补课了，商南想。但现在，他想去现场看看。李总要陪他一起去，商南说："目标太大，我自己去吧。"出了大厦后门，在附属楼旁边的一座二层黄色小楼就是变电所。商南对它印象比较深，因为他和李总一起推动大厦完工的时候，了解到两台变压器在开工前就签订了订货合同并交付了定金，等到大厦竣工安装的时候，变压器已经风吹日晒了好几年。

变电所门锁着，商南敲了敲，没有回应。他转到窗前，窗户被报纸糊上了，透过残破的边角，商南看到雷局长正领着手下打麻将，激战正酣，心无旁骛。商南真想进去一脚把麻将桌踹翻，可他马上冷静下来。有些业务，必须改变业态；有的人，没有必要进行改造。

科工贸大厦竣工在即，即将投入运营的时候，就大厦的管理和服务，商南就和吴总有过争论。吴总的想法是物业自己招兵买马，能自己干的何必让别人挣钱。零售店、咖啡屋、餐厅也自己经营，届时营业收入和利润都会有较大增加。但是商南不这么认为，他认为专业的事儿应该由专业的人干，自己养活一大堆保洁、保安、维修人员，不如外包出去，看起来是花钱，实际上减少了很多成本费用和精力。至于零售店等，我们只挣我们该挣的钱，经营交给人家。我们半路出家，干不过人家。最关键的是，同样的人，进了国企，就复杂起来了，所以能少用人一定少用人。可惜，吴总那时有决策权，而商南不想再起争执，便没有坚持。

现在来看，当时的没有坚持给自己埋下了伏笔。

回到办公室，商南本想喝口茶稍微放松一下，财务部的王伟经理进来了。王经理可是老人了，在现在这个职位上的时间比商南提拔为中层干部的时间还要早，但是再也没有提升。说来也怪，其他同级公司都有财务总监这个职位，副总经理级，吴总却坚持不设这一职位。所以，王经理总是一副阴阳怪气的样子，对搞业务的尤其苛刻。而搞业务的，在实际工作中遇到的问题千差万别，不可能没有一点儿变通。比如接货，就连扒集装箱的叉车司机你都不敢怠慢，不拿两盒好烟供着，破损率高不说，慢吞吞地让你的大货车干等，你就没辙。于是，问题来了，买烟的钱怎么办？该不该报销？买烟的发票不能报销，该怎么处理？各种变通手段大家心知肚明，一般部门经理都很理解，在报销单上签字了事。可到了王经理那儿，却免不了一阵盘问。业务人员心想："老子风吹日晒点头哈腰，还得自己搭钱，已经够委屈了，回来还得受你的气。"于是，往往激化了矛盾。

商南是业务出身，很理解业务员的苦衷，也清楚他们有时难免虚夸一些，贪点儿小利。但这种事儿是属于理不清管不住的事儿，公司总不能派专人天天盯着业务员吧？所以，从这个角度来说，财务人员的"好奇"也是一种无奈的管理方式，这一点，随着商南的升迁体会愈深。对这种不好管且管不住的事儿，商南历来主张通过改进管理制度使其不攻自破。本来这几天就想出台一个方案，却始终事务缠身。

王经理进来就问："领导，重复纳税的事儿怎么样了？"商南压着脾气说："我还没有时间找地税局。"王经理说："这件事儿得抓紧了，否则我的账不好做。"商南一听就火了："这他妈本来就是你的工作，你说你协调不了，我为了尽快解决问题，决定自己亲自跑，你毫无愧疚不说，还吩咐起我来了。"于是把手里拿的本子一扔，严肃地说："王经理，这件事儿发生在财务部，发生在你面前，又是税的问题，难道不是你的责任吗？我可以不追究责任，但工作是你的吧？你现在告诉我账做不了，以后你还会告诉我通不过了审计，这些后果跟你无关吗？你现在自己去地税局，找他们申诉。"

王经理没想到商南发这么大火，被震慑住了，关键是这个工作确实属于财务，于是嘀咕几声出去了。

所谓重复纳税，是明山市公司搬到新建的东北科工贸大厦后，在新所在区办理了税务登记，这个区的地税局在初始稽查中，认为有一笔税在原来所在区局缴纳是错误的，应该缴纳到他们这儿，并予以强行征缴。可是原来的局不给退税，他们认为纳税时虽然已经搬迁，但税务登记仍未迁出，而且这项业务更是发生在搬迁前。商南他们认为，这个说法是合理的，于是转而向新所在区地税局申诉。那天商南打发走苏大姐要去地税局，就是为了这件事儿。

商南苦笑，为什么当了一把手后，向前的事儿一件没做，时间和精力都被向后的事儿占用了呢？

27

商南对电力方面的事儿一窍不通，甚至没有这个行业的朋友。苦思冥想之后，他决定去求衣依。

衣依在明山市最大的房地产开发公司亿通集团做总经理助理，她的工作性质决定了她应该能提供一些建议。

从前段时间决算，到现在为了变电所的事情，自己都第一时间想到向衣依求助。商南无奈地摇摇头，心想，这还形成依赖了。这也不奇怪，衣依做事沉稳，思路开阔，的确是可以依赖的人。这种依赖，首先是对人的信赖。商南相信，这种信赖是彼此的相互的。

衣依对自己的信赖不是可以无条件打扰的资本，也许需要一种表达，不用太物质，但要能寄托用心。商南挑了一件施华洛世奇的胸针，最简单的样式，也相对比较便宜。商南觉得贵了味道就变了，跟做菜一个道理，调料放多了就失去了本味。但是，这仍然有点儿物质，于是商南去买了一枝红玫瑰，把枝斜着剪短，留两片对称的叶子，粘在了蓝色纸袋的左下角。

商南和衣依在一家僻静的咖啡馆见了面。商南掏出首饰盒，随后递过去纸袋。衣依开玩笑说："干吗？求婚啊？"话一出口，脸就红了。商南一听，突然觉得有些愧疚，似乎真的欠她一个求婚，只好说："不求婚就不能送礼物了？"不知道为什么，从不受人馈赠的衣依接受商南的礼物却没有违和感。她自然地接过盒子并打了开来，然后惊呼"真好"。商南相信，自己的眼光和衣依是一致的，越简洁越美。但很快，衣依的目光聚焦在了袋子上。衣依捧着袋子，远近端详一会儿，说："这是你的作品！"商南说："是的，其实我更想把这个作为礼物，那个胸针只是陪衬。"

施华洛世奇特有的蓝色衬底配上鲜红的玫瑰和翠绿的枝叶，很有装饰效果。衣依看了一会儿，叫来了服务员，让她拿来一把剪刀，然后将粘着玫瑰的袋子左下角剪下一方，成了贺卡。这还不够，她想了想，又要来银色的签字笔，让商南签上自己的名字，同时心里想，看他怎么签。商南想，如果写汉字，就太直白了，于是写下了拼音字头SN。衣依大喜过望，这和自己希望的一样，这样的默契带给她巨大的幸福感。她要过笔，在SN的右下方写下了自己名字的拼音字头YY。两个人盯着SNYY，共同想起了一个词——思念永远，但谁都没有说出口。

两个人恋恋不舍地从美好而暧昧的氛围中挣脱出来，步入正题。商南说："我想咨询一下变电所管理方面的知识，比如国家有什么硬性要求？需要哪些资质？有什么先进的管理模式？"衣依早已知道了商南的升迁，并电话表达过祝贺，所以对商南探讨这样的问题不觉奇怪。衣依说："我也是一知半解，但起码主要负责人要有电力工程师证书吧，另外变电所本身也需要供电局审批才能运行。总之，管理变电所，责任很大。"衣依也提供不了更多的信息，于是商南试探着请衣依帮他找个比较权威的人。衣依面有难色，良久，说了句："我试试吧。"商南说："你务必帮我，因为这件事儿我不可能拿到单位的桌面上探讨。我的目标是改变管理模式，看看能不能转交给当地供电局。我们自己管理变电所，资质是个问题。资质不完善的情况下经不起检查不说，万一出了事故，损失和责任就太大了。如果完善资质，代价会很高，雇用的人力成本也会增加。但即使如此，也难以保证不出事故。所以万全之策就是转移出去。如果是别的议题，我可以在桌面上布置，让相关人员做调研，可这件事儿我不敢。现在的人都很精明，他们很容易猜到我的意图，到时候搞点儿名堂，简简单单地往变压器里泼杯水，那损失可能就是几百万啊。现在他们就敢以停电宣示对吴总下台的不满，面临裁撤他们的时候，什么不能做？自然，我可以让他们承受法律代价，但损失毕竟产生了，影响毕竟造成了。"然后故作轻松地开句玩笑："我是老中医，专治未病。"

衣依听懂了，但没觉得幽默。太累了，国企太累了，一点儿都不好玩。在她们这儿，什么未病已病，是病就不惯毛病。但更让衣依沉重的是商南给的任务。这个任务可以轻松完成，有个在工作中认识的供电局的范局长，可以随时求助。但是，这个范局长离异多年，认识衣依后对衣依产生了好感，不管衣依如何明确拒绝，他都对衣依穷追不舍。最无奈的是，衣依的工作涉及临时用电，涉及正式合闸，涉及工程验收，偏偏绕不过范局长。衣依为避免见面，都是尽量让手下人出面，范局长也不见怪，事情办妥后都会原原本本地把过程，特别是他的难处汇报给衣依，比手下都详尽。

这件事儿不是单位的事儿，还要注意保密，不好让手下出面。衣依心一横，为了商南，就找一次范局长吧。

商南回到单位就看见有人等他，这个人是仓库老员工，已经退休多年。计划经济时代，明山市海关把明山市公司自主进口的物资，主要是纸浆和马口铁的检验业务下放到了分公司，因此那个时候分公司还有个商检科，科长就是今天的来人老陆。陆科长是"文化大革命"前的中专生，在当时属于高级知识分子，但他路子怪异，说话办事儿都格外费劲，东北话叫格路，所以比较边缘化。从几年前国家取消福利分房开始，他就经常找单位，要求补房子。分公司的老同志，商南不好不见。

陆科长先用夹杂着明山市方言的南方话表达了祝贺，然后就讲起了自己被忽悠的故事。说起来，陆科长真挺可怜，他在单位分过一套单居室，多年后第二次分房的时候，他找到吴总想要个两居室。吴总说："老陆啊，凭你的资历和学历，是够三居室的，过几年公司有条件了，一步到位多好。我现在可以给你两居室，但这么频繁地又给你调三居室，别人怎么看？那时候有反映，我也不好做工作啊。"陆科长一听，有道理，于是满怀憧憬地走了。没几句话，陆科长就被忽悠走了，而吴总手里又多了一个资源。等这批房子分完，一年，两年，直到五年，单位也没有分房的动静。老伴儿开始埋怨，自己也觉得后悔，于是又找到吴总，吴总总是说快了快了。结果国家房改了，看着比自己年轻的人都住上了两居室，陆科长这个窝火。

商南也很同情，但又觉得好笑，人家画个饼他就信了，这也太好忽悠了。他自己说这是相信组织，关键是组织有时候也不知道将来的形势变化。陆科长接着说："老吴这个人太坏了啊，这就是骗人的啊。我后来写信把他告了。喏，这不下去了？"估计他想吓唬商南，不给他解决问题他也告状，但这点儿伎俩太小儿科了。商南半开玩笑地说："人家吴总有什么问题您就告人家呀？"陆科长故作神秘地说："咦，他的事儿大了，你会不知道的呀？你也太那个了，我们老百姓都知道的啊。"商南一听，知道跟他不能开玩笑，于是严肃地说："陆科长，您的事儿我知道了。但是现在国家已经明确取消了实物分房，时过境迁，我没有办法解决啊。"陆科长说："实物不行，那给钱也可以的啊。"商南心想，这也太天真了，出什么钱不得有名正言顺的名目？那么多人看着，房子问题哪有觉得公平的？你有大小问题，他还有朝向问题呢！你跟他比不平衡，他跟别人比也不平衡。开一个口子，以后怎么办？商南尽管心里同情，也必须咬紧牙关说做不到。

陆科长骂骂咧咧地走了，留下一句"一代不如一代"。

佳桐一直想约商南吃饭，商南都因为太忙而未答应。这天佳桐下通牒了，说："今晚必须一起吃饭，我有重要事情。"商南想，总不见面也不是事儿，就好像升官自傲呢，虽然商南从来没把这个"官儿"当回事儿。佳桐说要吃牛排喝红酒，商南拉她去了城南一家比较僻静的五星级宾馆，那里的西餐厅不错。两个人都点了西冷，七分熟，还有一盘土豆泥沙拉。

好久没和佳桐独处，商南还挺兴奋，随口给她讲了几个工作中的小故事。佳桐一反常态，都没笑。商南突然想起佳桐说有事儿，便有一种不好的预感，心沉了下来。

佳桐也很沉重。这段时间没和商南见面，特别是商南的升职，让佳桐感觉有些抓不住。她冷静下来想了很多，加上闺密们七嘴八舌，让她觉得要么马上抓住商南，要么马上决断，否则就会陷入抓不住也放不下的境地。以前，她对商南是单纯地喜欢，喜欢他的能力、学识、谈吐、幽默，喜欢他的衣品、整洁，甚至还有喝酒时的洒脱。她曾经想，这辈子就这样追随他了，不远不近，若即若离，哪怕和别人分享，哪怕没有名分，哪怕最终孤老。

但占有欲和时间之间也是有函数关系的，就像坐标：随着时间推移，感情淡了，对方可有可无，直到放弃，这个曲线就在第四象限；随着时间推移，感情深了，对方不可或缺，直到抓紧，这个曲线就在第一象限。最初的佳桐对商南更多的是景仰，是好奇，是一次探险，是一场高级的游戏。那时的感情状态是平衡的，抓得不松不紧，相当于在 X 轴上。可现在，佳桐自控不住地想要打破这种平衡，她想拥有商南的全部，进入第一象限。

这种不由自主，对于佳桐，是一种痛苦。"我是骄傲的，我是自由的，我是独立的，我是洒脱的，我怎么能被爱左右？"佳桐一直在说服自己。当说服不了的时候，她想放手一搏，哪怕代价是分离。

餐厅里突然响起了齐秦的浅吟低唱："你太长的忧郁，静静洒在我胸口，从我清晨走过，是你不知名的爱怜。"

有一瞬间，商南的思绪被这首歌占领了。这是他最喜欢的一首歌，像他曾经的心境。

"你太多的泪水，轻轻掩去我天空，从我回忆走过，是你洁白的温柔。我不知什么是爱，往往是心中的空白。我不知什么是爱，什么是过去和未来。"

佳桐没有注意到商南的走神儿，可能是过于沉浸在自己的内心里了。她干了半杯红酒，有一滴流出了唇外，挂在白皙的面颊上，有些凄厉。商南帮佳桐擦拭，她哭了，哽咽着说："我想结婚了，是你。"

商南知道，这句话迟早要出口。他怕这句话，但没有这句话，既不现实，也不公平，他没有权力不让这句话说出口。所有的恋爱，都会有个结局，只不过，有的结局叫无疾而终。听到这句话，商南的第一反应，居然是妻子小爽那张无辜的脸。商南无数次将自己的校园爱情与小爽做着对比，那时候的爱因为不谙世事，也因为背景不像现在这么波澜壮阔，可能真的不如他和佳桐更像爱情。不像爱情的爱情可能修成正果，更像爱情的爱情却像无家可归的魂灵。不知道这算不算悲剧，但这是现实。

因为知道这句话早晚要出口，商南没少思考这个问题。

像大多数同学年少时一样，商南他们也有浪漫而冲动的爱情。但是，越是富有激情的爱越脆弱，有的在痛苦中分手，有的经过打磨，临近结婚已经平淡，结婚似乎只是个结局。后来商南总结，有很多感情，结婚的功能仅仅是个交代，对自己，对她，对家人，对青春。爱情如花开花落，商南觉得，爱情是虚无的，所有的婚姻都是那么回事儿。

所以，为了爱情而婚姻，最后其实都是为了婚姻而婚姻，那用一个婚姻结束另一个婚姻，还有什么意义呢？这是结婚前商南就已经形成的观念。

何况还要伤人伤己。当然都会受伤，只是程度有所不同。

所以当他厌倦漂泊和孤单，想要回归正常轨迹的时候，他找了小爽，一个谈不上爱，却也不招人烦的平凡女孩。不爱才会长久，或者说，长久的代价是不深爱。

商南没有多少犹疑，他说："我不想离婚，更不想结婚。"

静默片刻，佳桐凄然一笑，端起硕大的红酒杯，一饮而尽。对于她，不需要解释，她也知道商南在原则问题上的决绝。她踉踉跄跄地站起身想要离开，却散乱了脚步。

这个晚上，两个人没有再说一句话。虽然佳桐一直挣扎着拒绝，商南还是将她送回了家，直到看着佳桐终于安稳地睡去。

深夜孤灯，长短着商南的身影。齐秦的歌还在萦绕，"我不知什么是爱，什么是过去和未来。"有一种怅然若失的沉闷压向商南心头。

28

商南以为佳桐会像以往与他闹别扭一样，在众人面前刻意表现出来，结果她却看起来很平静。哀莫大于心死，这让商南更加不安。

生活还要继续。商南利用几天难得的平静，起草了一系列制度，正好用充实的大脑转移心里的纷乱和沉闷。这些制度的核心思想是，通过财务核算手段，对部门实行目标管理，为此制定了配套的考评、分配、人事办法。具体做法是以部门为核算单位，将经营指标分解到各业务部门，部门核算成本费用，包括按银行同期利率计息的资金成本、部门人员工资成本、办公费、差旅费、招待费等，至于经营必然发生的进货成本、仓储物流成本更是不在话下。从组织、核算、分摊等方面细化考评办法，科学、全面地计算部门效益，根据部门效益发放工资和奖金，这样就使部门经理在扩大经营的同时必须精打细算，尽量减少资金占用，减少用人以及其他不必要的开支。综合部门的工资和奖金与公司业绩挂钩，并制定了一系列量化和形象指标。

办法一经讨论，公司一片哗然。有的摩拳擦掌，有的惴惴不安，还有的深有抵触。抵触的人中，有的是手里握有资源但以寻租为目的的，这样的做法由于影响了其他人的利益，会成为众矢之的；有的是放着应收款不收，甚至资金体外循环，使资金占用居高不下，一旦计息，会极大地影响部门考评，也会影响个人所得；还有一类是能力较差，缺乏团队精神的人，办法一出，这类人极有可能被甩出公司。总之，这种改革会使公司管理精细化，效益有所提升，但矛盾也会被激化，甚至得罪形形色色的人。可是没有退路，商南决心顶住压力，将改革进行下去。随即，商南又出台了资金管理办法、经济合同管理办法等一系列制度，并让办公室以《制度汇编》的名义发放到各部门，这标志着新的管理体系的正式施行。

这套管理体系使公司基本走上了自在运行的轨道，很多事儿不需要婆婆妈妈地严看死守，而是靠制度，从人的本性出发运转。比如过去烦恼的业务部门买盒烟之类的事儿，部门经理甚至业务员就从自身收益来衡量取舍了，反正是部门的费用，反正要冲减部门利润，反正会影响到部门效益和个人所得。

虽然有压力，但做这些事情，总体是愉悦的，起码这是正常工作，而不是处理什么分房、重复纳税、劳动纠纷等遗留问题。另外，这些想法都是商南多年体会和思考的结果，现在终于有机会施展出来，所以形成文字也是如同行云流水，非常顺畅。商南想，不管乱事多么缠身，起码有了一个可让公司运行的崭新的东西了，他心中的焦灼感稍得平复。

刚刚施行新办法，就有人来"踢馆"了。化工部经理说他现在就想开除两个人。按照商南的办法，试行到年底，再通过双向选择调整用人，而且以后每年年初调整一次，让人彻底流动起来。包括部门经理，两年不能完成公司下达的指标就要下来。但是刚刚试行，要给人一个机会，而且此前从来没听过哪个经理嫌人多的，甚至很多经理主动申请要人，将业务合作单位的业务员或者其他关系人要到自己部门，于是单位的人越来越多，负担越来越重。商南跟他耐心、详细地说明了想法，但还是不行。商南说："没在新办法下运行过，你怎么知道他们不行？也许有了压力，看到了希望，就会不一样了，人都是可以改变的。而且在下达指标的时候，考虑到思想上、现实上的各种因素，已经很宽松了。再说，你不要的小刘、老吕，不是你前年和去年刚要来的吗？当时你可没说他们不行。"化工部经理没想到商南还知道这个历史，便不再抗议了，但出门后还是嘀咕着："净瞎折腾。"

看着对方摔门而出的样子，商南心想，看来前方的路不太好走啊。

妻子小爽打电话说："商南，你整天瞎忙啥？"商南知道这句话不用回答，就像老师问那个合唱队的女生"你看啥呢"一样，就是一种指责而已。小爽不待回答，接着说："是不是把我爸生日忘了？这周六别安排事儿。还有，你去买件礼物，你眼光好。"吩咐完就撂了电话。

老丈人五十九岁了，按习俗过六十大寿。商南借出去办事的机会去友谊商店给老人家买了件羊绒衫，比较实用，关键是对号码要求不需要太精确。

周六中午，商南一家准时到了饭店，老丈人特意穿了件红衬衫，一脸喜气。说来惭愧，这还是商南当一把手后第一次见老丈人，自然"高升"成了个话题。商南不愿意多说这个，毕竟大舅哥一担挑混得都一般，他还得和他们打成一片呢。但老丈人忍不住，结合自己的经验，不停地指点着商南，借机回顾了自己辉煌的职业生涯。老丈人是铁路局的一个业务处长，现在已经退居二线。老丈人科班出身，精通业务，干了不少大事儿。但是这样的人一般很难提升，因为太专注于实干，甚至不惜得罪领导。果然，唠着唠着，就又唠起了当年跟当时的局长现在的部长对着干的故事，说他净玩虚的。商南为了投其所好，只能谈铁路，别的老丈人也不感兴趣。商南说，将来铁路肯定也得企业化，按公司制运行。没想到，投机不成，还挨了一顿奚落："这不是扯淡吗？铁路是运转高度周密、计划性很强的部门，是要实行半军事化管理的，地方能搞好吗？非乱套不可！"商南心想："过去铁路宁可空跑，也不给我们车皮，林区的木头眼瞅着拉不出来，这不就是行政衙门作风吗？"刚要辩驳几句，一看小爽在冲自己使眼色，便敷衍一句"有利有弊"。

总体来讲氛围不错。散场前，老丈人一再叮嘱"别犯错误"。

没过几天，商南发现，公司的资金周转居然呆滞了。

一个央企的二级公司，6700万元的自有资金，加上2.2亿元的贷款，现金流却几近枯竭，账面上的可用资金只有区区几百万了。

商南叫停了一切资金审批和大部分不影响公司运转的费用报销，然后叫来财务部经理，让他做一个口头的财务报告分析。王经理的业务能力还是不错的，他当即指出，是金属部的马口铁业务占用了大额资金，且资金回笼不力。

商南仔细了解了各部门的资金占用情况，纸张部和纸浆部作为传统品种部门，资金占用也较高，但是销售不错，资金不断回笼，保持了较高的资金周转率。对比马口铁业务，这就是资金占用和资金沉淀的区别。资金沉淀是贸易的大忌。

马口铁是镀锡冷轧薄板的俗称。这个东西主要用于制罐，近些年啤酒产量大幅提高，作为啤酒瓶盖原料的马口铁需求大增。而且，我国到20世纪80年代末期才实现国产，但产量和质量都不敷供应，因而马口铁一直非常紧俏。作为计划经济时代唯一的进口渠道，总公司系统，包括明山市公司，一直备受业内关注。

马口铁部的经理姓冯，比商南大三岁，也是个少壮派。商南刚到公司的时候，挺喜欢和他接触，是个挺有哥哥样的人。商南记得那时候单位的人普遍反映小冯对师父不够尊重，商南跟他们俩有过接触后，却不这么认为，而是站在了小冯的立场。小冯的师父姓鲁，是个大块头，一脸络腮胡须。

鲁科长有两个特长，一是特别能喝啤酒，但从不喝白酒。那个年代，只喝啤酒不喝白酒是很奢侈的，况且还那么能喝。商南禁不住好奇，有一次问他："鲁科长，他们都说您特别能喝啤酒，到底能喝多少？"鲁科长不屑地答道："别听他们的，喝不了多少。我那时候和工友两个人一般就喝一箱零一桶。"商南眨眨眼睛，心想："一箱我知道，就是24瓶640毫升的啤酒，但一桶是多少呢？"鲁科长说："一桶也就比一箱多点儿，多不多少。"听到这儿，商南只有吐舌头的份儿了，那时候的啤酒是酿造啤酒，劲儿大啊。幸好，鲁科长那时候在啤酒厂当供销科科长，不但能喝到尽兴，还能喝到水龙头流出来的热乎啤酒。

第二个特长是开会谈事儿从来不带本和笔，在那儿一坐，显得很不协调。但是领导从来不挑他，因为知道他几乎不会写字。而恰恰因为不会写字，却锻炼出了异于常人的记忆力和意会能力。开会汇报工作的时候，今年进口了多少吨马口铁，给某直属直供企业直拨了多少，进某储运公司仓库多少，回款多少，在途多少，说得分毫不差，堪称一绝。

偏偏他的徒弟小冯也是个记忆力超群的人，脑子反应很快。有共同优点的人可能会惺惺相惜，但也可能针尖对麦芒。

20世纪80年代末，学历还是很值钱的。小冯虽然只是个大专生，但已经算是高知了，自有桀骜不驯和自恃清高的性格。恰好，这样的性格遇到了半文盲的师父，一个彪形大汉。鲁科长打量两眼这个学生娃，大概知道了新徒弟的秉性。自己从五几年进工厂，接触过日本工头手下的老工人，也接触过满腔热情的戴眼镜的留苏学生，什么人，不用掂量，看两眼就估摸个差不离。鲁科长指了张桌子，说："坐那儿吧。"

无所事事地过了半个月后，小冯终于领受了一个任务，是去一家偏远的罐头厂催要货款，才5万来块钱。一听这个数，小冯的第一反应是不值得，当然，这话不能说出口。但小冯不理解，什么企业会欠这么点儿钱不还。不管怎样，师父给自己分派了任务，小冯多少还有些跃跃欲试，很快就买了火车票踏上了征途。

时值九月，秋老虎很毒。可是，一路向北，走着走着，就是黄叶绚烂，然后居然白雪飘飘了。车上的人也越来越少，最后，人头少过了鸡和猪崽。幸亏小冯带了夹克，他蜷缩在座位上，接受走走停停、人来人往好奇的打量。小冯想起了《林海雪原》，想起了座山雕，这一刻，他有了预感，他将铩羽而归。

那是一个成立于抗美援朝时期，为前线提供军用罐头的老企业。出于战略安全考量，将工厂设在了靠近中苏边境的安全地带，当然，也是为了靠近肉牛牧场。计划经济时代，这家企业一直是部里的直属直供企业，可随着经济体制改革的深入，这样的企业已经尽显疲态，步履蹒跚，几乎穷途末路。小冯去的时候，看到的是紧闭的大门和满院的荒草。整个工厂只剩一个看门的大爷，大爷正在喝酒。小冯"大爷大爷"地叫着，对方听说来要钱，居然直接抄起炉钩子就要砍。对方可能是假追，但小冯必须真逃，反正是吓够呛。工厂不能去了，但也不能就这么回去，没法交代啊，于是就去工商局查法人代表的姓名和住址，结果窗口的大姐好心地告诉他，别找了，厂子早就承包给一个南方人了。人家是有订单才生产，现在是淡季，早回南方了，就苦了老职工了。找不到人，小冯还不甘心，又去几家银行查账号，可人家根本不给查。小冯一想，不给查也罢，走法律程序的成本比本金都高，而且，也执行不回来什么东西，还是回去吧。

在回来的漫长路途上，小冯学着其他旅客的样子要了瓶白酒，边喝边想了很多。为什么要做这样的业务？为什么要和这样的客户打交道？为什么允许赊款？为什么他们敢于欠钱不还？小冯感到疑惑。

回到单位，小冯汇报了此行的境遇，鲁科长并未表示同情，反而叹口气，说："唉！白去一趟。"小冯听了，心里很不是滋味，他决定不再憋着委屈，将路上所想的几个为什么抛了出去。这些问题都有一个最终所指，那就是：你鲁科长做买卖不考察对方的状况吗？小冯痛快了，却和师父彻底交恶了。

那个时候，正是计划内外双轨制的时代，服务于直属直供企业，做他们的主渠道和蓄水池，与集体企业、民办企业刚刚兴起交织在一起。计划内与计划外、服务与市场，四个要素的排列组合足以令人眼花缭乱。计划内物资，有时候很严肃，有时候又过于活跃。小冯提出的疑问很好反驳，而且政治正确："我们作为物资供销的主渠道，就应该扶持老直属直供企业！"小冯无话可说，而这件事经过鲁科长的渲染，演变成了徒弟不肖的故事。虎背熊腰和心胸开阔有时并不同比。从此，小冯落下了不尊重师父的坏名声。

这些故事是商南来到这个公司一年多，已经和小冯比较熟悉后，在一次烤牛肉、喝啤酒的时候听他说的。也许是因为看商南也是学校里出来的，很像当年的自己，带着理想的锋芒，小冯才特意讲了这个故事。商南很感激，也真心地站在了小冯的一边。市场环境已经变化，还死抱着主渠道、蓄水池和直属直供的概念，而不顾市场和效益，是可笑和迂腐的。小冯听了商南的见解，不置可否，却也没有应和。小冯心想，还是年轻，没说到点子上。

有时，迂腐只是表象。鲁科长舞的是抱残守缺、不懂市场的剑，却意在暗度陈仓、个人利益这个沛公。

过了几年，鲁科长退休前的最后一次经济活动分析会上，小冯扳回了一局。如果说师父的记忆力是因为不会写字逼出来的，那么徒弟的记忆力则是天生的，与此相伴的，还有逻辑能力和分析能力。由于鲁科长即将退休，小冯获得了参加会议的机会。在会上，鲁科长汇报了近期的经济活动，依然是脱稿，依然是数字准确。当时的一把手还夸了一句，宝刀不老啊。

鲁科长多少有些激动，最后一次开会了，抑制不住多讲几句的欲望，汇报得很细。首先是这个季度实现销售1800吨，销售收入594万元，然后是各项成本费用。说到仓储费的时候，小冯觉得不对，他的脑子飞快地转着，最后断定，仓储费明显低于正常库存应该发生的费用。储运公司不会惯你毛病，该收的费用一定会收。那么，少掉的库存去了哪里？这一定是鲁科长在虚报库存，实际上马口铁应该已经被提走，但并未体现在销售上。

这是体外循环——企业的大忌。

体外循环的，可以是物资，也可以是资金。比如这批进口韩国的马口铁，除去销售的，就应该入库待销。但是，也有可能被某个企业提走，接下来，或者形成先货后款甚至呆死账，或者利润留在了外边，风险留给了公司。与此相应的，一系列费用都会发生变化，比如运费、仓储费，这两项费用中还有很多小项，比如装卸费、机械费、苫盖费等，要想做得周全，不仅要想得全面，还要各方面配合，并不容易。好在，由于过于琐碎，并没有人关注它们。但是小冯不一样，他是鲁科长的徒弟，也有"盲记"的本领，比师父更胜一筹的是他还会"盲算"，即不同业务状态的各项费用之间的钩稽关系，小冯拿捏得比师父更准确。

小冯在鲁科长汇报的间歇，用小声但足以使所有人听到的音量提醒说："师父，仓储费对不上啊！"鲁科长看着小冯善意的表情，反问道："怎么对不上？"小冯说："少了，少很多。"

这一提醒，不仅鲁科长明白了，谁都明白个八九不离十了。在座的，都是老业务。

小冯的智慧在于知道适可而止，甚至尚未"适可"而止矣。

29

那几年大家都很忙，日子就过得飞快。商南因为业务上和过去的小冯现在的冯经理没有交集，平时各忙各的，交流甚少。但现在，面对他高额而呆滞的资金，必须交流了。

冯经理来到商南的办公室，进门就大大咧咧地说："商总啊，我还没给你贺喜呢。"说着就冲商南作了个揖。商南只好以他的方式回复："净整没用的，贺什么喜。"年轻时候一起喝过酒的伙伴，太公事公办不太好。

扯了些闲篇，商南终于按捺不住说到了正题："最近你的占用怎么居高不下，不见周转啊？"冯经理面对问题不慌不忙，沉稳地说："根据我的判断，马口铁的价格还有一段攀升的空间，我想等一等，争取多挣一些。"商南说："争取较大差价，提高利润率当然好，但是把资金周转起来，让它们多转几个回合，不是更好吗？销售收入和利润都会提高。而且，高价位固然吸引人，但到那时，能接手的有几个？而拐点转瞬就到，卖不出去怎么办啊？"

对于贸易，商南一直强调不要赌市场，强调周转比差价重要，否则很危险。但冯经理胸有成竹，他说："我前段时间接触了几个南方客户，很有实力，也很大气，我决定跟他们合作一把，他们有能力吃得下这些货。"说着，一撸袖子，露出一块圆圆的疤痕，说："前几天我还接待了他们，吃饭的时候非要和我拜把子，为了郑重，都用烟头烫了胳膊。唉，我也是没办法。"商南看到的，分明是得意。他突然发现，冯经理居然越来越像他的师父，也虎背熊腰了，也高门大嗓了，也可能，会玩体外循环了。商南不想和他讨论得过于深入，于是用命令的口气说："公司最近资金周转不灵，需要大力回笼资金。所以，你那块儿必须加强销售，帮助公司渡过难关。"这么说，冯经理就不好推诿了，只好说尽力。

也算有好消息。财务部王经理前几天因为重复纳税的事儿被商南斥责了一顿，回去一想，这确实是自己的工作，情绪便稳定了下来。以前跟吴总不对付，经常上交矛盾，现在看来不行了。吴总不能奈何自己，但商南刚上来，别撞枪口上。

王经理是本地一所著名财经大学的毕业生，在财税领域人脉颇广。他通过一位师兄与区地税局局长搭上了关系，对方还算给面子，但是话里话外得让单位一把手买账。王经理只好硬着头皮把原委说给商南，请商南出山。没想到商南还表扬了他，说只要你们做工作，他愿意为大家撑面子。可能商南也觉得上次说得有点儿狠，所以特意表扬了王经理几句，算是补偿。

来到局长办公室，局长并未起身，而是对着王经理大大咧咧地说："来了师弟。"连正眼都没瞧一下商南。商南心里十分不快，脸色也严峻起来。他知道这些人的心理，得让企业知道他们的权威，然后买他们的账。商南也是久经历练之人，穿梭于各职能部门，处理过很多棘手问题，这点儿世面不在话下。倒是王经理不好意思了，赶紧介绍："这是我们商总。"局长这才面无表情地和商南轻轻握了下手，并未起身。商南心想："我见过部级、司局级领导，都很和蔼可亲，你个小小科级干部竟如此无礼。"于是，商南也收起了本来的谦恭有礼，不请自坐。王经理说明了来意，同时递上了一支烟。虽然是校友，但在企业似乎比在职能部门低了半头。商南本来挺好的心情被破坏了，他真想让王经理收起阿谀的谄笑。王经理刚说求师兄帮忙，商南便打断说："局长，就重复纳税一事，我们是来申诉的。"局长一脸不屑："申诉？你们来了就给我们找麻烦，你还申诉？"商南"噌"地站起身来，正色说道："麻烦？别忘了，我们是纳税人，你头上的大盖帽都是我们给的。这件事儿，你看着办。"说完便走了出去。

回去的路上，王经理情绪低落。商南知道，今天他挺为难，于是安慰说："王经理，我知道你尽力了，我把你好不容易搭建起来的桥梁破坏了。但是你也看到了，我们堂堂央企被他拿捏成这样，还是在他们明显无理的情况下。我们个人可以谦卑，但是企业不能矮人三分啊。"说完之后，商南突然意识到一个变化，他已经把自己当成企业的化身了。王经理说："我也不舒服，但是没办法，何况还有个师兄当中间人。我那个师兄说这个局长可仗义了，谁知道这样。下一步怎么办？""怎么办？还得咱俩办呗，你唱白脸，我唱红脸。"商南现在只能和王经理绑在一起了。

衣依来电话，说她跟供电局范局长联系了，对方提出的一些问题她也说不清，最好商南和她一起去一趟。商南说好啊，于是和衣依按约定时间在供电局门前见了面。大门不太宽敞，两人进去的时候挨在了一起，衣依顺势挽起了商南的胳膊，显得十分自然。商南有些错愕，但也没有挣脱。如果不是脑袋里想着变电所的乱事儿，如果不是身处办公楼，还真是美妙的体会。就这样，他们踏着衣依高跟鞋"嘚嘚"的节奏穿过办事大厅，吸引了不少艳羡的目光。

电梯门一开，两人还没有回过神儿来，就看见一位中年男子满脸堆笑地恭候在门口。衣依介绍说："这位就是范局长。"

范局长亲自到电梯口迎接，这有些出乎商南的意料。不知道是亿通集团影响力大，还是衣依有面子，反正肯定不是冲着自己。介绍完商南，范局长有些夸张地热情握手，随即带两人来到了他的办公室。

商南悄悄打量了一下范局长，长相比较清秀，梳着"地方支援中央"的发型，面皮白皙，手指细长。办公室里最引人注目的是办公桌后挂着的一幅书法：国脉所系。商南再仔细一看，原来是范局长的墨宝，不禁又多看了几眼。行书风格偏似欧体，只是转笔更圆滑平顺，熟练但力道不足，不过总体看是练过的，有几分功力。范局长递茶的时候，商南顺便夸奖了他的字，说他的字圆熟而不失风骨，范局长听了颇为自得。商南又说："'国脉所系'四个字借用得也好，虽是借用，但体现在电力上更为恰当。"范局长一听，眼睛马上亮了，说商南厉害，看出了玄机。原来这是周恩来总理给邮政系统的题词。当时刚搬进这个办公室，同事都说后边应该挂幅字，展示一下笔力。有人说"宁静致远"，有人说"淡泊明志"，有人说"厚德载物"，范局长却想到了这几个字。但是这是邮政系统专用的，好不好呢？范局长说："我当时经过思考，坚定地认为，邮政系统的唯一性已经受到挑战，信息传递已呈多元化发展趋势，而电力系统的重要性、唯一性日渐突出，所以就斗胆写了。当然，大多数人并不知道这四个字的出处，商总是第一人。"这四个字的玄机一直没人破解，范局长多少有些失望，今天终于遇到了知音，于是谈兴大好。而商南也发现，范局长是个很有职业自豪感的人。

两人开始谈正事儿，衣依也借着说话方便的由头，从另一个沙发坐到了商南的身边，还不时地撞一下商南的肩膀。商南感觉挺奇怪，衣依平时不是有这么多肢体语言的人啊，他下意识地躲闪了两下，还往沙发那头挪了挪。

范局长看在眼里，不动声色。刚才他估计衣依他们快到了，便一直盯着监控，看到衣依挽着商南走过大厅，心里有些醋意。但现在看到衣依靠近商南，而商南在不自主地躲闪，心里明白了八九分，这是衣依的把戏，意在暗示自己她已心有所属。范局长暗想："不着急，我们有的是时间。"于是转向商南，详细询问了企业性质、坐落、大厦的面积和功能等问题，然后问商南什么想法。商南问供电局可不可以收管，并道出了自己的苦衷。范局长说："我们现在也在推行企业变电所管理的社会化和专业化，出发点和商总的顾虑一样。一般情况下，我们是不会收管的。但是衣依介绍的朋友，还是央企，毕竟不一样，我可以表个态，可以探讨。"商南一听，非常兴奋，连忙说"太感谢了"。范局长接着说："我听衣依说咱们这个大厦刚投入使用，我想，变压器应该是干式的吧？"商南愣住了，范局长解释说："变压器有干式和油浸式两种。"商南不解地问："这两者区别很大吗？"范局长笑笑说："区别很大，也很专业，一两句话解释不清楚。我估计，你们是用于大厦，一般会采用干式，因为油浸式有易燃易爆的风险。对于我们，出于安全的考虑，只能接受干式变压器，这在内部是有明确规定的。"

商南心想，如果在采购变压器时遵循范局长说的规范，为大厦配套的变压器应该是干式。但慎重起见，商南还是打电话让李总确认一下。过了一会儿，商南还在侥幸呢，李总回电话了，说是油浸式的。商南一听脑袋就大了，脸上的表情也随之凝固：这条路被堵住了。衣依坐在他旁边，加上耳朵好使，已经听到了李总的话，再看商南的表情，率先"扑哧"一声乐了出来。范局长说："这就麻烦了。"

三个人沉默了片刻，还是范局长打破了僵局，他说："还有一个做法，你看你们可以采纳不？现在有一个新兴行业，就是电力物业管理，他们可以代管你们的变电所，只不过产权不发生转移，主体责任还是你们承担。但是，你们可以追究他们的责任，而且他们自带资质，他们对接供电局，在很大程度上可以分解你们的责任，费用也不是很高。"商南一想，退而求其次，这个办法也是不错的，便答应了下来。可是去哪儿找这样的单位呢？范局长说："目前全市有三四家这样的企业，我给你找一家比较可靠的。"商南说："太好了，但是必须一对一谈，确保不泄露消息。"范局长是资深业内人士，当然明白商南的顾虑，并深为赞许。

回去的路上，商南打趣说："范局长真热情，解决问题还很实在，看来你的面子不小啊。"衣依苦笑说："哪是面子啊？是面相!"原来，范局长对《易经》有点儿研究，从第一次见到衣依，就认定衣依的面相最旺自己。自己离异，见过的女人不少，也有长得很漂亮且年轻的，但是都没有遇到这么旺自己的面相。后来他又想办法要到了衣依的八字，一算，更合适。于是，便对衣依展开了攻势。他知道衣依心高气傲，所以也不急于求成，无论衣依什么态度，他都是不温不火。

商南听了衣依的描述，不好说什么，只是心想，看着舒服漂亮的脸庞当然旺了，哪是你范局长的专利？但范局长有爱衣依的法律条件，而自己只能心动和欣赏。在回去的路上，商南的右手一直被衣依攥着，有时还能感到她打了冷战。

30

财政部发文件，要对中央企业清产核资。这是一次重大的历史机遇，对于企业减轻包袱、解决遗留问题、夯实资产、处理坏死账具有重要意义。商南提出要高度重视，充分利用这一机遇，解决明山市公司历史遗留的坏账和不良资产问题。为此成立了领导小组，财务部为具体实施部门，办公室、各业务部门抽调联络人全力配合。

这项工作主要是依据账目，针对长期挂账的应收款、库存、在途、各类名存实亡的资产进行甄别、清理、取证，确实有充分、合法的手续能够证明已成为坏账、死账或者灭失的，可以上报，待财政部审核。王经理看来心里十分有数，不久就提交了一份清单，里面罗列了2000多万元清收无望的应收款和名为库存或在途其实已经灭失的物资。这些所谓库存和在途，其实就是外欠款的其他会计科目表现。另外还有几项资产有账无实。下一步就是甄别认定，组织证据，加以说明，汇总上报。这些坏死账大部分形成于20世纪90年代初中期，那时候三角债严重，经营环境和企业内控都比较差。应该说，这项工作还是有着很好的基础的，那就是几年前商南负责清欠的时候，通过清要、诉讼、执行等环节，对确实清收不回来的呆死账，已经完成了基础性工作，基本上都取得了欠款方破产倒闭或走死逃亡，以及执行无果的证据，形成了情况说明、证据搜集等一整套资料。所以，应收款这块儿的工作量小了许多，清产核资工作总体进行得比较顺利高效。

在汇总会上，王经理重点汇报了两项存在问题的资产：一项是一辆现代索纳塔汽车，一项是一处56平方米的住宅。这两项资产都属于小公司所有，注销小公司后由明山市公司承接债权债务和资产，进行查账时，发现汽车以清收外欠款抵顶协议为依据入账，但有账无实，问了很多小公司的人都不知道。住宅被抵顶应付款，走账依据是一纸协议，可是协议所列甲方以及业务并不存在。王经理进一步说："当时注销小公司比较匆忙，而且主要精力都放在清理和安置人员上，待查账时已经过去一年了。发现问题后，我立即向主抓清理小公司工作的吴总做了汇报，吴总说要组织专人调查，但一直没有动作。"

没有合理原因或者不可抗力的因素来解释它们作为资产的灭失是不能核销的，所以商南说："王经理，这两项资产出现在这个清单里不太合适吧？但是你借这个机会发现了这个潜亏或者说损失，很好，我们会后专门研究这个问题。"

王经理说："我就是趁机会把这个问题提出来，看看相关部门知情与否。如果都没有线索，那就只能认定这两项资产丢失了，这就是另外一个性质的问题了。"

商南听明白了，这是王经理借清产核资之机在众人面前暴露这个问题，是有备而来、有目的而来啊。王经理在将商南的军，国有资产丢失了，看你怎么处理。

资产丢失不是小事，商南当然不能怠慢。他想："汽车和房产在我们国家都有很完备的登记制度，要查清它们的来龙去脉并非难事。但是这个问题的重点不在这里，而是谁是幕后运作者、谁是受益者。王经理也是剑指此人。"此时李总插言："这还不简单吗？派两个人去查查，车转到谁名下了，房子谁住着呢。"有人附和，有人微笑。王经理说："如果是我们自家丢了东西，难道不是选择第一时间报警吗？我们是企业，不是公安局。退一步说，即使要回来了，但非法占有、侵吞国有资产的性质已经明确了，这是我们内部能处理的吗？"又有人说是这个道理，局面有些咄咄逼人。商南看明白了，王经理为这两项资产做了不少功课，或者说其实早已心知肚明，就想看自己怎么处理呢，这是一箭双雕啊。关键是商南隐隐直觉吴总与此事有关，若果如此，此时报案，别人会不会认为自己做得太绝？

商南觉得应该打两个电话。他看看表，说先休息15分钟，然后回到办公室。他先打给法律顾问，问如果自己不就资产丢失报案，有什么法律责任。顾问毫不犹豫地说："你作为国企负责人，属于渎职。"这和自己理解的一样。

第二个电话，他打给了吴总。电话那头比较嘈杂，吴总也比较冷淡，商南没有理会，直接问："吴总，在清产核资过程中发现有几项资产下落不明，不知道您有没有印象？"说了这辆车和这处房产后，吴总冷笑说："是王经理让你问我的吧？告诉你们，我不知道。"说完便挂断了电话。商南觉得没说清楚利害关系，便又将电话打了过去，可是吴总就是不接。

这个电话间接证实了吴总确实与这两项资产有关，也听出来王经理对吴总的穷追不舍。"不管怎样，自己仁至义尽了，再说，你吴总也没有替我考虑。"如果吴总说他知道，商南会跟他说明白自己的两难境地，劝他在公司报案前主动退还，自己也算为保护国有资产做了工作。可惜，吴总没给自己机会。

吴总懊恼的是，不在位置上，想善后已经没有机会了。谁能保证自己主动退还，王经理就能善罢甘休？只好听之任之，兴许还能侥幸躲过一劫。他也知道这个可能性很小，但就是不愿意在王伟面前低头。

复会后，商南宣布这两项资产由于不能提供合理灭失的依据，不列入清产核资上报清单，只能属于自己管理问题。同时，让办公室请法律顾问代表公司主动到检察院报案，财务部和办公室配合调查。

实行新的目标管理制度后的第一个财务快报出来了，销售收入和利润无论环比还是同比都很有起色，特别是费用下降很大，资金呆滞的局面有了一定缓解，商南很欣慰。市场经济要发挥看不见的手的调控作用，企业管理也要充分利用利益杠杆。眼睛盯着效益，心里就会少琢磨人。商南相信，那些钩心斗角、那些人浮于事很快就会被新的企业文化代替。但是，自从上次谈完话，冯经理那里只销售了600吨马口铁，这个回款力度对于减少部门资金占用无异于杯水车薪，距离商南对冯经理加快压缩库存的要求更是相差甚远。商南拿不准，这是冯经理的主观问题，还是市场问题。最怕的，商南掠过一丝不安，是冯经理被套牢。

商南刚到公司没几年，就赶上了一次经济高速发展后的"软着陆"。正在火热运行的业务，像击鼓传花一样被突然叫停，债务像传来传去的花一样，落在了倒霉人的手里。明山市公司正是那个比较大的倒霉蛋，一下子产生了上亿元的外欠款，也就是商南负责清理的那些账务。在清理的过程中，商南一直在思考，国企和私企一起处于同样的经济环境，为什么受伤的总是国企？通过分析案情，商南发现，纯粹的经营失策很少，几乎都是因为业务人员陷入了对方设置的利益旋涡，说白了，就是被套牢了。从那以后，商南特别强调，做业务一定要考察对方的主体资质和资信状况，同时严格控制赊销、垫资等行为。当然，那时候的商南只能影响到自己管辖的部门，而这些部门的人也常常抱怨，说："我们只是以赊销启动了业务，后续的滚动都很好。"商南就会以那次"软着陆"为例，说明损失都是出在最后一笔，一旦金融政策、市场形势发生变化，那时候想清回最初的垫资几乎不可能了。说这些，是为了杜绝风险行为，商南没好意思说出来的是，就怕幕后有被套牢的主观故意，而公司领导这么规定，也是在给业务人员摆脱对方提出赊销或者垫资的理由。

　　商南决定请冯经理喝顿酒，就像十年前一样。两人坐定，氛围有些尴尬。商南首先开口，叫了一声冯哥。冯经理愣了一下，连忙说："不敢不敢。这么叫，这酒还能喝了吗？"商南说："这么叫，就把我们叫回了最好的时光，何乐而不为？"冯经理不免唏嘘感叹，时间太快了。商南接过话茬儿，说："是啊，你都快成鲁科长了。"冯经理当然知道，这是双关语。

　　两人唠了很多过去的事情。那时候，在鲁科长手下，小冯颇为苦闷，经常找单身的商南喝酒。商南记得有一次，两人喝光的啤酒瓶密密麻麻地摆满了宽大的窗台，把有轻度密集恐惧症的商南都看得起鸡皮疙瘩了。商南那时候基本是个听众，而小冯则负责在微醺中滔滔不绝地吐苦水。那时候的苦水是真的，今天，当说到为什么才销了那么点儿马口铁的时候，商南能听出来，冯经理的苦水是假的。

　　商南没有揭穿，他转移了话题。他以钦佩的口吻说，当年冯哥只是轻轻地提醒一句鲁科长仓储费少了，就让鲁科长缴了枪。冯经理没有接茬儿，他知道商南的用意，这是在点他，以其人之道还治其人之身，通过查账，一定能查出反常之处。接着，商南以亲密朋友的身份，"违规"向冯经理透露了吴总在清产核资中暴露的事情。商南说他咨询了律师，如果自己知情不报，那就是渎职罪，所以没办法，已经让律师代表公司报案，估计后果会很严重。冯经理一直没抬头，偶尔喝几口酒。商南又换个话题，说过几天要组织单位的相关人员全面清查一次各部门库存，看看是否账实相符。然后特意强调："冯哥，这是我私下和你透露的，你可别对别人说啊。"冯经理不知道听见没有，居然没有反应。

清查库存的计划是有的，但一时没有排上日程，商南自己也没想好什么时候实施。但是他知道，如果冯经理的销售还无起色，那就必须启动这个计划了，今天说，也算是先礼后兵，更是敲山震虎。刚刚看到冯经理的表情，他知道，他的猜测大体是准了：这批货已经处于体外循环的状态，它们现在正在别人的手里高速流通，不知道已经周转几个来回了。

往好处想，周转差不多的时候，对方可能会把本金甚至微利打给冯经理，但那已经不是这批铁，或者说这些资金应有的价值了。何况，大概率，这笔资金已经不会完璧归赵了。

两个人喝了几杯闷酒，有点儿尴尬。两人都是喝酒很豪爽的人，今天却都豪爽不起来。但商南却平静了许多，他知道，喜欢滔滔不绝的冯经理，此时的寡言，一定是听懂了自己说的意思。

商南相信，冯经理是聪明人。

冯经理终于开口了："在你这个位子上，这么做是对的。谢谢老弟提醒我，我知道是为我好，只是我现在陷得有点儿深，不知道你能不能帮得了我。"

商南一把抓住冯经理的手，动情地说："冯哥，只要你说实话，我一定全力以赴帮你。前提是，你必须把货掌握在自己手里。"商南心想，自己刚刚上任一把手，如果这时候爆雷，影响极坏，因此于公于私都必须帮他。

原来，冯经理攀了个高枝，娶了个高干女儿。本来一直相安无事，去年老婆从部队转业，开始干预起丈夫的业务来了。这都是身边人听说她老公管马口铁，极力撺掇的。也不知道通过谁，介绍了一个南方老板，老婆非要冯经理认识一下，于是一来二去就混熟了。一次喝酒的时候，南方老板说："你们北方做生意太low了，在我们那里，同样这批货，早就玩出花样了。不仅不亏公司，也不亏个人和朋友，这多爽啊。"看到冯经理感兴趣的样子，老板进一步说："你只要把货发到我的仓库，由我在南方销售，多赚几个差价，到时候我连本带利都还给你，这样神不知鬼不觉，多好，大家都有钱赚。"冯经理当然明白这是什么性质，于是顾虑重重。但架不住老婆的枕边风，听高枝听惯了的冯经理只好同意了。但是他强调，自己有必要的时候，必须随时还货或者还钱，对方拍着胸脯说："这是当然的啦。"为了加强效果，对方还提出拜把子、烫烟头为盟。随后，对方转给冯经理20万元，还说年底有分红。当时冯经理就觉得不妙，但已经被绑上了战车。前段时间，在商南找冯经理谈话要求抓紧销售以后，他打电话要求对方赶紧把货还回来，对方勉强发回来600吨铁，而后不失时机地提醒冯经理那20万元的事儿。

见冯经理已经坦白，商南没有心思批评，当务之急是给冯经理解套，而后才有这批铁的安全。于是他说："这个好办。你拿出来20万现金，附个说明，把日期提前，交给党办主任，就说是上交给组织，我会叮嘱他的。"然后又加一句："我保证不予追究，但是，前提是你必须把货或者货款要回来。这个很难啊。"

冯经理说："其实从把货发走，我就后悔了。我推演过无数个方案把货要回来，但是都没敢实施，就怕他们拿那20万说事儿，那我就身败名裂了。今天有你给我的保证，我就没有顾虑了。"商南说："这是一定的，我怎么会把你推进万劫不复的深渊？关键是货的问题，你有什么方案？"此刻，商南比冯经理都急。冯经理说："我研究过他们，他们贪得无厌，利欲熏心，其实很容易上当。他们也倒腾成品油，我可以让我老婆放风说能搞到便宜的油，前提是需要打款6000万，正好是我们那批货的本金加上合理的利润。钱到账后，再告诉他们这批油被海关查出来是走私油，被没收了。钱在我们手里就主动了，或者把货发回来，或者把钱扣下。"商南觉得有点儿玄乎，但也想不出来别的办法。现在的态势，能保证这批铁的安全是第一要务，而且不能公开，只能由冯经理自己操作。于是商南只能强调说："这么操作，嫂子要注意安全啊。"冯经理大大咧咧地说："这个你放心，她们那个圈子，几个土老板惹不起。"商南只是听说过他老婆挺厉害，但厉害到什么程度不知道，只好说："那就尽快操作，争取再周转一两个来回。然后，替我谢谢嫂子。"

31

没过一个月，冯经理兴冲冲地闯进商南的办公室，环顾一下确认无人，说："商总，解决了。对方把铁发回来了，已经入库。我现在抓紧销售，正好赶上个好价位，你放心吧。"商南本想说"好"，毕竟一场危机过去了，但又觉得整个事件不配个"好"字，于是说："确定？"冯经理使劲儿点了点头。商南又问："嫂子那边没事儿吧？"冯经理答道："没事儿，已经把他们打来的所谓成品油款从朋友账户上打回去了，对方不会再纠缠，相反，还等着你嫂子下次给他们信息呢。他们就是想赚钱，一般不会把事儿做绝。"

商南松了一口气，太危险了。公司危险，人也危险，自己也是险招儿。冯经理已经收了20万，按理说已经犯了错误，可在这个时候冷冰冰地把他往外推，那他就会越走越远，直到不可挽回。但如果通过组织手段拉一把，可能就会挽救一个人、挽救一笔损失。企业管理，不仅是市场、资金、成本、费用，更重要的，还包括带队伍啊。

衣依来电话了，说："范局长给联系了一个公司，代管我们的变电所，双方见个面。"每次和衣依见面或者通话，哪怕只是心里想想，心情都会明媚很多。商南兴奋地说："好啊，怎么见面？"

按范局长的意思，还是在他的办公室见面。范局长介绍说："这位是兴达电力物业管理有限公司的穆总，是我市同行中做得比较好的。最重要的是人实在可靠，很适合你那里的实际情况。"商南想，这位范局长还真靠谱，做事柔和稳重，不动声色，是个高人。

穆总穿着工作服，说话比较慢，但一句是一句。商南浏览了一下他带来的宣传册，再看看穆总这个人，觉得还不错，加上有范局长做中间人，合作应该没有问题。商南先介绍了自己的企业概况，然后谈了自己的诉求，穆总表示都没问题，但是需要了解一下变电所的情况。商南说："这件事必须做好保密工作，以防万一。"穆总说："你的顾虑非常必要，我以前接收一个国企的变电所，就发生过人为破坏，损失了100多万。"商南说："所以你去考察挺麻烦，以什么理由进去呢？"

范局长身体可能比较虚，屋子很闷，也不开窗户。商南看衣依都热得脱掉了开衫，就把自己的领带也松了松，陷入思考中。这时范局长发话了，他说："这好办，哪天我让你那片的供电站去你那儿例行检查，到时候穆总换上他们的工作服跟着进去就行了。"商南不禁击掌说："太好了，化装侦察。只是范局长要交代明白，不是真检查，别到时候查出问题真处罚我们。"几人大笑，以为幽默，只有商南自己知道，对变电所他心里是真没底。

商南不懂变电所管理，但专业的人干专业的事，这一简单的道理使商南坚信抓紧实现专业化委托势在必行。

回到公司，李总就慌里慌张地跑进了商南的办公室，进屋就骂："他妈的，姓苏的把我的话录音了，要作为证据起诉公司。我好心劝她，她跟我来这套。"这时候法律顾问也急匆匆地进来了，说的也是苏大姐起诉公司违反劳动法的事儿，还带来了交换的证据，其中主要是李总的录音。

三个人关上门，先听录音，再研究案情。

几段录音，有的是电话，有的是在办公室。内容大同小异，都是李总面对对方没完没了的倾诉，为了不激化矛盾，或者赶紧打发走，说了几句同情安慰或者立场含混不清的话。商南听了觉得好笑，心想急于息事宁人的，反而得上法庭。自己旗帜鲜明，也就没有把柄被拿捏，反而没事儿。此时，李总听着自己的录音，脸红一阵白一阵，已经羞愧难当了，商南就什么也没说。其实这段时间苏大姐也没少来找他，有一次还带了两个男士，估计是律师。他们三个人从上午九点坐到下午一点多，苏大姐一直滔滔不绝，到了午饭时间也没有走的意思。商南也不好下逐客令，更没有请他们去食堂吃饭的义务，只能横下心来奉陪到底。商南早就注意到了其中一个男士带的包，被特意放在了离商南比较近的地方，现在更肯定了里面有录音机。唠了几个小时，商南拿出软磨硬泡的功夫，硬是让他们一无所获，悻悻而归。这次起诉的证据里没有商南的录音，就说明应对成功。跟这些人谈话，商南有自己的经验：立场明确，政策性强，态度柔和，不怕事端。可惜忘了提前告诉李总了。

听完录音，为了缓解李总的情绪，商南开玩笑说："我听没什么要紧的，不足以成为证据。倒是有段录音，里面有大嫂训你的声音，这个挺严重。"李总说："这个姓苏的专门找我做饭的时候打电话，我一接电话你大嫂就跟我吵吵，你说我哪有工夫认真想怎么答对？"李总还顺势给自己找个理由。

律师把应诉的基本思路说了一下，商南觉得没什么问题。毕竟终止劳动合同证明书她签字了，补偿也领了，还有什么可说的？什么功劳，什么上层斗争牺牲品，跟法律没有关系。李总的话，退一万步讲，即使对公司不利，也是一家之言，代表不了公司。其中一段录音有李总老伴儿高声呵斥他赶紧做饭的声音，商南半开玩笑说还可以指控原告骚扰，影响家庭生活。

李总听完应诉思路，终于舒了一口气，转头对商南说："晚上陪老大哥喝点儿？这憋屈的。"

自从当了一把手，商南也挺憋屈，于是痛快地答应了李总。下班后，两人来到了以前常来的那家清真饭馆，点的还是老三样：水爆肚、扒肉条、全羊锅，酒是56度二锅头。聊了些闲话，三杯酒下肚，李总首先发起了感慨："我怎么觉得比以前还累呢？操心、着急，还使不上劲儿。"商南说："那是因为你和我同呼吸共命运，站在我的角度看待公司、看待工作了。"李总忙不迭地说："对对，就是这个感觉，替你急啊。"商南诚恳地说："可惜再有几个月你就退休了。这几个月，你好好帮帮我，公司需要打开局面。"商南觉得，只要有正确的指导思想和策略，李总的工作作风还是很有战斗力的，真的适合做开山斧和铺路石，只不过，自己和吴总不同，自己会明确告诉李总，要用他冲锋陷阵。李总一听，"腾"地站了起来，说："商南，没问题，我一个要退休的人怕什么？你指哪儿我打哪儿。"说完就把酒干了。商南一听也很激动，也干了杯中酒。商南本想趁着热乎劲儿把变电所的事儿说了，但转念一想，距离落实还有距离，还是等等吧，相信李总能理解自己的苦衷。

但是有件具体而重要的事儿，商南实在没有精力处理，而又因为与大厦决算收尾有关，所以只能交给李总。李总说："大厦还有什么事儿啊？"商南说："侯小个子还在外逃，他的账还没清理回来啊，这就等于我们的决算还未完结，大厦也就没有真正收尾竣工啊。"李总一拍脑袋："对啊，还有姓房的呢。"商南说："估计找到侯小个子就能找到房经理。这件事儿能不能拜托你完成？"李总略有迟疑，但还是举起酒杯，和商南碰了一下，说："我全力以赴。只是，我快退休了。"

两人干了杯中酒，都沉默下来。商南说："那就追到什么程度算什么程度吧，等你退休了，我接着追。"李总本来一直低着头，听见商南的话，一下子抬起了头，坚定地说："我豁出命来，也要在退休前给追回来。这不仅是为了企业，也是为了我，我要给自己的职业生涯交一份完满的答卷。"商南看到李总的眼里闪烁着泪花。

按照范局长的计策，穆总混在供电站的人员中对科工贸大厦的变电所进行了认真的考察，然后打电话给商南，说要汇报一下。商南说："好啊，就在你公司吧。"商南也想借机考察一下对方，于是按照穆总的指引，来到了兴达电力。商南一看，办公面积不大，也很简朴，但干净整洁，于是很有好感。商南有个理论，穿衣服都不利索的人肯定搞不好管理。由衣服理论可以推及其他方面，比如办公室的状态也能反映一个领导的品位、习惯和能力。

穆总递给商南一张纸，上面打印着考察对象、地点，还有考察内容及状况，清楚全面，然后口头叙述了那天考察的情况。归纳起来有几个问题。一是设备落后，濒临淘汰，但还可坚持几年。说到这儿，商南叹了口气。穆总说："好消息是，必须更换的时候，只更换一台就行了，因为从大厦的功能和面积来看，一台800千伏安的足够了。"商南心想："我们不是把仅剩的库存都买回来了吧？"穆总接着说："二是固定设施摆放布局不合理，造成维修和操作不便。三是管理不规范，制度没有上墙，更没见到执业资质。四是安全措施不当，比如没有防鼠板。五是工作区域与生活区域界限不明晰。"商南越听越觉得自己英明，这要是由着他们胡搞下去，不出事儿就怪了。

接下来就是托管的价格和管理内容，以及双方的责权利，也就是协议的基本内容。价格问题，按道理不应该由商南一个人代表公司确定。包括合同，也应该按照刚刚出台的合同管理办法规定的程序走。但这件事关乎机密，不能公开，没办法，商南成了第一个破坏自己定下的规矩的人。托管费用定在每年40万元，为了显示诚意，特别是为了表达对范局长的尊重，穆总还出示了几份其他单位的托管合同，商南一看，这个标准确实是最低的。其实，商南对这个价格非常满意，现有的人马在资质不够的情况下还要62万元工资，如果加上各种福利和不可预计的费用，恐怕100万都挡不住。

商南让穆总把今天两个人定的条款打印出来，待自己再确认一遍后形成正式协议，先盖好兴达的公章，实施时再补明山市公司的公章。至于如何实施，商南也做了如此这般的交代。

32

集团公司召开年中会议，要求各公司一把手和财务负责人莅会。会议必须参加，商南也需要和集团公司及各兄弟公司的领导熟悉一下，只是打断工作节奏比较讨厌。另外，和王经理一起去开会也挺别扭，总觉得处于被监视状态。商南想，以吴总和王经理的对立，他俩以前一起去开会时会是什么心态呢？

报到当晚，集团领导举行了盛大宴会，给各路来宾接风洗尘。集团一把手张总自然坐1号桌，商南被安排在3号桌。张总环顾了一下周围，突然发现了商南，于是指着商南说："小商，坐这桌来。"大家的目光一下子聚焦到商南身上，弄得商南很难为情，连忙摆手说："不了不了。"张总说："必须过来。"然后转向大家说："我给大家介绍一下商总，他刚刚被任命为明山市公司总经理，是一位新人。小伙子虽然年轻，但是对管理很有见地，两三年前就提出了以财务管理为核心的管理理念，很超前啊。这次会议，我要临时给商总布置个作业，请他谈谈这方面的体会。"张总讲话的时候，集团办公室主任已经过来邀请商南过去，再看1号桌已经加了椅子，商南只好从命。

商南受宠若惊地挨着张总坐下，心想，张总布置的作业千万要做好啊。席间，张总插空若无其事地问了商南一些明山市公司的情况，听商南答复后都比较满意。突然，张总问："吴总现在怎么样了？"商南不明就里，答复说正常。张总充满疑问地"哦"了一声，没再问话。

领导分批挨桌敬酒，商南发现，张总走到3号桌的时候，和王经理唠了很长时间。商南想，这个王经理道行挺深啊。

晚上，肖然来到商南房间，两个人好久没见，自然要唠唠商南上任后的情况。商南就像见到亲人一样，向肖然倒了一肚子苦水。肖然也只能安慰他："别急别急，有难题就说一声。"对变电所改变管理模式，肖然特别赞同，特别是商南谨慎有加的做法，肖然更是叫好。还告诉商南，托管费用和协议特事特办，不必顾虑没有按照相关制度执行，有人提出异议就说跟他汇报过了。这下子商南轻松不少，毕竟一人独断，特别是涉及费用，是很敏感的事儿。

商南还汇报了清产核资过程中发现的资产丢失问题，担心可能牵扯吴总，现在无奈报案，这么做不知道对集团公司有没有什么影响。肖然一听笑了，说："南子，你肯定不知道，我也是最近才揣摩到，集团为什么匆忙把吴总撤职？其实不是因为你有多优秀；你别不爱听哈，在更高层面，优秀与否不是首选条件。是因为集团意识到吴总马上要出大事儿，怕影响集团形象，而这也是吴总乖乖交权的原因。你明白了吗？"

商南似懂非懂，吴总即将出大事儿，肯定是指违法乱纪方面的事儿，那是因为什么呢？是不是因为佳桐写的那封举报信？商南没敢追问。肖然接着说："你刚才看见了吧？张总和你们的王经理认识，熟悉不熟悉不知道。为什么呢？因为王经理经常给张总写信，举报吴总的各种问题，而且说如果公司不处理，就接着举报到地方纪委。集团公司在研判后认定举报基本成立，于是做出了换人的决定，这样起码不被动，而后再启动调查程序。所以，你刚才说的那个顾虑是不存在的：一是吴总出事儿，是在集团预料中的，跟你没有关系，相反，你是在工作，甚至做了集团纪检部门的工作；二是，通过报案这件事，如果坐实了吴总的问题，等于证明了张总把他换下的英明，这也是张总暗中关心这件事的原因。再退一步，说点儿不符合原则的话，一把手被撤掉，对于谁都是奇耻大辱，更是断人财路和仕途，吴总肯定记恨在心。但是一旦出事儿，特别是上升到刑事高度，他恨也没有用，就等于解脱了张总的压力。所以，你这么做正中张总下怀。你这两天瞅准机会把报案的事儿跟张总汇报一下，别管他嘴上说什么，心里肯定很高兴。"

商南一听，原来自己如此懵懂，完全是在凭本能办事。幸亏肖然指点，否则还背负着沉重的心理包袱呢。但他还是忍不住试探一句："听说他挪用那200万，也有人写信举报到集团公司了。"肖然说："那不是内部处理，定性为违规投资了吗？违纪，尚未构成违法，这个尺度把握得挺好，否则集团这么长时间没处理，也不好看。"商南没听到想听的话，只得又追加一句："我以前以为是这件事的举报让他下来的呢。"肖然笑了，说："不是。这种泛泛的举报，集团每天能收到好几宗，如果不是证据充分，就很难甄别、处理。毕竟，还要保护敢于得罪人的干部。张总为什么重视你们王经理的举报？主要是证据特别明确，车谁开着，卖给谁，卖了多少钱，还有房子谁住着，都很具体。"商南一听，出了一身冷汗，这个王经理什么都知道，就等着自己开炮呢，同时还将自己一军，弄不好还会指控自己渎职，太吓人了。

商南和肖然慢慢地聊，知道了一些历史脉络。原来，集团公司对下属公司的财务负责人直管直聘，以及在子公司设财务总监并进入班子，就是在张总担任集团总会计师的时候提出来的。但明山市公司吴总始终以班子成员职数不够为由，不聘王经理为财务总监，集团也没办法。商南一想，怪不得王经理一直对自己不冷不热，可能是认为自己提拔为副总经理，占了班子的职数吧。但反过来，吴总提拔自己，可能还真是为了不让王经理进班子而让自己占个位置。自己总笑话李总成了工具和棋子，自己何尝不是呢？

如何处理和王经理的关系，还真是个问题，不能走吴总的老路啊。财务主管在任何单位都是比较特殊的存在，而任何单位都有特殊问题需要在财务处理上灵活掌握甚至变通。比如招待费，上边有限额，可是明山市是个旅游城市，物价高，吸引人。每到旅游旺季，外地的客户、兄弟公司络绎不绝，哪个不得出车、请吃？人家到了海边，总不能请人家吃杀猪菜吧？可是海鲜越到旅游旺季越贵，吃还是不吃？再比如烟，无论综合部门还是业务部门，办事的时候给人家塞条烟，图个顺当，再正常不过了。可是烟不能报销，送还是不送？事儿还办不办？人家让你多跑几趟，那个费用和损失，可能一货车烟都出来了。何况，还有很多意想不到的事情。比如西库面临拆迁的时候，有一次一个拆迁公司的混混堵在门口不让出车，单位的司机没惯毛病，用工人阶级的铁拳把对方的鼻梁打塌了。如果报警，人家警察不管堵车不堵车，我们的人就可能被拘留；私了，对方要一万块钱。商南不忍心让自己的人被拘留，于是同意私了，最后谈到八千。这个钱不能让员工掏，相反，商南还想奖励他呢。但这个钱没法报销，好在是在分公司，商南让佳桐偷偷处理了。

诸如此类的事儿，财务不配合，一把手干起来不舒服。如果因为不舒服请求上级财务换人，上级就会怀疑里面有什么猫腻。总之，上级加强管理用心良苦，下边也是有苦说不出。

夜深了，肖然告辞。商南半真半假地怨道："你也不早点儿指点指点我。"肖然说："你小子处理这点儿事儿凭本能就行，还用我提醒？这不都处理得挺好吗？"

按照肖然的指点，第二天晚饭后，商南敲开了张总的房门，向他汇报了清产核资过程中发现的资产丢失且可能涉及吴总，而自己为了保护国有资产义无反顾地让律师代表公司举报到检察院的情况。当然，他没说给吴总打过电话。张总只是"嗯嗯哦哦"地回应着，但看得出来，他心情比较轻松愉悦。第二天，商南在大会上汇报了加强以财务为核心的管理工作的认识和做法，也就是刚刚推行的以财务核算为手段，实行目标管理的办法，获得了张总的高度褒扬。张总特别满意商南首创的"财务管理核心论"的提法，认为商南说出了自己想说而没能说出的话。当然，褒扬里还包括了对昨晚汇报的肯定。商南预测，下一步，财务管理核心论将由管理理念向管理模式推进，并辅以组织上、人事上、制度上的具体措施，届时，财务人员和部门的地位将会大幅提升。

33

苏大姐诉明山市公司违反劳动合同法以败诉告终，李总长舒了一口气，颇为自得地告诉商南这个消息。但是商南说，别高兴太早，她还得来闹。果然，第二天苏大姐就来了。只见苏大姐烫得都是弯的头发披散着，脸色煞白。商南惊异地发现，原来苏大姐没有眉毛，可能今天忘画了。苏大姐手里拎个密码箱，"啪"地放在了茶几上。商南心想，不会是炸弹吧？看这疯疯癫癫的样子，没准真能做出点儿过激行为。这次来，苏大姐不说劳动法了，而是讲当年总公司的上层斗争，讲斗争的复杂性和白热化。别说，她的口才真不错，讲得绘声绘色。商南大致听懂了，安排她来明山市公司下属公司的大领导在总公司受排挤、打击，手里掌握了那些得势的人的政治和经济材料，这些材料就在这个密码箱里。苏大姐说："老领导临终时郑重地把材料交给我，用微弱的声音说：'要为我申冤啊。'商总，这是老领导对我的嘱托，但是，我从大局出发，违背了老领导的遗愿，一直没有披露这些材料，客观上保护了那些身居高位的人，维护了安定团结的大局。但我的高风亮节和隐忍克制可能给了他们误会，以为我软弱可欺。我现在要求不高，只要求公司给我补发退休前的工资，补缴五险一金，否则，我就带着这个密码箱去北京，到那时，现在的集团公司、过去的总公司高层就要暴发地震。"

商南心想，可能是天生如此，也可能是受败诉刺激，这个人已经不可理喻、不可救药了，这都什么年代了，还有这种思维。商南压根就不相信密码箱里装着什么惊天秘密，而且，一个班子里有不同的声音恰恰是正常的，根本上升不到你死我活的斗争高度。这些不是用她的思维编造的剧本，就是幻觉。商南只能无奈地说："苏大姐，你对这些老领导的保护，应该跟他们倾诉啊，他们还会感谢你。我这一个基层单位，哪管得了高层的事儿？"

苏大姐一听就火了，她"腾"地站起来，抄起密码箱，狠狠地说道："好，你不管是吧？等上边爆发起来，我让你追悔莫及！"

苏大姐走了，商南却陷入了沉思。国企，究竟是个什么样的存在，让一个在国企工作了半生的人变成这样。

苏大姐刚闹腾完没几天，陆科长又来了。这次来还没空手，夹了套铺盖，进入商南的办公室就扔在了地上。"我老婆把我撵出来了，说家里没有我的地方，我只能睡你这儿了。"商南想，这可能是做戏，也可能是真的。谁都知道陆科长三十好几了才找了个渔家女儿，黑红黑红的大脸盘，大腿粗壮，脚板扎实，看那样能一把把陆科长拎起来。老员工经常学他们两口子唠嗑，一个操着胶东话，一个说着吴侬软语，常常是鸡同鸭讲。他们刚结婚时住的独身宿舍是用胶合板间壁出来的单间，一点儿也不隔音。隔壁青工经常听见陆大嫂气急败坏地说"寄死个银"（急死个人），然后陆科长说"不要急嘛，不好太急的嘛"。刚结婚那几年，陆科长经常胃疼，别人问怎么搞的，陆科长委屈地说："这个婆姨不给我吃大米，天天烙饼，我的胃肠受不了的啊。"

现在，这个曾经柔弱单薄的小知识分子也学会耍泼了。商南为他难过。

商南好言相劝，倒不全是为了自己的窘境，更多的是为了一个退休的老同志，为了他应有的尊严。

李总听到动静，"咣"地推开了门。他来公司晚，和陆科长互不认识。李总指着陆科长，拿出军人的气度，大声说："你是谁？在这儿扰乱办公秩序，出去！"陆科长吓了一跳，不敢面对李总，而是转向商南，委屈地说："好啊，你居然找来保安对付我。"李总不等他废话，左手拎起铺盖，右手拎起陆科长，向外拽去。陆科长一边踢腾着腿，一边尖厉地喊着："保安打人了，保安打人了。"

商南很难过，他不愿意看到这样的情景，但是也没有办法。想着想着突然"扑哧"一声乐了：原来在陆科长眼里，李总就像个保安。但李总这么做可能是对的，看来以后还真得借用他的蛮力。正想着，李总回来了，说："他以后再也不敢来了。我告诉他，再来还把他拎出去。"商南问："他怎么回去的啊，拿那么大个行李卷？"李总说："我为了让他赶紧走，叫了辆出租车，身上没有零钱，扔给司机一张100的票子。"商南说："好，这么做对，怎么着也得让人家顺利回家啊。这个钱我就不给你了，今晚请你喝酒。"李总一听乐了，马上说："好，我现在就跟你大嫂请假。"商南想，这个"保安"纪律性挺强。

年中会议的有关文件下来了，商南组织中层及以上干部传达，其中还有商南在大会上做的"关于加强以财务为核心的管理"的命题发言，"财务管理核心论"几个字分外醒目。借此机会，商南将正在推行的目标管理体系上升到了贯彻落实集团公司财务管理核心论的战略高度。在传达会上，商南特意渲染了张总对明山市公司的关心，以及对自己的鼓励。商南特别指出，张总对明山市公司以及自己，对于张总倡导的财务管理核心论的理解和先行特别满意，给予了高度评价，所以才有这个发言。

商南渲染这些，主要是给王经理听，意思是，你别自以为认识张总，有这么一个反映问题的渠道就有倚仗，在这未必好用。

214

李总向商南申请去趟省城，他通过战友找到了另一位在省公安厅任职的战友，他想动用这个关系拉开大网。前段时间在市局报案，一直没有消息。李总是急性子，几乎天天问，市局的人说："我们的资源就这么多，确实尽力了。"李总一看不行，便决定提高层级，于是发动战友，得到这么一个关系。商南说："太好了，需要我做什么？"李总说："不用，尽量不牵扯你的精力。"然后开玩笑说："你看我搞开发搞经营不行，抓人可行。"

兴达电力物业的穆总打电话说，人员已经组织好，随时可以就位。商南比较欣慰，现在的变电所多运行一天，就有一天的风险。两人商定，大后天，也就是周五下午交接，这样可以利用接下来的周末两天加紧调试，而不至于影响太大。商南在心里祈祷，这两天可别出事儿。

前段时间，为了让穆总了解变电所的情况，范局长特意安排当地供电站进行一次例行检查，发现了很多安全隐患。商南听到穆总的通报后毛骨悚然，赶紧以供电站的名义出了个整改通知书，使问题明面化。而后，商南让李总带着变电所逐项整改，该买的涉及安全的物品，如防鼠板，必须买。商南想，哪怕过段时间就要托管出去，也不能得过且过。安全问题不能心怀侥幸，不能有空当，这样商南才略感心安。

法律顾问来到商南办公室，随手关上门，汇报了报案的进展，大意是，检察院那边动作很快，已经查到了两项资产的下落：汽车已经倒卖出去了，是吴总弟弟经手的；房子没有过户，但是已经人去房空，一片狼藉。蹊跷的是，检察院收到了一封匿名信，里面有吴总弟弟出入这个房子的照片，随后调查邻居和物业，证明前几天吴总弟弟还住在这里。商南明白了，自己那个打给吴总的电话，客观上已经起到了报信的作用，吴总随即采取了措施。至于那封信和照片，肯定是王经理干的，只有他长期关注这两项资产，而且知道公司报案。

想起吴总残疾的弟弟，商南也很难过。在农村，干不了农活儿，基本就没有收入，这是吴总最大的牵挂。商南想，不知道吴总弟弟讨上媳妇没有，那可是吴总的一块心病。那辆车能让残疾的弟弟挣点儿钱，那个小房子能让弟弟好不容易组成的家有个遮风避雨的地方，这可能是哥哥甘愿冒险也要做的事情。想到这儿，商南竟然有些心酸，自己出身于干部家庭，从小养尊处优，从来没觉得钱有多重要，这一点，可能是他永远也走不进吴总内心的原因。

"商总，没有别的事，我就告辞了。"法律顾问的话将商南有些游离的思绪拽了回来。现实，容不得儿女情长啊。

34

沉寂了一段时间，佳桐终于有动静了。她约商南下班后到她家小区门口见面，不吃饭也不喝咖啡，就在车里聊几句。她说："总得有个了结吧。"商南真有些打怵，想到早晚要过这一关，就硬着头皮答应了。

商南甚至想不起来当初是被佳桐的哪一点吸引了，但最大的心动肯定是她为了自己的委屈写了举报吴总的信，那时候感觉佳桐是为自己披坚执锐的战士，有感激，有感动，还有佩服。她是同一个战壕里的自己人，这种感觉支撑着商南，也让他在某种意义上摆脱些负罪感。现在佳桐勇敢地提出结婚，被拒绝后又主动提出了结，这倒符合佳桐的风格。

佳桐很直接，她开门见山地说："商南，我不是纠结的人，也不是纠缠的人。我对你开始于好感，曾经满足于体验，没想到我后来竟然要拥有。你有拒绝的权利，你没有错，是我越界了。"

商南听着，没有作答。他有些感动，这是个如此开明而现代的女孩子，真希望她能找到有爱的婚姻。他还有些愧疚，毕竟自己是男人，没有给人家一个坚强的肩膀。他也有些遗憾，那些心动和相通，是人生额外的礼物。只是，这些都已不能，也不必说出口。

佳桐也没有让商南插话的意思，也许，她也怕听到什么，而使自己好不容易坚强起来的心瞬间破防。她接着说："我只有一件事需要你做，我哥的厂子倒闭了，现在生活没有着落。我想让他得到科工贸大厦一楼几个商业网点的经营权，租金正常就行，我就是想得到经营权。我相信你能处理好，我知道你的能力。"

说完，佳桐就头也不回地下了车，决绝而去。

科工贸大厦一楼在设计的时候，在商南的建议下，设置了餐厅、咖啡屋和零售店，可以满足楼内办公人员午餐、休闲或者谈事儿的需求，也可以吸引附近的上班族。大厦投入使用后，经过一段时间的运营，入驻非常踊跃，人气旺盛，所以具备了把商业网点操作起来的条件。按照商南的设想，对这些商业网点要分别招标，避免一家独揽，这样做，一是强调专业化程度，二是防止转租，三是避免一家独大不好管理。这个设想在一次关于物业的会议上，商南曾经表达过，李总等人也很认同。估计佳桐听说了一楼网点即将招标的消息，出于对自己哥哥的照顾，借了结情感的契机，给商南下了个任务。

希望这不是要挟，商南实在不愿意这么想佳桐。也许是她无意中和哥哥说起这件事，哥哥非常感兴趣，逼着她来找商南。这种情况下，佳桐碍于面子和自尊，不得不找商南。总之，不论是不是要挟，这件事他都应该办，哪怕只是因为佳桐为了自己写那封举报信。

但是招标的原则都已明确，突然改变就说不过去了。

商南找到佳桐，向她交代了几件事：第一，绝对不能让她哥哥出面，你叫佳桐他叫佳杨，太明显了；第二，多找几个可靠的人投标，这里有真正要中标的，也有陪标的，以谁的名义中标，你自己安排好。商南问有没有困难，佳桐笑了，露出了往日的喜气。她说："这太简单了，我有好几个姐妹都是开这类买卖的。我以前领你去的那家能撸猫的咖啡屋就是我闺密干的。"说完，佳桐忽然又意识到了什么，笑声戛然而止。

"好吧，什么都不要跟她们说，让她们帮忙即可。"商南还是不放心保密工作。佳桐不耐烦地说知道了。

商南想，早晚得暴露。

转过身来，商南突然打了个冷战，吴总给自己的弟弟办事儿，是不是也有个类似自己给佳桐的哥哥办事儿的开始？

周四的晚上，商南请李总喝酒。下午两人交流了一下侯小个子的案子，李总说省经侦总队已经开始撒网，商南说晚上给你庆功。其实是明天要有大动作，必须和李总交代一下。喝酒已经不是为了喝酒，而是只有这个时候说话最方便。他们找了一家叫渔家风味的小馆子，他家的包间私密性比较好，关键是隔音：李总扛过枪，放过炮，所以耳朵不太好，说话声音比较大。这家小店的海鲜因为是自家小船当天捕捞的，所以有啥吃啥，特别新鲜。今天有手钓的黄鱼、黑鱼，再加两条鲅子鱼，炖个杂瓣鱼。李总看一条大巴蛸挺新鲜，抓起来扔到秤盘上，对点菜的大嫂说一起炖了吧。商南看毛蚬子不错，告诉大嫂用开水烫一下，蘸辣根吃。白酒就喝他家的散白酒，一家经营了30多年不扩大规模，也不改变经营模式，甚至菜谱都没换过的馆子，他家的酒肯定没问题。

喝酒必须有酒话，一会儿说正事儿，那不叫酒话。商南先从毛蚬子唠起："我最爱吃毛蚬子，而且爱吃半生不熟的。有许多人不敢吃，怕它被污染、携带病毒，这确实是个问题。可是因为这个就干脆不吃，未免有点儿因噎废食。"李总插话说："这有啥啊？听蝲蝲蛄叫还不种地了？"说着猛地夹起一个毛蚬子，狠狠地蘸了下辣根，结果被呛出了眼泪。李总用酒压压，商南接着说："有没有病毒，全在于它们生存的海域。但并不是所有被污染海域的毛蚬子都会染上病毒，同样，没被污染海域的，也可能有病毒。"李总听出来这不是瞎聊，于是停下了筷子。商南说："这就像我们国企，它是大海，而我们是里面生存的毛蚬子。生下来，我们是健康的，没有病毒，没有寄生虫，然后在国企的海水里漂游。也许赶上一股浊流，也许幸运地一直生活在清流。在浊流里，我们也要努力生存，有时，染上病毒是一种积极的生存方式，因为它能让我们适应环境，适应群体，与病毒达成妥协，甚至产生抗体。我们和毛蚬子的区别，只是它们是无意识的，而我们一直在选择、在挣扎。"李总听着有点儿糊涂，举起杯说："先干一杯吧。"商南马上说："对，敬你一杯，辛苦了，很有成效。"

放下杯子，李总突然有所顿悟，说："你说的是不是像种牛痘啊？"商南一听，还真有点儿那个意思，于是夸李总悟性好，李总得意地用干咳两声来表示谦虚。

　　酒喝得差不多了，商南抛出了正题："李总，明天我要分别在上午和下午各开个会，主角都是你，而且需要你发力，更需要你挺在前线。"李总一听，马上兴奋了起来，说："你就说让我怎么干吧。以前吴总是暗中使唤我，我就喜欢你这样，让我充当什么角色就明确告诉我。"商南说："对啊，我必须跟你说明白。"

　　商南先说了上午会议的内容，其实就是佳桐的事儿，但是商南没说是佳桐的哥哥，而是说过去帮他解决很多问题的一位领导交代的事。"明天要研究一楼网点招标。如果比较正式地招标，应该有办公室和财务部参加，但是他们一参与就复杂了，所以，明天我会说，我最近要全力处理点儿别的事情，而一楼网点属于物业管理范畴，由李总分管，招标的事儿就由李总全权负责吧。你就表态没有问题，保证完成任务。会后具体实施，不要找财务部和办公室，你就在物业部找个助手，带上法律顾问，一起履行招标程序。至于谁中标谁陪标，我会告诉你。"李总说没问题，又说："人家领导给咱们公司帮那么大忙，就明说给他能咋的？让人家白帮忙啊？还费这么大劲儿。"商南说："唉，是这个道理，可是咱不能把人家卖了啊。"李总说："那对。"

　　商南没对价格提出要求。这是佳桐的意思，也是商南能让自己稍微有些安慰的地方。

　　关于下午变电所托管并实施的会议，商南先向李总表达了歉意，说他没事先和李总商量，出于保密，加上也不成熟，实属无奈，然后大致说了托管的思路和实施计划。李总心想，不商量更好，现在就不爱动脑筋。商南说："明天会后，马上交接，不能留出空当。他们肯定极其反感，而且很有可能会生事端，你要全程跟着这些人，特别是他们的头儿雷局长。在你监督下当场清理现场，拿走个人物品，不许再回来，然后让他们等通知，分别来签终止劳动合同通知书。总而言之，你要确保不出破坏事件，平稳交接。"李总一听，这个任务刺激，"啪"地来个立正："保证完成任务。"

任务交代完了，两个人轻松地喝了起来。没喝两口，李总的手机突然响了。李总一边掏手机一边说："我都请好假了啊。""喂"了一句，声音就变了。原来是变电所的雷局长，他说变电所出事儿了。

35

两人哪儿还有心思喝酒，赶紧打车来到了变电所。周围一片漆黑，看来事故造成了停电。雷局长哭丧着说，有个工人被击伤，已经送往医院，好在不太严重。商南命令赶紧抢修，明早八点前务必送上电。雷局长嘟哝："这我也做不到啊。"李总上前半步，几乎紧紧对着雷局长的脸，喷着酒气说："你个兔崽子，能不能修好？信不信我告你个过失罪，把你送进去？"雷局长一听脸都白了。商南想，抢修是大局，另外，万一李总借着酒劲儿整过火了，姓雷的再赖上单位就不好办了，于是问："你到底能不能抢修上？"雷局长无奈地说修不上，语气已经蔫了。商南想，跟他较劲儿也没用，于是给范局长打了电话。虽然很不好意思，但没有办法啊。好在范局长态度很热情，很快，当地供电站来人了。

商南和李总陪到凌晨五点，终于排除了故障，一次合闸成功。有领导的交代，两位师傅干得很卖力。而雷局长却不知什么时候跑到楼上睡觉去了。天色已经发白，商南和李总拉着师傅们来到一家早餐铺，每人要了几个包子，还有茶蛋、小菜、粥，狼吞虎咽地吃了起来。商南顺便问了事故原因，师傅说："违规操作，人没死就是万幸。"临走的时候，商南要给他们每人200块钱，两人拼命推辞。商南估计他们感觉到了自己和他们领导关系不一般，不好收钱，只好作罢。

　　送走他们，两人又来到医院，向正要交接的值班大夫问了情况。大夫说患者右臂有小面积电击灼伤，从梯子上被击倒后枕骨着地，有轻微脑震荡，没有大碍，主要是受到惊吓，还没缓过来，休养两天就会好。商南和李总这才松了一口气。

　　回去的路上，商南打电话给办公室主任，吩咐两件事：一是原定今天上午的会议改到下午召开，下午的会议取消；二是按工伤处理好变电所伤者的善后事宜，该在医院押支票就押支票，该去慰问就去慰问，尽量让伤者及家属满意。商南心想，都这个时候了，就别因小失大了，最后让他们顺顺当当走是大局，现在追究他们违章操作的责任，没有意义，除非将来他们跳出来，那时候再追究也不迟。

　　然后，商南又给穆总打了个电话，通报了昨晚发生的事故。现在也不必避讳李总了。因伤者还未出院，为避免受刺激后赖在医院，两人商定下周五下午再行交接。

　　处理好这些事儿，商南仰头长叹了一声："紧赶慢赶，还是出事儿了。"商南有些自责，应该动作再快点儿。这时候李总说："你太英明了。昨晚你跟我说托管，我还觉得没有必要，现在看太必要了。别说设备损失、客户损失，就是伤个人，就够我们喝一壶的了。我服你了。"

两个人找了个澡堂子冲个澡，顺便眯了一会儿，这才勉强有点儿精神开会。诸位看到两位神形疲惫，两眼充血，都很诧异。商南借机会详细通报了昨晚的事故，以及造成的损失，心想，昨晚的坏事儿已经不可逆转，那就让它坏事儿变好事儿，就当先开个变电所改变管理模式的动员会。

会议转向正题。商南说："科工贸大厦出租、入驻的势头很好，好得超乎原来的设想。所以，越是这种形势，越要做好物业保障、后勤服务等工作。如果说，刚才提到的变电所体现的是保障，那么，一楼的网点就体现了服务，同时，还是大厦实现自身效益的重要资源。"说到这儿，商南打了个哈欠，然后接着说："服务要及时跟进，效益要加快体现，所以，一楼网点的招租要尽快推进、加快推进。"说到这儿，商南又打了个哈欠，众人深为同情，太疲倦了。商南继续说："一楼网点属于物业管理范畴，由李总分管。为提高效率、加快推进，体现扁平化管理，我建议由李总负责此次招租工作。李总，我近期有些工作腾不出精力，你就深入一线，抓好网点招租工作，好不好？"李总自然心领神会，马上表态说："请领导放心，保证完成任务。"商南看到表态，又连打了两个哈欠，说："昨夜我和李总因为处理变电所事故一夜没睡，如果大家没有异议，我们就散会。"说完又补充一句："请办公室形成会议纪要，存档。"大家不忍心拖延时间，匆匆离开了会议室。

利用这个会议，商南明确了这件工作由李总负责，自己成功闪身，并避开了公司管理部门，特别是王经理。至于招租的组织和程序，具体如何推进，包括最后结果，那都是李总的事儿了。商南在办公桌后闭上了布满血丝的眼睛，心里说："佳桐，你改变了我。"

受伤的工人没住两天就出院了，公司特意派辆车去接，把他和家属感动够呛。司机回来说，单位买的慰问品，什么水果、牛奶的都拿回家了，装了半车。于是有人就不平衡了，说他一个新来的工人，凭什么对他那么好？还有的说，应该追究他违章操作的责任啊。李总学给商南听，商南笑了："过几天你们就知道怎么回事儿了。"

王经理最近为重复纳税的事儿很卖力气，又通过校友进一步疏通关系，为此还请示商南请了两回客，买了些礼物，还问商南参加不。商南倒是挺好奇，他自己怎么给买的礼物做财务处理。果然也没什么高招儿，开了张招待费票子报销了事。商南想："当员工不去一线为公司解决问题、不接触外部的时候，都充满了正义，然后以此评论或要求别人。而我们需要的，不是坐而论道，而是冲锋陷阵解决问题，同时还要约束自己的私心。"

管理人员浮于表面，眼睛只是对内，看起来管理很严格，其实很容易形式化、空心化，最后阻碍公司发展。

对于王经理，这既是遵守办事程序，也是在告诉商南："我在努力办事儿呢。"商南不想再见那个局长，而且对方也不会舒服，所以就说："你出面就行了，堂堂央企财务一把手，面子不够大啊？"说得王经理还挺美。

别说，校友的力量还挺强大，很快，重复纳税的款项就从当地财政局返还了。王经理来到商南办公室报喜的时候，正好看到了商南办公桌上刚刚打印出来的文件草稿——《关于聘任王伟同志为明山市公司财务总监的请示》。商南鼓励了几句，但他知道，其实，语言已经多余了，王经理满脸堆笑、点头哈腰，绝对不是因为自己的鼓励，而是这半遮半掩的任命请示。

文件是商南亲自起草的，他写道："设置财务总监，从而有针对性地提高财务管理权限，使财务管理全程化，是贯彻和完善财务管理核心理论的必要组织手段。"商南知道，这是张总最喜欢的话。商南认为，提拔王经理，其实不全是为了他本人，而是为了体现财务管理核心理论。否则，光嘴上高喊财务的重要性，不在组织上落实，时间长了，就会被张总认为口是心非。如果张总从心里认可自己了，中间即使有个爱告状的王经理，也不那么可怕了。商南想，这一点吴总不会想不到，可能真是很难得到张总的认可吧。归根结底，还得是自身强大。

佳桐给商南发了信息，只有两个字：谢谢。商南明白，佳桐如愿得到网点经营权了。这么快，不到一周，可以想象这个程序走得多简易。这也对，说明李总充分领会了会议纪要强调的尽快推进、加快推进的要求，没毛病。

李总进来了，手里拿张纸，说是汇报一下网点招租结果。商南赶紧摆手，没接李总递过来的纸，说："李总，你做事我放心，不看了，不听了。"商南不想留下任何自己涉入过招租事宜的影子。

下班前接到小爽电话，说女儿考试成绩不错，要鼓励鼓励她。女儿说想去大MALL吃好吃的，然后玩游戏。女儿的事儿，商南必须支持，于是下班后和母女俩会合，去了大MALL。

下班时间，大MALL人很多。建筑里面有个巨大的天井，贯通一至六层，各层分布着超市、服装、鞋帽、餐饮、娱乐等门市、店铺。由于正值吃饭时间，餐饮区域人头攒动。商南发现，现在的大MALL都靠餐饮来吸引人气。女儿点名要吃流转寿司，商南马上联想到佳桐，怎么都爱吃这玩意儿。但是佳桐是真喜欢日料，而女儿仅仅是觉得转来转去的好玩。

从寿司店出来，女儿要去游戏厅。兴奋的孩子让爸妈一边一个牵住自己的手，而她则哈哈大笑着打秋千。商南看到女儿高兴当然他也高兴，于是鼓励女儿："使劲儿，悠远点儿。"同时配合地使劲儿向前扬着胳膊。而小爽则有些气急败坏地喊着："慢点儿，别抻着胳膊。"

商南不知道，此刻正有一束目光在天井的另一边向他们投来。

下班后，衣依约了个闺密来大MALL逛街，两个人走着走着，衣依就觉得有什么东西在拽着她的目光。她循着那股力量望去，就看到了商南一家三口。

闺密还在走，而她停住了。

她听不清他们在说些什么，只是感到这场景好和谐，好幸福。

衣依知道商南是有家的人，只不过和他在一起，会下意识地忽略，某些现实她总想逃避。

闺密看她傻傻地站在原地，顺着她的目光望去，却什么也没看到。

衣依回过神儿来了，快步跟上了闺密。他是有家的人，孩子可爱，妻子漂亮，他看起来也很幸福。衣依想起了在商南车里听到的歌："再一步，爱就会粉身碎骨，坠入无尽的孤独。"

36

周五到了，这是变电所交接的日子。商南特意穿上了藏蓝色西装，打上一条明黄色的领带。商南相信，明亮的颜色会带来顺利。一早，商南便指令穆总下午两点带人在变电所附近隐蔽就位，接到自己电话便到达变电所，控制现场，全面接收。商南特意强调，原来的人在监督下拿走个人物品，随即离开，不得返回。商南还交代，这边有位副总经理配合，并描述了李总的长相。

下午一点半，会议准时开始。参加会议的人员除了班子成员和财务部长、办公室主任，还有雷局长。为避免猜测，引发警觉，商南没有事先布置议题。但大家一看雷局长在座，自然明白了会议与变电所有关，心想可能要针对上周的事故处理相关责任人，再出台一些安全措施，于是纷纷在心里酝酿起来，准备一会儿发言能够言之有物。雷局长心里更是惴惴不安，做好了挨批评的准备，当然，还有给自己开脱的说辞。

在李总的陪同下，商南走进了会议室。大家一看李总的打扮，都乐了，说："怎么把部队的作训服穿来了？"李总说："一会儿准备干点儿体力活儿，松松膀子。"说着还活动了两下。

商南坐下来，宣布开会。商南说："今天的会议，主题是变电所的管理。"雷局长一听低下了头，心想要挨批了。果然，商南先从上周的事故谈起，指出管理问题多么严峻，后果多么可怕，并援引了供电站检查出来的问题。就在大家都以为要严厉批评和处分雷局长的时候，商南却谈起了变电所存在的根本问题，即资质和专业能力的问题。听到这儿，雷局长忐忑的心竟然平复了一些，心怀侥幸地想，看来今天是个务虚会，可能没事儿了。商南接着剖析了目前这种管理模式的种种弊端，包括责任重大、资质缺失导致运营上没有合法性、安全隐患巨大、管理能力和服务水平低下、成本费用高等。接着，商南指出，目前供电局正在大力推广电力运行委托管理，即变电所管理实行社会化、专业化。就这方面的情况，商南做了简要的介绍，接着，商南请大家就改变变电所的运行管理模式发表意见。大家这时候才清楚，原来这才是今天的会议议题。因为没有准备，一时摸不清思路，所以都低着头。这时候，李总做了引导性发言，说变电所实行社会托管是一种方向，势在必行。大家这就彻底明白了，于是纷纷表态，应该改变目前的管理模式，变直管为托管。

会议开到这儿，雷局长已经清楚了，这比处理自己还彻底啊。但是他以为今天只是探讨，于是心存侥幸，也附和说应该托管。当然，他也清楚，自己反对也没用。

商南看时间已经到了两点半，穆总肯定已经就位，于是说："今天的会开得很好，很有实效，也很有针对性，而且具有很强的前瞻性，为我们公司的变电所管理指出了一条发展创新、可操作性强的路子。请办公室做好会议纪要，全面记载与会者的真知灼见。"商南稍微顿了一下，心想，重头戏马上开始。大家以为会议结束了，有的已经合上了笔记本。不料商南接着说，而且提高了声音："既然大家达成了共识，而变电所又是如此重要，事不宜迟，我宣布，立即启动变电所对外托管的交接工作，请李总去现场主持交接。"现在就交接，大家都傻了，从来没见过这架势。

因为商南最近几年主管仓储业务部，基本不在公司总部上班，而且处理的西库拆迁、大厦收尾也都是独立性比较强的工作，所以大部分人对商南的工作作风并不十分了解。现在一看这种雷霆手段，心里受到的震慑很大。

雷局长站在那儿不动，不仅是抵触，更是没弄明白现在立刻马上交接是怎么交接，跟谁交接。李总走过去用厚实的肩膀拱了他一下，说："走吧。"差点儿被对方拱个趔趄。他俩一走出会议室，商南就拨通了穆总的电话，告诉他马上就位。穆总带了五名精兵悍将，坐在距离不远、正好可以看见变电所的面包车里，接到电话就来到变电所门前，分列两旁，迎候着正在走来的李总和雷局长。雷局长一看这阵势，没敢吭声。李总估摸穆总是头儿，直接说："你们到位了？我们开始交接吧。"其实所谓交接，就是李总宣布一下公司决定，然后让他们把私人物品拿走。几个人手足无措，只好看着雷局长。雷局长刚想说点儿什么，李总又用肩膀拱了一下他，穆总的人一看他是主心骨，也围了上来。几个人一看大势已去，只得乖乖地收拾了东西。看几位收拾好了东西，李总才宣布就地解散，这两天在家等通知，过来签劳动合同终止通知书，并领取补偿。刚出院那位说："我是工伤……"李总喝断他："什么工伤？你是违章操作！公司没追究你责任，积极给你看病，你还有脸跳出来！"说得对方低下了头。这时雷局长嘟哝一句："我是吴总调来的人，我要找吴总。"李总说："你还找吴总？吴总自己都进去了，你到看守所找吧。"这帮人一听，彻底老实了。

交接很顺利。商南和李总在周六周日连续观察两天，看到管理方利用这两天休息时间训练有素、有条不紊地整改、优化了变电所的设施和环境，心里很是欣慰。专业的人干专业的事，托管这条路走对了。

周一，穆总带来了两人商议好的协议。商南看了一眼会议纪要的时间，是上周五，于是放心地签署了今天的日期。现在就是协议内容，特别是价格的形成还缺少程序，多少有点儿瑕疵。虽然自己已经在肖然那里做了背书，但最好做个说明，让李总证明是两个人考察、商量的结果，也算是集体决策。自己的无私日月可昭，但历史只检验看得见的那部分。

商南给衣依打了个电话，告诉她变电所交接顺利，目前的运行模式正是自己希望的样子，还说这两天约一下范局长，感谢他的帮忙。出乎商南意料的是，衣依只是轻轻地"嗯"了两声，就挂断了电话。

商南有点儿失落，心想，女人真是捉摸不透。

手机响了，是律师。他告诉商南，吴总的案子终于判了，判三缓五。商南问，赃款赃物呢？律师说都收回来了。商南心想，这决算真够彻底的。商南很关注房子，是因为曾经有个念头，等房子要回来，就冒着风险把房子给陆科长，他太可怜了。可是，前几天听办公室主任说，陆科长得胰腺癌走了。

转眼已是初冬。李总听说在黑龙江漠河发现了侯小个子的踪迹，于是执意要跟着省经侦总队的人去实施抓捕。商南说："太危险了，而且那边已经天寒地冻，你的身体受不了，就别去了。"但李总的犟劲儿上来了，他说："商南，这是我职业生涯最后一战了，让我去吧，我想退休得更光彩一些。"一般在两个人的时候，李总都是称呼商南为商儿，今天叫了全名，商南知道，这是郑重的表达，于是同意了。

但是商南和李总严肃地约定："下周五是你生日，也是你退休的日子，你必须在那天赶回来，我要给你庆祝生日暨光荣退休。""不见不散！"两个忘龄的战友几乎同时说道。

这一天终于到了。对于一位老兵，商南想，没有必要催促或者询问，更不需要提醒。不是关不关心的问题，这件立志必须在退休前完成的事儿，已经关乎老兵的信念和职责，是深入骨髓的东西。

商南坚信，今晚他会回来。

下班后处理完一些事情，天已经晚了，居然无处可去。他决定下楼，去迎迎李总，要不也是魂不守舍。大厦里的人基本都下班了，只有一、二层的几个网点还灯火通明，人头攒动。没想到这几个买卖开得还挺好，红红火火，顺带着让科工贸大厦也有了名气和人气。商南有些欣慰。

商南找了个僻静的角落坐下，点了一杯美式。这时，手机响了，是衣依的信息。她说："我要结婚了，不是你。"

多么熟悉的句式，商南想起来佳桐说的："我想结婚了，是你。"这不意外，商南回复："祝贺。"他还想起了那个静美的夜晚，还有齐秦的歌声："天已荒，海已枯，心留一片土，连泪水都能灌溉这幸福。"

灯光暗下来了，商南知道这是商家在提醒客人要打烊了。商南走出大门，裹紧大衣，但还是打了个冷战。

夜色笼罩，一片安宁。回头仰望大厦，原来狰狞的灰色框架和黑洞洞的窗口，曾经让商南如临深渊。好在，一切都呈现了它应该呈现的样子。

鸟儿晚归，栖息在密布的电线上，天气似乎有了初雪的意思。商南望向天边，突然，一个熟悉的身影向他疾步走来，是李总！商南快步迎上前去，一把搂住了李总。李总却挣脱开商南的臂膀，给商南行了个标准的军礼："报告商总，老兵顺利完成任务，现在请求归队。"商南一下子泪如泉涌，用哽咽的声音说道："明山市公司在此等候老兵归队。你出色地完成了任务，向老兵致敬！"两个人的手紧紧握在了一起。李总像个孩子似的憨憨地笑了，眼里还闪烁着泪花。

商南说："你的这次归队，才标志着我们的决算彻底完结啊！"

商南想起了复工典礼的情景：音乐奏响了，礼炮轰鸣了，鸽子翱翔了；想起了当时自己脑海里浮现的三个词——规范、用人、公心；想起了肖然的自言自语："这真是彻底的决算啊。"

晚来天欲雪，能饮一杯无？前路漫长，今天定要满饮几杯，不醉不归。